Cordula Rickert
1991

Rosetta Loy
Im Ungewissen der Nacht

Rosetta Loy

Im Ungewissen der Nacht

Erzählungen

Aus dem Italienischen
von Maja Pflug

Arche

Die italienische Ausgabe erschien 1984 u.d.T.
All'insaputa della notte

Umschlag: Max Bartholl
Satz: Uhl+Massopust, Aalen
Druck und Bindung: Wilhelm Röck, Weinsberg
Printed in Germany
ISBN 3-7160-2118-0

Im Ungewissen der Nacht

1939

1939 war ich acht Jahre alt und eines der glücklichen kleinen Mädchen im Dirndl und mit Wanderstock, denen man im August in der Sommerfrische begegnen konnte. An dem Stock waren eine Anzahl äußerst wichtiger Blechplaketten angebracht, die immer wieder überprüft (jede bedeutete einen Ausflug), poliert, befestigt und zur Schau gestellt wurden, wenn man auf der Straße entlangging und der Stock zu gar nichts nütze war. Wir hatten in Cortina außerhalb des Ortes eine mit Kletterrosen bewachsene Villa gemietet, die Villa Nord, wo ich mich bei schönem Wetter im Garten, wenn es regnete im Eßzimmer, der Qual der sommerlichen Hausaufgaben unterziehen mußte. Ich wanderte durch Wälder und überquerte Gebirgsbäche auf Holzbrücken, wo man zwischen den Brettern das Wasser fließen sehen konnte. Mit einer gewissen Überwindung, weil sie sehr sauer waren, aß ich Stachelbeeren und rote Johannisbeeren. Meine Mutter hatte in jenem Jahr einen Bergstock, dessen Griff aus dem Horn einer Gemse gemacht war. Den letzten Schliff gab ihm ein kleiner Kranz struppiger Härchen am Griffansatz. Meine Mutter machte keine Wanderungen, sie mochte die Berge nicht. Ihren wunderschönen Stock benutzte sie, um durch Cortina zu spazieren. Ich hatte zwei Schwestern und einen Bruder, ich war die Jüngste. Am

1. September sind wir alle ins Auto gestiegen, und der Chauffeur im sommerlichen Staubmantel aus beigefarbenem Leinen hat sich neben meinen Vater ans Steuer gesetzt. Wir fuhren aufs Land nach Monferrato, und als Zwischenstation war Brescia vorgesehen.

Jenen Tag habe ich nie vergessen. Im Gegenteil, mit der Zeit ist er immer klarer hervorgetreten, in allen Einzelheiten: der Astura mit den Kurbelfenstern, die Klappsitze, auf denen ich in der Mitte sitzen muß, das menschenleere Restaurant mit dem Ventilator, der über den verlassenen Tischen kreist. Die Paläste werfen scharf gezeichnete Schatten auf den Platz von Brescia. Die Stimme schallt schneidend aus dem krächzenden Radio, der Lautsprecher überträgt sie in den abgedunkelten Saal. Sie sagt Dinge, die ich nicht verstehe.

Diese Sequenz ist mit den Jahren immer deutlicher geworden, unendlich viele Momentaufnahmen sind zum Vorschein gekommen, auf denen es außer dem klebrig-feuchten Weiß der Tischdecken keine Farben gibt. Die Stimme ist angeschwollen, bis sie den ganzen Platz besetzt, während das kleine Mädchen, das verstört von den vielen Stunden Autofahrt zwischen den Tischen umherirrt, zu einem mir fremden Wesen, einer Unbekannten geworden ist. Geradezu schwachsinnig unwissend. Wie von einem Blitz ins Gehirn getroffen: Es ist etwas geschehen, sonst könnte sie nicht noch dort stehen und das Gesicht des Kellners mit der Serviette unter dem Arm anstarren, die Stäubchen, backsteinrot in dem Licht, das durch die große Markise draußen hereindringt, die dicklichen Hände der Frau an der Kasse. Die Kleine ißt Suppe (keine Pastasciutta, die könnte ihr während der Reise *auf den Magen schla-*

gen), und nach der Suppe Fleisch, das ihr auf dem Teller in kleine Stücke geschnitten wird, als sie unter dem Tisch mit den Füßen baumelt. Dann Obst.

Der Lautsprecher verfolgt sie noch, als sie quer über den Platz geht, zum Hotel gegenüber, das Zimmer ist groß, die Fensterläden halb geschlossen, durch die Lamellen sieht man den Platz in der Mittagsglut; fort mit den Schuhen, sich auf dem Bett ausstrecken und ausruhen. Besser, wenn die Augen geschlossen sind. Sie kommt aus einer vorbildlichen Familie, alles dreht sich um das Wohlbefinden der Kinder; daß sie sich nicht überanstrengen, daß sie gute Luft atmen, daß sie auf gesündeste Art ernährt werden. Daß sie sich nicht verkühlen und Schuhe tragen, die dem Regen standhalten.

Vor der Weiterfahrt ist die Mutter in ein großes Stoffgeschäft gegangen (am anderen Ende des Platzes, rechts), wo ein Verkäufer den Ballen Baumwollstoff mit Vogelmuster, den mit Blümchen, so dicht wie eine undurchdringliche Hecke, den rotblau karierten und noch viele andere vor ihr entrollt hat (Stoffe, die Erdzeitalter überdauerten, die *von vorher* stammten, aber auch *nachher,* verdorben, weiterexistierten). Dies war die Art und Weise, wie eine vorausschauende Familie der italienischen Bourgeoisie dem 1. September 1939 die Stirn bot. Das kleine Mädchen, das mit der Brust am Ladentisch lehnt, wagt nicht, jene in Überfluß und Vielfalt ausgebreiteten Stoffe zu berühren und sieht staunend zu, wie die Schere an den Streifen entlangschneidet oder nur eben die Kante des Gewebes durchtrennt, das der Verkäufer dann mit einer unnachahmlichen, entschiedenen Handbewegung auseinanderreißt. Der Stoff öffnet sich schnurgerade, wie ein Knistern ist das trockene Geräusch, ein Blitz, der keine Irrtümer gestattet. Eine Geste, die das kleine Mädchen später als Erwachsene viele Male nachzuahmen versucht.

Denn das kleine Mädchen ist erwachsen geworden, ihre Geschichte hat sich gerundet wie ein Ei. Nur jener Tag ist von den anderen losgelöst und schwebt weiter in der Luft wie ein Fesselballon, wartet immer noch auf eine Antwort. Durchtrennte die Schere, die in jene Stoffe schnitt, einfach nur Karos und Blüten (die Webkante, Signora, die Webkante) oder zerriß sie den Schleier der Zeit? Der Schatten, den meine Mutter wirft, ist klar und sommerlich, schräg: Sie tut das, was in jenem Augenblick notwendig ist, einem Augenblick, der wie ein kleiner Kreis aus einem Blatt Papier ausgeschnitten ist. Und ebenso ergeht es allen anderen, dem Verkäufer, dem Kellner, dem Zeitungsmann im sonnenbeschienenen Kiosk. Auch dem kleinen Mädchen, das aus den Resten jener Stoffe Puppenkleider schneidern wird. Die Zeit bricht uns entzwei: Zwar sind wir in Wirklichkeit höhere Wesen, aber sie überlistet uns, bewegt sich gewandt wie eine Blindschleiche oder eine Maus, steht scheinbar still und gleitet doch fort.

Diese neun Erzählungen sind der bescheidene Versuch, ihre Beweglichkeit zu umgehen. Sie aufzuspießen, sie anzuhalten in der Sekunde vor der großen Nacht. Doch kann man Schmetterlinge erhaschen und auf Karton aufspießen, während sie noch lebendig fliegen?

Walter Palmaran

Die Mädchen hatten ihren Satz aufgesagt und sich dann reizend linkisch verneigt, ihre Locken ringelten sich auf Spitzenkrägelchen und Samt: Das Märchen vom Froschkönig wurde gespielt. Zwei entzückende kleine Mädchen mit Patschhändchen, die die weiten Röcke hielten. Auch die Prinzessin hatte mit großer Würde ihre Verbeugung gemacht, die glänzende blonde Perücke senkend, während der Froschkönig (Luisas Sohn) sie an der Hand hielt, ein siegreiches Lächeln auf dem offenen Gesicht. Die Unterlippe hing ein wenig herab, feucht und rosig.

Luisa saß auf dem Rasen in der ersten Reihe, die langen Beine in den grauen Flanellhosen übereinandergeschlagen und einen großen Korb auf den Knien. Es war ihr Geburtstag, und sie hatte für alle kleinen Schauspieler ein Geschenk vorbereitet; ihre schmalen Hände mit der dunklen, feinen Haut zerknitterten die Schleifen der Päckchen. Und als der Prinzessin bei der letzten Verbeugung die Sicherheitsnadel am Rock geplatzt und der dicke weiche Bauch zum Vorschein gekommen war, hatte sie zu lachen angefangen und gleichzeitig in die Hände geklatscht, als hätte das Mißgeschick zur Aufführung dazugehört.

Das bewundere ich am meisten an ihr, hatte sie sich gesagt, das ist es, was sie so außergewöhnlich macht, diese Fähigkeit, zweierlei auf einmal zu sein, erbarmungslos (sie hatte gelacht), aber auch großmütig (sie hatte geklatscht, während die anderen in verlegenem Schweigen verharrten). Und all das, ohne eine Sekunde unsicher zu zögern, auf so natürliche Art. Eine Offenheit, die die anderen sofort spürten.

Sie hatte dafür ihre beiden kleinen Mädchen: unwiderstehlich in ihren langen Kleidern, auch jetzt, da sie erhitzt von der Bühne herabstiegen und sich mit der unwillkürlichen Anmut bestimmter Wildtiere an sie drängten, wie Eichhörnchen oder Rehe. Sie stellte sich vor, daß alle dachten: Die kleinen Mädchen sind die wirkliche Überraschung des Tages.

Tatsächlich war es mehr oder weniger so; die Mädchen kletterten auf ihre Knie, hängten sich an ihren Hals, rutschten auf den Rasen hinunter, wo die lichten Abendschatten allmählich länger wurden, und unwillkürlich dankte man der Natur oder dem, der an ihrer Statt dieses Schauspiel geschaffen hatte. Dieses langweilige, auf unterschwellige, perfide Weise langweilige Schauspiel.

Auch morgens, wenn die Mädchen auf ihr Bett kletterten und die Decken zerwühlten, die Kännchen auf dem Frühstückstablett umstießen, während sie mit bloßen Füßen von einer Seite zur anderen sprangen, lauerte Langeweile in der Wiederholung der Gesten, in dem Bild, das stets von den gleichen Worten, von Lächeln, vom Geruch des Kaffees und der Butter begleitet wurde. Leicht gemildert nur durch die Ungewißheit des Wetters: Vielleicht würde es regnen, oder die Sonne würde später herauskommen.

Sie machte Collagen. Am Tisch vor dem Fenster sitzend, faßte sie mit spitzen Fingern in die lose in einer großen Holzschachtel liegenden Blumen, leicht berührte der Fingernagel die, die am Boden hängengeblieben waren. Manchmal mußte sie blasen, um zwei Blütenblätter voneinander zu trennen oder auch Staubfäden und Stempel, die auf den Buchseiten, zwischen denen sie eingeschlossen gewesen waren, einen Fleck hinterlassen hatten wie von einem zerquetschten Insekt. Und im Geist, fast als handle es sich um eine amorph gebliebene, aber dauernd spürbare äußere Schicht, hatte sie immer wieder die perverse Vorstellung: Wie lange, wie lange wird es noch so gehen?

Ihr war, als sei schon viel Zeit vergangen, viel geschehen: die Hochzeit, die Geburt der Mädchen. Der Tod ihrer Mutter. Doch vielleicht war das nichts, noch gar nichts. Zuweilen betrachtete sie ihren Mann von hinten, wenn er am Fenster stand, die Hände hinter dem Rücken gekreuzt, der Kopf dort, wo ihm nun die Haare ausgingen, leicht abgeflacht. Ein vorsichtiger, nervöser Mann, der immer zusammenzuckte, wenn die Mädchen hereinstürmten. Oder wenn er sie auf ihrem Bett herumhüpfen sah. »Du bist dreißig Jahre alt«, sagte er dann zu ihr, »du solltest dir mehr Achtung verschaffen.«

Die Blumen pflückte sie auf den Wiesen, aber sie konnte auch in ein fremdes Haus hineingehen und um eine Blume bitten, die sie auf einem Fensterbrett gesehen hatte. Oder heimlich durch einen Gartenzaun hindurch eine abreißen. Es machte ihr dann Spaß, sie zwischen den Buchseiten zu pressen, es gefiel ihr, wie sie an Körper verloren, zerbrechlich, beinahe hauchdünn wurden. Auch die dicksten, die am meisten Saft hatten.

Das Haus an der Talmündung war erst kürzlich gebaut worden. Es hieß L'Ardita und war schon von weitem zu erkennen an dem schwindelerregend steilen Dach, das nur einseitig geneigt war. Fast wie der Bug eines zum Stapellauf bereiten Schiffes. Viele waren davon begeistert, und jeden Sommer kamen die Leute auch aus den umliegenden Dörfern, um es zu bewundern; und immer verweilte jemand, um Fragen zu stellen. Ob die ebenerdigen Zimmer nicht zu niedrig seien, und wie man das Dach ausbessern könne, falls es mit der Zeit einmal nötig werden sollte.

So war auch Walter Palmaran hereingeschneit. »Doktor Palmaran?« hatte sie ihn mit einem anmutigen Lächeln gefragt. »Nur Walter Palmaran«, hatte er geantwortet; er hatte ein langes, ironisches Gesicht und schmale graue Augen. Er war sehr einfach, fast nachlässig gekleidet und hatte sogleich gesagt, daß er dieses Haus grauenhaft fände, es tue ihm leid, aber es sei wirklich das Grauenhafteste, was er je dort in der Gegend gesehen habe. »Der Architekt gehörte aus dem Berufsverband ausgeschlossen«, hatte er gesagt. Und angesichts ihres Staunens über soviel Gemeinheit gelacht. »Aber die Aufführung«, hatte er hinzugefügt, »war phantastisch, wirklich phantastisch...« Er hatte sie von der Straße aus bewundert – er hatte sich auf einen der Prellsteine vor dem Haus gesetzt und sie dort ungestört genießen können. »Ihre kleinen Mädchen sind wunderbar«, hatte er gesagt, »Sie sollten sie nicht in so einem Haus leben lassen!«

»Sind Sie Architekt?« hatte sie gefragt und dabei versucht, einen eisigen Ton anzuschlagen.

»Nein, glücklicherweise nicht. Ich bin weder Architekt noch Doktor noch sonst irgend etwas, ich mag einfach dieses Tal sehr gern. Man kann fast sagen, ich bin hier geboren ... Schade, wirklich schade ... Es war so schön.«

Das war zuviel. »Entschuldigen Sie mich«, hatte sie gesagt, hatte ihm den Rücken gekehrt und war zum Rasen hinübergegangen, wo nun der Kuchen gereicht wurde und den Mädchen beim Essen die Sahne aufs Kleid tropfte, während ihre langen Röcke im Gras schleiften.

»Walter Palmaran.« Der Mann war ihr gefolgt und stellte sich bei allen vor. Dann hatte er mit den Kindern zu scherzen begonnen, und Luisa hatte ihm ein Stück Heidelbeerkuchen angeboten. Und als es dunkel geworden war, hatte sie ihn mit ihrem Mann im Wohnzimmer sitzen sehen: Sie hörten eine Platte, und über dem grünen Sofa war das Licht eingeschaltet, während die Begonien in den Rechtecken der Fenster nur noch düstere Flecken bildeten. »Walter Palmaran bleibt zum Abendessen bei uns«, hatte ihr Mann gesagt; und er schien nun sehr erstaunt zu sein, daß sie nicht wußte, daß Walter Palmaran einer der größten Musikkritiker Europas war.

Sie war in die Küche gegangen und hatte versucht, das Abendessen, für das nur gekochtes Rindfleisch vorgesehen war, abwechslungsreicher zu gestalten, während Adele sich darum gekümmert hatte, daß die Mädchen ihren Milchkaffee bekamen. Sie hatte auch die schwarzweiß karierte Tischdecke aufgelegt. »Es tut mir leid«, hatte sie mit ihrem anmutigen Lächeln gesagt, »aber wir sind es gewohnt, hier im Gebirge sehr spartanisch zu leben«, überzeugt, dieses Bekenntnis zu einem wenig bürgerlichen Leben müsse Walter Palmaran gefallen. Er indessen hatte das Gesicht gehoben und sie mit seltsamer, inniger Wärme fixiert. »Nun gut«, hatte er erwidert, »für heute abend werde ich mich damit begnügen«, und die langen schmalen Augen hatten ihre Hände betrachtet, die die Obstschale hielten: Die Hände zitterten ein wenig. Dann hatten sie am Tisch gesessen in dem Licht, das von dem Lampenschirm aus gelber Seide herabfiel, während das übrige Zimmer im Schatten lag und durch die Holzwände noch dunkler wirkte. Adeles Schritte klapperten auf dem Eichenfußboden, während sie das Essen servierte. Das ganze Haus war aus slawonischer Eiche gebaut, und sie hätte das jetzt gern gesagt, fand aber keine passende Gelegenheit. Die Mädchen waren heruntergekommen, um ihr Gute Nacht zu sagen, und waren in ihren blauen Schlafanzügen auf ihren Schoß geklettert. Die Kleinere hatte den Kopf in ihre Halsbeuge geschmiegt, und ihre langen Locken hatten sich über ihre Schulter gebreitet. Die Größere hatte gehustet. »Schick sie endlich ins Bett«, hatte ihr Mann gesagt, »siehst du nicht, daß sie sich erkälten!«

Walter Palmaran aber hatte zu essen aufgehört, und sein Blick bat nur darum, ihm das Vergnügen zu verlängern, als hätte er nie etwas Schöneres gesehen als diese Gruppe im Lichtkreis der Lampe aus gelber Seide. »Los, los, geht ins Bett«, hatte sie gesagt und dabei gefühlt, wie sie errötete.

Adele hatte abgeräumt, und sie hatten sich auf das grüne Sofa gesetzt, ihr Mann hatte sich auf die Suche nach der Platte mit dem Vorspiel von *Rheingold* gemacht, das mit den Worten *Weia! Waga! Woge, du Welle! Walle zur Wiege!* ... beginnt, und sie hatte ihr Strickzeug zur Hand genommen. So hatte Luisa sie angetroffen, als sie mit von der Abendluft kaltem Gesicht, das von den glatten dunklen Haaren gerahmt wurde, hereingekommen war. Sie war ungeschminkt, doch ob es nun an der Kälte lag oder an der Aufregung, an der Angst, die ihr großer blasser Mund verriet, sie war jedenfalls unglaublich schön.

Sie war hereingekommen, als hätten sie diesen abendlichen Besuch erwartet, und hatte ihre Strickjacke in schreienden Farben in den Sessel fallen lassen: goldgelb, blau, orange, türkis. Nur die Stimme hatte ihre Verlegenheit verraten, und ein kaum wahrnehmbares Klopfen der Halsschlagader. Etwas, das außer ihr vielleicht niemand bemerkt hatte. Und sogleich war es ihr so vorgekommen, als hätte sich der Raum mit einer beunruhigenden Präsenz gefüllt und könne sie kaum fassen, so als wäre Luisa ein Vogel, dessen ausgebreitete Schwingen in den Zimmerecken anstießen. Auch das Gespräch war plötzlich wieder in Gang gekommen, niemand hatte mehr der Musik zugehört, und als die Platte zu Ende war, hatten sie es gar nicht bemerkt. Luisa saß außerhalb des Lichtkreises, ab und zu hatte sie gelacht, und ihre Zähne hatten im Schatten aggressiv aufgeleuchtet. Die großen Augen ruhten unverwandt und voller Aufmerksamkeit auf Walter Palmaran.

Aus der Küche waren zwischendurch die Geräusche von Adele, die das Geschirr spülte, herübergedrungen, dann hatte sich auch Adele schlafen gelegt, und draußen war der Mond aufgegangen. Sie war aufgestanden, um die Nadel abzunehmen, die noch mit leisem Rauschen auf der Platte kreiste, und hatte die Lichter des Dorfes an der Talmündung betrachtet; auf dem Rasen lagen noch die Bühnenbretter, die anderntags abgeholt werden sollten. »Wenn Herr Palmaran über Nacht hierbleiben will«, hatte sie gesagt, »kann er ganz oben schlafen, in dem Zimmer am Ende der Treppe.«

Walter Palmaran war eigentlich nur für ein paar Tage hergekommen, aber am Ende war er den ganzen Sommer geblieben. Er hatte in einem Bauernhaus ein Zimmer gemietet und frühstückte morgens mit frischgemolkener Milch, dunklem Roggenbrot und noch tropfender Butter. Ihm zu Ehren war das Märchen vom Froschkönig noch einmal aufgeführt worden, und um die Kinder zu belustigen, war er am Ende selbst auf die Bühne gestiegen und hatte den Spruch des treuen alten Dieners rezitiert, dem vor Aufregung das Herz zu zerspringen droht: *Nein, Herr, der Wagen nicht, / es ist ein Band von meinem Herzen, / das da lag in großen Schmerzen,/ als Ihr in dem Brunnen saßt,/ als Ihr eine Fretsche wart.* Mit der Hand auf dem Herzen hatte er den Vers deklamiert, doch sein Blick war nicht zu den Kindern gegangen, obwohl diese gelacht und Beifall geklatscht hatten, sich um ihn geschart und ihn mehrmals aufgefordert hatten, das Ganze zu wiederholen. Er hatte jedesmal mit anderer Stimme gesprochen, einmal flehentlich und leidenschaftlich, dann wieder tief und brummig.

Ihr war es so vorgekommen, als hätte, während Walter Palmaran mit der Hand auf dem Herzen auf der Bühne stand, sein Blick den ihren gekreuzt; doch sie mußte sich getäuscht haben, denn als die Kinder sich über den Rasen verstreut hatten, hatte sie ihn vergeblich gesucht. Und auch, wo Luisa hingegangen war, wußte niemand.

Der Sommer '36 war ein kalter, regnerischer Sommer gewesen. Anfang August hatte es sogar geschneit, und am Waldrand waren die Rehe erschienen. Danach war der Schnee noch lange in den Schluchten liegengeblieben und immer körniger und grauer geworden, doch das hatte die Kinder nicht davon abgehalten, zum Spielen dorthin zu gehen. Auch wenn sie jedesmal ganz durchnäßt heimkamen und sich manche sogar eine Bronchitis geholt hatten. Wie Luisas Sohn, der am Tag des Dorffestes noch Fieber hatte und, in Decken gewikkelt, vom Fenster aus zusehen mußte, wie die anderen Kinder gemeinsam in ihren Tiroler Trachten loszogen. Die Stirn an die Scheibe gedrückt, hatte er geweint, und seine herunterhängende Unterlippe war weich und trocken gewesen vom Fieber. Auch seine Mutter trug eine alte Tracht dieses Tals, mit golden besticktem Mieder und gefälteltem Rock, lange goldene Nadeln steckten in ihrem Haar, das in zwei Zöpfen eng um den Kopf gelegt war. Sie sah so jung aus, und von oben war ihr Nacken zwischen den beiden schwarzen Atlasbändern schmächtig und dunkel erschienen.

Walter Palmaran dagegen hatte sich geweigert, etwas anderes anzuziehen als seine übliche Kleidung, er haßte, hatte er gesagt, jede Art von Uniform, und war in seinem Pullover und den Kniebundhosen mit den ausgefransten Taschen zum Fest gegangen. Doch hatte ihn das nicht daran gehindert, die ganze Zeit zu tanzen, alle Tänze, auch die schnelleren, die soviel Gepolter auf dem Holzboden machten. So hatten sie es erzählt, als sie gekommen waren, um nach Luisas Sohn zu sehen; doch das Kind hatte keine weiteren Fragen gestellt und nur die Bonbons gelutscht, die sie ihm mitgebracht hatten.

Sie hatten fast immer zusammen getanzt, er und Luisa. Der gefältelte Rock hatte sich gebauscht wie ein schwarzes Banner und dabei die langen Beine in den weißen Baumwollstrümpfen enthüllt, während seine Hand fest die von dem bestickten Mieder umschlossene Taille an sich gedrückt hielt, als müßte er fürchten, sie könnte ihm im Eifer des Tanzes entgleiten. »Ein schönes Paar«, hatten manche gemeint; doch einige hatten ganz andere Kommentare abgegeben, als sie bemerkten, wie er ihr ab und zu ins Ohr geflüstert und dabei fast mit dem Mund ihre Wange berührt hatte, und wie Luisa gelacht und ihre großen Augen voller Freude aufgeschlagen hatte. Eine Schande, so viel Glück.

Vielleicht hatte sie, als Walter Palmaran zu ihr getreten war, um sie zum Tanzen aufzufordern, ihn deshalb einen Augenblick lang zwischen Wunsch und Wut schwankend angesehen und sich dann auf der Bank zurückgelehnt: »Nicht diesen«, hatte sie mit herausforderndem Blick gesagt, »vielleicht später ...«, und den blonden, engelhaften Kopf wieder auf die rissige Holzlehne sinken lassen.

In jenem Sommer war auch viel über den Spanienkrieg gesprochen worden, und ständig waren Nachrichten von grausamen Massakern eingetroffen, die die »Roten« angerichtet hätten; natürlich sprach man nicht vor den Kindern davon, obwohl sie angehalten wurden, für die spanischen Kinder zu beten und für die Nonnen und die Priester, die keine Kirchen mehr hatten, in die sie sich flüchten konnten. Manchmal waren die Diskussionen sehr hitzig verlaufen, weil prompt immer irgend jemand sagte, das sei doch alles Propaganda und die *Roten* seien keine Roten, sondern Republikaner, die eine mit den Stimmen aller gewählte Regierung verteidigten. Einer von ihnen war Walter Palmaran, und wenn er redete, wagte niemand, ihm zu widersprechen, weil er Namen und Ereignisse nannte, von denen die anderen nichts wußten.

Ihr Mann mischte sich selten ein, meistens hörte er nur zu, das blutleere Gesicht so ernst, daß es wie aus Stein gehauen wirkte. Erst an dem Tag, an dem das Radio gemeldet hatte, daß es General Franco gelungen sei, die Meerenge von Gibraltar zu passieren, hatte er öffentlich seine Befriedigung darüber bekundet. Er hatte sich beim Sprechen erregt und rote Flecken auf den Wangen bekommen; im Eifer der Rede hatte er sich die Brille abgenommen und fuchtelte damit in der Luft herum. Ihr war die vergangene Nacht eingefallen, als er sich leise, vorsichtig bewegt hatte, darauf bedacht, kein Geräusch zu machen, und plötzlich seine Brille heruntergefallen war und ein Klirren die Stille der Nacht zerrissen hatte. *(Gott sei dank ist sie nicht kaputtgegangen,* hatte er geflüstert, *nicht einmal abgesplittert,* und im Dunkeln die kalten Gläser auf ihrer Brust betastet.) Jetzt, während sie zusah, wie Walter Palmaran sich unwirsch vor dem aufgeregten Gestikulieren zurückzog, hatte sie wie eine steigende Flut in sich den Wunsch wachsen gefühlt zu wissen, wie es mit ihm sein könnte. Wie, auf welche Weise anders.

Walter Palmaran hatte den Blick bemerkt, und seine Augen hatten sich irgendwie indigniert auf sie gerichtet. Nach den Worten ihres Mannes hätte er eine andere Reaktion erwartet als die, die er nun in ihrem Blick las. Doch sie hatte ihr Gesicht wieder gesenkt und weiter Tee eingeschenkt, ihn genau da hingegossen, wo er hingehörte, die Hand fest um den Henkel der Teekanne geschlossen. Darauf war Walter Palmaran aufgestanden und hatte zum erstenmal einen aggressiven Ton angeschlagen, mit harter, schneidender Stimme, in der sich Zorn und Verachtung mischten. Und in der Stille, die darauf gefolgt war, hatte ihr Mann, sehr blaß, weiter seine Brille rotieren lassen, während von draußen das Geschrei der Kinder zu hören gewesen war, die vor dem Regen davonliefen.

Wenn sie mit den Mädchen spazierenging, nahm sie nun immer die Straße, die ins Tal hineinführte, an dem Haus vorbei, in dem Walter Palmaran wohnte. Es war ein hohes, schmales, rosa gestrichenes Haus mit kleinen, weit oben angebrachten Fenstern. Diese Fenster waren stets geschlossen und die schrägen Strahlen der untergehenden Sonne ließen ihre Scheiben aufblitzen. Rundum herrschte tiefe Stille, und sie fragte sich, welches Fenster wohl zu seinem Zimmer gehörte, und wenn sie an der Tür vorbeiging, sprach sie laut, rief die Mädchen. Lachte.

Eines Nachmittags war sie hineingegangen, und drinnen war es dunkel, eine steile Holztreppe führte in das obere Stockwerk, und am Kleiderständer hing eine Strickjacke, eine Jacke, die vielleicht Walter Palmaran gehörte. Eine Frau, die Weidenruten flocht, hatte sich erhoben, als sie sie in der Tür erblickte, den halbfertigen Korb an den Rock gedrückt. Sie hatte gefragt, ob hier Herr Palmaran wohne. »Walter Palmaran ist nicht zu Hause«, hatte die Frau auf deutsch geantwortet: Sie war jung, und in dem breiten, flachen Gesicht wirkte auch die Nase wie gezeichnet, nur die Augen waren unglaublich blau und blank, fast als wären sie auf Holz gemalt. Sie hatte ihr damit direkt ins Gesicht geblickt und, wiederum auf deutsch, gefragt, ob sie eine Nachricht hinterlassen wolle. Aus dem Halbdunkel des Zimmers tauchten alte geschnitzte Möbel auf und eine hohe, mit Blumen und Vögeln bemalte Standuhr. Hoch aufgerichtet stand die Frau vor diesem Hintergrund, als müßte sie etwas Intimes verteidigen, die Gerüche und das Dunkel, die Strickjacke am Kleiderständer. Der Hals, der aus der Bluse hervorsah, war von wunderbarer Makellosigkeit. Wie ein Blitz war ihr ein Gedanke durch den Kopf geschossen *(Coureur des femmes,* hatte ihr Mann einmal von Walter Palmaran gesagt, *coureur des femmes).* Daraufhin hatte sie halblaut etwas gemurmelt, kaum mehr als ein Stottern, und war rasch wieder zu den Mädchen hinausgelaufen, die auf der Straße stehengeblieben waren.

Am selben Abend hatte sie auf dem Heimweg von weitem Luisa und Walter Palmaran gesehen, wie sie gemeinsam näher kamen, sie trug einen langen bunten Schal, und der Wind hatte ihr das Haar zerzaust. Auf einmal war Luisa stehengeblieben und hatte zu lachen begonnen, triumphierend war ihr Lachen, voll, von einer unverschämten Fröhlichkeit. Die Mädchen waren ihr entgegengelaufen, angezogen von ihrer Fröhlichkeit, während sie mit ihren Strickjacken auf dem Arm stehengeblieben war. Und es war ihr so vorgekommen, als wäre die Eifersucht eine Farbe geworden, die auf sie abfärbte, und als wäre es ihr nun nicht mehr möglich, sie zu verbergen.

Luisas Sohn war wieder gesund, er spielte wieder mit den Mädchen, und Adele saß draußen, um auf sie aufzupassen, und stopfte unterdessen die Küchentücher; doch es konnte vorkommen, daß sie die Kinder aus den Augen verlor, dann trat sie, das Küchentuch noch in der Hand, ins Haus, um ihr Bescheid zu sagen. Sie ging dann hinaus und begann zu rufen, während sie zu dem Wildbach hinunterstieg, quer durchs Gebüsch, das am Felsenufer entlang wuchs. So war es gekommen, daß sie einmal Luisa und Walter Palmaran im Gras hatte liegen sehen, eigentlich hatte sie nur ihn liegen sehen, denn Luisa hatte sich sofort aufgesetzt. Es war eine kleine Lichtung voller Sonne, und Walter Palmaran lag mit bloßem Oberkörper da. Sein Brustkorb war mager, unbehaart, fast wie der Brustkorb eines Jungen, hatte sie gedacht; und unsicher war sie am Rande der Lichtung stehengeblieben: »Ich war auf der Suche nach den Mädchen ...« hatte sie mit naivem Lächeln gesagt und war sich mit der Hand durchs Haar gefahren. Walter Palmaran hatte sich auf einen Ellbogen aufgestützt und ihr Lächeln erwidert, als sei es das Natürlichste von der Welt, daß er dort mit Luisa lag. »Warum setzen Sie sich nicht ein wenig zu uns«, hatte er gesagt, »es ist so ein schöner Tag ...« Tatsächlich leuchtete der Himmel jenseits der Baumwipfel tiefblau, und dort auf dem Gras war es warm, lichte Wärme stieg von der Erde auf, und niemals hatten seine Augen einen so ironischen und zugleich zärtlichen Ausdruck gehabt. Luisa hielt das Gesicht gesenkt, sie hatte sich beim Schließen der Bluse in der Eile verknöpft, und die wallenden Haare fielen ihr ins Gesicht. Ihr Mund zitterte, weich, wie manche Korallen, wenn sich ein Fremdkörper nähert.

Später, als sie zu ihrer *Collage* zurückgekehrt war, hatte sie Walter Palmarans Stimme im Eingang gehört. Sie hatte sich nicht gerührt, und er war an den Tisch gekommen, um zu schauen, was sie machte, das hagere Gesicht hatte sich ernst über ihre Schulter gebeugt. Sie hatte die Augen gehoben, und ihr Blick war auf seine Lippen gefallen. Es war nichts besonderes an ihnen, es waren schmale, rissige Lippen. Dennoch hatte sie den Blick wieder senken müssen, so heftig war das Begehren, die Hände auf dem Tisch waren wie gelähmt. »Ihre *Collagen«,* hatte er gesagt, »haben immer etwas Schmerzliches, als wären die Blumen mit Gewalt aus der Erde gerissen worden.« Wortlos hatte sie daraufhin eine Heckenrose ausgewählt und auf die Mitte des Blattes gelegt. Walter Palmarans Finger hatten begonnen, die auf dem Tisch verstreuten Blütenblätter zu verschieben und neue Kombinationen auszuprobieren. Der Tag neigte sich dem Ende zu, und die letzte Sonne schien auf die Begonien im Fenster, fiel auf den Tisch, sie hatte ihre Ruhe wiedergefunden und strich nun den Klebstoff auf das Blatt, Walter Palmarans Arm machte ihr Schatten, und sie hatte ihn mit einer ganz leichten Berührung beiseite geschoben. Dieser Arm mit den starken Adern erinnerte sie an bestimmte Bäume, an Birken, Pappeln, Bäume mit schmalen, kräftigen Stämmen. »Morgen muß ich abfahren«, hatte Walter Palmaran gesagt, »meine Mutter ist sehr krank... Und außerdem hätte ich sowieso zurück gemußt.«

»Luisa wird verzweifelt sein«, hatte sie gemurmelt, während sie die Heckenrose mit leichtem Daumendruck festklebte, ohne den Blick zu heben.

»Ich bin auch verzweifelt.« (Eines Tages sollte er an die violette Blüte zurückdenken: Was hatte sie zu bedeuten gehabt, Liebe, Leid oder einfach Langeweile?) Er hatte sich, die Hände in den Taschen, vors Fenster gestellt und sah zu, wie die Schatten auf dem Rasen länger wurden. »Es war alles sehr schön«, hatte er hinzugefügt, »auch Ihnen zu begegnen war schön.«

Sie hatten geschwiegen, und ihr war durch den Kopf gegangen, daß ihr jetziges Leiden nichts war im Vergleich dazu, wie sie leiden würde, wenn Walter Palmaran abgereist war. Und der erste Abend war ihr wieder eingefallen, als er oben in dem Zimmer am Ende der Treppe geschlafen und sie, als er schon im Bett lag, gerufen hatte, damit sie ihm die Fensterläden schlösse. *(Machen Sie sie fest zu, fest,* hatte er zu ihr gesagt.) Etwas Unwiderstehliches hatte dieses vertrauliche Verhalten an sich gehabt, und zugleich etwas absurd Autoritäres, als wäre alles möglich und alles schon geschehen.

Walter Palmaran hatte sich umgedreht, der Finger hatte die Umrisse der Collage gestreift. »Eine wunderbare Frau«, hatte er gesagt, »nicht leicht zu vergessen ...«

Sie wußte, daß er von Luisa gesprochen hatte.

Sie hatte ihn nicht wiedergesehen. *Nein, Herr, der Wagen nicht,/ es ist ein Band von meinem Herzen* ... hatten die Mädchen noch eine Weile geträllert. Dann schienen sie von einem Tag auf den andern alles vergessen zu haben, die Aufführung und Walter Palmaran, und als nach einem Gewitter, das heftiger war als die anderen, plötzliche Kälte über das Tal hereingebrochen war, hatte sie eiligst die Koffer vom Dachboden herunterholen lassen und befohlen, die Wasserrohre zu leeren, damit sie im Winter nicht einfroren.

Es geschah erst in Wien, im September '39. Sie hatte ihn sogleich erkannt, als er aus einem Geschäft in der Kärntnerstraße herauskam. »Schau«, hatte sie zu ihrem Mann gesagt, »da ist Walter Palmaran«, und dabei befürchtet, er verschwände gleich wieder, geschluckt von der Menge, die um diese Zeit die Kärntnerstraße bevölkerte. Im Dom war gerade ein Gottesdienst zu Ende gegangen, und ganze Familien strömten aus den

Seitenportalen und überschwemmten die Gehsteige. Sie war vorausgegangen, um ihn noch zu erreichen, und hatte ihm die Hand auf den Arm gelegt. Einen Augenblick lang schien er sie nicht zu erkennen. »Nun, erinnern Sie sich nicht mehr an mich?« hatte sie lächelnd gefragt. »O doch, natürlich! ...« Er hatte ihr die Hand gedrückt, die unsicher auf seinem Arm liegengeblieben war. »Ich schaute gerade die Auslage an, haben Sie je schönere Kuchen gesehen?« Es war, als hätte er sie tags zuvor zum letzten Mal gesehen, und jetzt lächelte er über ihre Bestürzung wegen des Fehlens jeglicher Einleitung. »Sie haben sich nicht verändert«, hatte er hinzugefügt.

»Sie auch nicht.« Es stimmte, nur sein Gesicht war noch hagerer, falls das möglich war, und außerdem trug er einen Hut. Sie hatte ihn nie mit Hut gesehen.

Abends hatte Walter Palmaran sie in ein Restaurant am Michaelerplatz zum Essen eingeladen, und ihr Mann hatte die meiste Zeit geschwiegen. Auch als Walter Palmaran über Musik gesprochen hatte, hatte er sich auf ein rein formales Zuhören beschränkt. Keiner war auf den Sommer vor drei Jahren zurückgekommen, und keiner hatte Luisa erwähnt. Auch von dem, was in den letzten drei Jahren geschehen war, hatten sie kaum gesprochen, denn jedesmal, wenn sie davon anfangen wollte, hatte Walter Palmaran sie sogleich unterbrochen. Erst als die in der Sauce schwimmende Ente auf den Tisch kam und sie sagte: »Man möchte nicht glauben, daß hier Krieg ist«, hatte Walter Palmaran sie angesehen, als wollte er herausfinden, was sie wirklich mit diesen Worten meinte. »Ich bin auch einberufen worden«, hatte er dann langsam gesagt, »aber bis heute ist es mir gelungen, jede Uniform zu meiden«, und in den Augen war ein Lächeln gewesen: Erinnerte er sich noch daran, wie damals auf dem Platz vor dem Hotel Engel das Dorffest stattgefunden und er sich geweigert hatte, etwas anderes als seinen Pullover und seine alten Kniebundhosen anzuziehen?

Auf den Tischen standen kleine Lampen mit roten Schirmen, und ihr Mann hatte unvermittelt gesagt, das Lokal gleiche einem Bordell. *Einem Bordell,* hatte er mit rauher Stimme wiederholt, und es war so, als sei all seine in jenen Jahren gegen Walter Palmaran gehegte Abneigung plötzlich zum Ausbruch gekommen und habe nun bis ins Kleinste von ihm Besitz ergriffen, von den Füßen in den schönen glänzenden Schuhen bis zu den blassen Wangen, bis zu den feinen, hellen, mit Brillantine am Kopf festgeklebten Haaren.

Am nächsten Tag hatte Walter Palmaran sie nach Schönbrunn begleitet. Es war strahlendes Wetter, und Goldstaub schien sich über die Stadt gelegt zu haben, rasch glitten die Straßenbahnen auf den Gleisen dahin und klingelten laut an den Kreuzungen. Sie waren im Wind gegangen, der gelbe Blätter auf die Erde regnen ließ und aufs Wasser trug, wo sie leise schaukelten. Ihr Mann war immer unleidlicher geworden, und zuletzt hatten nur sie beide sich noch unterhalten, während er mit seinem langen wehenden Mantel vorausging; aber noch niemand hatte bisher Luisa erwähnt. Walter Palmaran hatte eine Kodak bei sich und hatte sie, auf einem Brunnenrand sitzend, fotografiert, und dann, weiter vorn, zwischen den Säulen der Gloriette. Jetzt bin ich glücklich, hatte sie gedacht, als sie wieder weitergegangen waren auf den Kieswegen und die Sonne aus den Bäumen überzufließen schien, um sich im Wasser der Brunnenbecken zu brechen. Aber dieses Wort hatte nun einen seltsamen Sinn, es war ein begrenztes Wort, ohne Erinnerung. Ein Wort, bei dem die Träume keine Durchsichtigkeit besaßen. Es war gewiß nicht das Glück, das wie ein Licht aus Luisas Augen gestrahlt hatte, aus ihrer Stimme, ihrer Haut. Sogar aus ihrer Art zu gehen oder die Dinge anzufassen.

Ihr Mann schichtete sorgsam die Seidenhemden in den Koffer, der geöffnet auf dem Bett lag, sie sah durch die Erkerfenster unten auf der Straße die Leute rasch dahingehen, vor dem Palais gegenüber flatterten riesige Fahnen, rot, mit dem Hakenkreuz. Wellig und weich bauschten sie sich im Sonnenwind. »Ich dachte, Walter Palmaran sei Italiener«, hatte sie zu ihrem Mann gesagt, »und hätte sich für Italien entschieden, als es darum gegangen war, zu wählen.«

»Ach, der!... Er schien so erbittert gegen Hitler zu sein, aber sowie du diese Leute bei ihrem Nationalgefühl packst, verlieren sie den Verstand!«

Ihr Mann hatte »diese Leute« mit verächtlichem Lächeln gesagt, und vielleicht freute er sich jetzt, daß Walter Palmaran gezwungen war, in den Krieg zu gehen. Es kam ihr nun so vor, als empfänden die Leute auf der Straße das gleiche Gefühl von Bedrückung, das sie in dem Zimmer mit den im Halbdunkel glitzernden Spiegeln empfand: Sie gingen wie von heimlicher Raserei getrieben, und die Schuhe zertraten auf der Erde die herabgefallenen Blätter, niemand hob kurz die Augen zu den Bäumen auf oder blieb stehen, um die Amseln zu beobachten, die mit gelben Schnäbeln zwischen den Beeten herumhüpften. Nicht einmal die Kinder schienen sich umzusehen, die Hände fest in denen der Erwachsenen. Auch die Mädchen ohne Hut, mit kurzen Haaren nicht. Aber alle sind frei, hatte sie gedacht, es steht ihnen frei, durch die Stadt zu gehen, über die Brücken, bis zur Kärntnerstraße. Zurückzukehren zum Michaelerplatz.

»Du hast also wieder eine fertig?« Ihr Mann beugte sich über den Tisch, wo die getrockneten Blumen aufgehäuft lagen, als hätte ein Orkan sie fortgerissen und miteinander vermengt. Sie hatte den Kopf gehoben und ihm beruhigend zugelächelt: Ihre blonde unwandelbare Schönheit brachte wieder Ordnung in die Gedanken.

Es war schon kalt. Ihr Mann bückte sich und blies auf das Papier, um das Feuer im Ofen anzufachen. Manchmal (aber selten) kam noch jemand bei der Ardita vorbei, um das futuristische Dach zu bewundern *(Im Einklang mit den Zeiten,* hatte ein Herr mit Hahnenfeder auf dem Hut gesagt). Aber die meisten Sommerfrischler waren schon abgereist, und die Straße blieb stundenlang menschenleer, nur Kühe kamen auf dem Heimweg von der Weide vorbei, begleitet vom trägen Geläute ihrer Glocken.

Walter Palmaran war zurückgekehrt. Mit seinem langen, ironischen Gesicht war er am hölzernen Gartentor erschienen, und die Mädchen hatten ihn nicht wiedererkannt. Unsicher hatten sie ihn angesehen: Sie waren gewachsen und trugen Zöpfe, die Knie standen knochig unter den zu kurzen Kleidern hervor. »Solltet ihr mich wirklich vergessen haben?« hatte er gefragt, als er ihnen die kalten, schmalen Hände schüttelte. Sie hatten die Schultern hochgezogen und waren beiseite getreten, um ihn vorbeizulassen.

Der Tee stand auf dem Tisch vor dem Sofa bereit,

und sie hatte gesagt, wie schön, daß Sie wieder da sind, ich wagte es nicht zu hoffen, ich glaubte, sie hätten gescherzt in Wien, schade, daß das Wetter so schlecht ist, und die Sätze waren hastig über ihre Lippen gekommen, während er sie ruhig angesehen und darauf gewartet hatte, daß sie ihm den Tee eingösse. Doch als sie aufgestanden war, um die Nadel auf die Platte mit dem Vorspiel von *Rheingold* zu setzen, hatte er sich mit einem Ruck umgedreht: »Stell diese Musik ab«, hatte er gesagt. »Bitte.«

Er hatte sie geduzt, und sie war rotgeworden. »Die Musik ist deine Arbeit, du kannst doch Wagner nicht einfach ausradieren«, es fiel ihr leicht, ihn auch zu duzen.

»Dergleichen würde mir nie einfallen. Aber ich beschäftige mich jetzt mit Chormusik, ich meinte, als hätte ich es dir in Wien erzählt«, er sah zu, wie sie, am Fenster stehend, den Arm des Grammophons hob, *»Preise, Jerusalem, den Herren* ... Das ist Reineccius«. Er hatte gelächelt: »Ich bin recht unmodisch geworden inzwischen.«

»Also bist du zurückgefallen?«

»Das kommt auf den Standpunkt an. Ich glaube, daß ich weitergekommen bin.«

Sie betrachtete seine Hände, die regungslos auf den Knien lagen, es waren die Hände, die Luisa gestreichelt, sie eng umschlungen hatten. Alle wußten es. »Bleibst du lange?« hatte sie gefragt, und ihre Stimme klang belegt.

»Solange man mich in Frieden läßt«: Seine Stimme dagegen klang leicht, als hätte er die Atmosphäre, die allmählich schwierig wurde, entschärfen wollen. Dort draußen war die Wiese, wo er Luisa zum erstenmal gesehen hatte *(Wollen Sie ein Stück Blaubeerkuchen?* Ein Stück Blaubeerkuchen? Ja, ein Stück Blaubeerkuchen...), hier im Zimmer hatte sie, mit dem Gesicht im Schatten, im Sessel gesessen, ihre schmalen Finger mit der feinen braunen Haut hatten den Stoff der Armlehnen zerknittert, die etwas schleppende Stimme hatte das Vorspiel von *Rheingold* übertönt *(Weia! Waga! Woge, du Welle! Walle zur Wiege!...).* »Deine Töchter haben sich verändert«, hatte Walter Palmaran gesagt, »schade, sie waren so schön.«

»Sie werden wieder schön«, hatte sie geantwortet.

»Und du«, hatte er gefragt, »warst du weiterhin eine treue Ehefrau?«

Sie hatte den Blick schweifen lassen, als gelte es, die Antwort zwischen den Möbeln, bei den dunklen Wänden aus slawonischer Eiche zu finden. »Ja, ich war weiterhin eine treue Ehefrau«, hatte sie dann gesagt, hatte seine Hände genommen und sie an ihr Gesicht gelegt. Walter Palmarans Finger waren zu ihren Schläfen hinaufgeglitten, hatten über ihre Augen gestrichen, waren in die Haare eingedrungen, aber sie hatte sich langsam zurückgezogen, und die Hände waren wieder herabgefallen. »Du dagegen«, hatte Walter Palmaran gesagt, »bist noch schöner geworden«, aber es war, als hätte er den Satz nicht beendet, als hätte er noch etwas hinzufügen wollen. Dann war er aufgestanden, hatte den Tee, auf dem rund eine Zitronenscheibe schwamm, kaltwerden lassen. Und die Mädchen waren in der Tür erschienen.

Sie hielten sich an der Hand, und die Zöpfe lagen wie Rattenschwänzchen auf der nicht vorhandenen Brust. »Du bist also der vom Froschkönig?« hatten sich gefragt. Neugierig, fast erschrocken betrachteten sie ihn.

»Ja, der bin ich, genau der ... *Nein, Herr, der Wagen nicht,/ es ist ein Band von meinem Herzen, / das da lag in großen Schmerzen, / als Ihr in dem Brunnen saßt, / als Ihr eine Fretsche wart.«* Walter Palmaran hatte sich verbeugt und so getan, als nehme er einen imaginären Hut ab. Er lachte. Das Lachen war genau wie vor drei Jahren, trocken, explosiv, entweihend. Und die Mädchen hatten angefangen zu klatschen. Ihre Augen leuchteten.

Damals, als die *Sache* mit Luisa passiert war *(Meningite da streptococco,* hatte Doktor Pitscheider in seinem schlechten Italienisch gesagt, *fate attenzione ai bambini)* und die Trauer sich wie Tinte über die Wiesen gebreitet hatte, bis sie schließlich einer Schlange gleich langsam die Straße zur Kirche hinaufgekrochen war, hatten die Mädchen nichts mehr hören wollen vom Froschkönig. Und war jemand darauf zu sprechen gekommen, hatten sie den Blick abgewandt und ins Leere fallen lassen, wie von einer plötzlichen Langeweile erfaßt. Jene Leere, jene Abwesenheit, die Erwachsene so irritiert. Oder sie waren davongelaufen, plötzlich abgelenkt durch irgend etwas. *Mit der angeborenen Grausamkeit der Kinder.*

Bilbao

»Wenn Bilbao nicht aufhört, ruiniert er noch den ganzen Rasen!«

»Der Rasen ist mir egal, ich gehe sowieso gleich...«

»Ich auch.«

»He, das könnt ihr nicht machen, seid jetzt ruhig.«

»Isabella!« ruft Herr Wolfgang. »Dreh dich etwas nach links.« Isabella dreht den Kopf und schüttelt mit vorgetäuschter Unbefangenheit die Haare, damit sie ihr über die Stirn fallen (sie ist ganz leicht gewölbt, vielleicht ein wenig zu hoch), während die Hand auf der Erde leise einen Takt zu klopfen beginnt: Das Lied ist ihr wieder eingefallen. »Bitte, Isabella, halt doch mal still«, was soll dieses dauernde Gezappel, Herr Wolfgang tritt einen Augenblick zurück, nimmt ein wenig Grün, ein wenig Gelb, einen Hauch von Rot, und der Pinsel berührt die Leinwand dort auf der Stirn, wo die Sonne zwischen die Haare gleitet, »noch etwas mehr nach links... più verso *uvi*«. Isabella lacht und wendet den Kopf zu den Trauben, sechs Jahre lebt der nun schon in Italien und hat immer noch nicht gelernt, »uva« zu sagen. »Oh, genau, genau so...«, er muß unbedingt ihre Zähne malen, wie sie im Gegenlicht aufblitzen, die halbgeöffneten Lippen und den ganz leicht gezackten Schatten der Wimpern. »So, noch einen Augenblick«, fleht er, während er den Fuß ins

Gras bohrt, als ginge die Anstrengung körperlich bis an den Rand der Kräfte.

»Mir reicht's«, Marianna steht auf und schüttelt das Gras von ihrem Rock, »ich muß gehen« (der malt ja sowieso nur Isabella, das weiß man ja).

»Marianna, das kannst du nicht machen.«

»Wieso denn nicht?«

Herr Wolfgang, ein Maler, der schon in Zürich, Paris und Bremen ausgestellt hat, wirft den Pinsel auf die Erde, während sein Hals rot anläuft, sogar die Tränensäcke unter den Augen erinnern jetzt an die Koller der Truthähne. »Du setzt dich sofort wieder dort hin, wo du warst!« befiehlt er und streckt seinen karmesinrot gefleckten Zeigefinger aus.

Marianna zuckt mit den Schultern, die Wiese fällt ganz leicht ab, und ihr Schritt ist langsam, provozierend, wogend öffnen und schließen sich die großen Blumen auf ihrem Rock.

Isabella ist regungslos sitzengeblieben: Wird es Herrn Wolfgang gelingen, ihr bezauberndes Lachen, das Vogelgezwitscher zwischen den kleinen, blitzenden Zähnen festzuhalten? Sie ist auf dem Bild im Vordergrund, und das Blaugrau der Augen ist wie mit irisierendem Sand unterlegt. »Ich sag's der Mama«, schreit sie, ohne sich umzudrehen, in plötzlicher Angst.

»Sag's ihr nur ... du spionierst ja sowieso gern herum«, schreit Marianna von weitem zurück.

»Um so schlimmer für sie«, sagt Herr Wolfgang, während er, noch zitternd, den Pinsel vom Boden aufhebt. »Wenn das Bild fertig ist und alle fragen, wer ist denn die da, sagt ihr, ein ganz ungezogenes Mädchen.«

O Gott, gleich fängt er an zu weinen ... Cecilia verrückt das Kaninchen, das sie im Schoß hält, ihr ist heiß.

Das Kaninchen hat runde, erstaunt blickende rosa Augen, ein weißes Fell, in dem die Hand versinkt, bis man die zarten Knochen spürt. Es ist nämlich bereits vorgekommen, daß Herr Wolfgang zu weinen angefangen hat, auch damals war Marianna schuld. Sie hatte *Schwein* zu ihm gesagt, bloß weil er sie gebeten hatte, den Rock ein wenig übers Knie hinaufzuziehen. Genau so, wie sie es immer macht, wenn sie sich auf den Boden setzt. Sie dagegen hatte den Rock noch weiter heruntergezogen und ihm dabei direkt in die Augen geschaut, während sie zwischen den Zähnen jenes Wort zischte, aber nicht leise genug, daß er es nicht gehört hätte. *Schwein, Schwein*... ein Knoten hatte Herrn Wolfgang die Kehle zugeschnürt, als Marianna ihn dann immer weiter hart, unversöhnlich angesehen hatte, als wäre jene Silbe auf ihre Zähne aufgedruckt. Wenn man bedachte, daß er sich aus Zartgefühl stets geweigert hatte, weibliche Akte zu malen! Langsam waren ihm die Tränen an den Falten heruntergelaufen. *Schwein!*... Für das bißchen Geld, das sie ihm geben würden!

Das Kaninchen reckt den Hals, um zu grasen, aber ein Schmetterling fliegt so nahe an ihm vorbei, daß es ihn sofort wieder einzieht, indem es die paar Hälmchen schluckt, die es erwischt hat. Herr Wolfgang hat sich wieder Isabellas Lächeln zugewandt, einem lieben, tröstlichen Lächeln, er brummt etwas auf deutsch, er mag nicht, wie sie ihre Haare zusammenbindet, er hat es ihr schon hundertmal gesagt, fast scheint es, als machte sie es absichtlich...

Die hohe Glastür ist hinter Marianna zugeschlagen, ein Vorhangzipfel, der sich zwischen den Türflügeln verfangen hat, wippt in der Sonne. Nicola kommt in

Tennisshorts den Weg herauf, und der Kies spritzt unter seinem Rad weg, er setzt zum Endspurt an, und seine dicht rotbehaarten Waden spannen sich. »O, die drei Grazien!« sagt er, rittlings auf dem Fahrrad vor dem Bild anhaltend. Herrn Wolfgang überläuft bei dieser Stimme ein Schauder, während Bilbao bellend auf ihn zurast. Der sommerlich geschorene Foxterrier stürzt in das Beet rot leuchtender Kapuzinerkresse, verwüstet es, Blütenkelche bleiben zertreten am Boden liegen, während das Herz des Kaninchens wie wild unter Cecilias Fingern klopft, sie hebt die Augen, und die Freude leuchtet aus ihnen wie das Gold der Tabernakel im Dunkel der Kirchen. Und wenn Isabella ein Profil besitzt, das an die Terracottamadonnen gemahnt, so hat Cecilia die Kraft all dessen, was vital ist. Wasser, das Wasser anzieht, sich sammelt und ungestüm die Hindernisse fortschwemmt, mitreißt: jetzt, sofort, Nicola.

Herr Wolfgang hat sogleich das Licht in Cecilias Blick bemerkt, doch die Bedeutung dieses Lichts entgeht ihm (wie könnte er ahnen, daß es dem Jungen hinter seinem Rücken gilt, diesem dumpfen Tennisspieler mit der qualvoll vulgären Stimme?), und nun sucht er nach dem Krapp, der einzigen unter seinen Farben, die jenen kostbaren Schimmer wiedergeben könnte. »Einen Augenblick«, sagt er, »noch einen Augenblick, bleib so, Cecilia, halt das Kaninchen fest.«

Wo steckt Carlo bloß? Marianna öffnet die Zimmertür, und nur ein Hemd liegt zusammengeknüllt auf dem Bett, auf dem Fußboden die Schuhe mit den zerrissenen Schnürsenkeln. Wie gut Carlo es versteht, sich unbemerkt davonzuschleichen, sein silbernes Wolsitt-Fahrrad hebt er vorsichtig hoch, damit es keinen Lärm macht, und geht nicht einmal durch den Vordereingang aus Furcht, daß ihn jemand anhält und sagt: »Übrigens kommt heute Herr Wolfgang wegen des Bildes.« Und während Bilbao in der Erde wühlt, um Eidechsen aufzuspüren, und sie noch schlaftrunken aus ihren Tassen trinken, mit Fingern, von denen der Honig tropft, fährt er schon den Weg hinunter, ohne zu bremsen, und die Luft weht ihm die Haare aus der Stirn. Und niemand macht ihm je Vorwürfe, auch der Maler nicht, der doch sonst so leicht in Zorn gerät, alle sind sie hingerissen von seiner leichtfüßigen Anmut, jener scheuen, zurückhaltenden Liebenswürdigkeit eines königlichen Tieres, weder Beute noch Jäger. Marianna starrt auf das rasch, zu rasch hingeworfene Hemd: Der Kristall, den sie und der Bruder bilden, ist nun voller Spitzen, ein Prisma, in dem sich die Bilder vervielfachen und verzerren.

Cecilia geht, das Kaninchen zärtlich an die Wange gedrückt, davon. »Goldig bist du, goldig«, sagt sie, die Augen halb geschlossen, während die weißen Haare ihr Gesicht kitzeln. Im Vorübergehen nimmt sie sich eine Traube mit, und die Festigkeit ihres Körpers erinnert an Gazellen und Fohlen (auf dem Bild ist sie die zweite von rechts, die mit dem gelben Kleid). Nur Isabella ist noch geblieben, so als hätte Herrn Wolfgangs Blick sie am Boden festgenagelt. »So ist's recht, ja, genau«, sagt er zu ihr und taucht seinen Pinsel ins Chromgelb, ins Preußisch Blau, ins Korinther Grün, während Tränen der Wut Isabellas Iris überschwemmen, milchigglänzenden Rauhreif um die leicht lächerliche Gestalt des Alten sowie um Bilbao legen, der im Gras herumschnuppert, und ihre über den Zähnen hochgezogene Lippe zittert: Ich hasse dich, Herr Wolfgang, ich hasse dich, auch wenn du ein armer Kerl bist, gezwungen, die niederträchtige Gemeinheit der Reichen über dich ergehen zu lassen, um deinen Lebensunterhalt zu verdienen. Ich hasse dich, ich hasse dich, weil die Schönheit dich noch rührt wie ein einzigartiger und unwiederholbarer Augenblick. Sie reißt Gras aus der Erde, zerreibt es zwischen den Fingern, hört die Stimmen von Nicola und Cecilia, die sich entfernen. »Wartet auf mich!« schreit sie. Aber niemand kann sie hören, und der Schmetterling mit den gesprenkelten Flügeln läßt sich auf den Trauben nieder, die Flügel klappen zu und öffnen sich langsam wieder.

Aber auch das, was ewig zu dauern scheint, hat einmal ein Ende, Herrn Wolfgang ist eingefallen, daß er Zwiebeln einkaufen muß, weil seine Frau eine *soupe à l'oignon* kochen will, und er packt die Pinsel weg, schraubt seine schönen Farben mit den wohlklingenden Namen zu, nun muß Isabella ihm nur noch helfen, die Leinwand ins Haus zu tragen. »Paß auf, lang nicht mit den Fingern drauf!« sagt er zu ihr. Jedesmal die gleiche Ermahnung, und während seine vom vielen Stehen steif gewordenen Beine sich mühsam bewegen, betrachtet er Isabella durch die schütteren, herabhängenden Haare mit der Begeisterungsfähigkeit eines Kindes; Isabella, die sich bückt, um die Leinwand hochzuheben, und wie ein gespannter Bogen ist, so daß man bei jeder Bewegung die süße Kraft des Körpers erahnt: Oh, zwanzig Jahre jünger sein, Herr Wolfgang, und jenen Körper drükken, bis man spürt, daß sich jede Spannung löst! Ihre Hände eines unglücklichen Kindes, so ungeduldig auf der Leinwand, an die Lippen drücken und trösten.

Auch Isabella ist den Weg hinuntergegangen, in Richtung des Tennisplatzes. Sie ruft nach Cecilia und Nicola, aber ihre Stimme verliert sich zwischen den Oleanderbüschen, kein Echo wirft sie zurück in die Morgensonne. Erschöpft läßt Nicola den Kopf zurückfallen, und die Augen sind wie schmale Schlitze zwischen den halbgeschlossenen Lidern, während der Adamsapfel spitz und scharf hervorsteht, unter der Haut auf und ab zuckt. Cecilia beugt sich herunter, küßt seine schweißnaß an den Schläfen klebenden, rötlichen Haare, und jene Stimme, die ruft und ruft, erhebt sich nun und schwankt zwischen den Stengeln, wo reglos eine Grille sitzt, dann scheint sie immer unsicherer ihrer eigenen Wege zu gehen, ziellos wie die Feder eines kaputten Spielzeugs.

Isabella, die Schöne, die Blonde, die Azurblaue, versunkenes Antlitz der Nike von Samothrake. Eine von hundert oder gar eine von tausend, so genau entspricht bei ihr jeder geheimste Teil dem ursprünglichen Entwurf. Ein etwas nach Schweiß riechender Engel, der sich nun zwischen dürren Dornenranken den Rock zerreißt, um seine unglückliche Liebe zu suchen, sich die Beine zerkratzt und die schmalen, gebogenen Füße in den Sandalen aufschürft. Sie beißt sich die Lippen blutig: Was nützt es, schön zu sein, wenn Nicola sich dann mit Cecilia davonmacht?

»Hör auf zu rufen, es ist zwecklos«, der Ton ist barsch, autoritär, Marianna sitzt auf einer Bank am Rand des Tennisplatzes und beißt in ein Brötchen, sie hat hohe Jochbögen, beweglich im Gesicht, einen langen, kräftigen Hals, wo das Brot im ganzen herunterzurutschen scheint. »Mach dich nicht lächerlich«, sagt sie.

»Heute hat Wollo sich furchtbar aufgeregt«, murmelt Isabella, indem sie sich neben sie setzt. Wollo ist Herr Wolfgang, auch Mazuoka genannt wegen eines Schlafrocks japanischer Machart, in dem er einmal die Haustür geöffnet hat.

Marianna zuckt die Schultern, die Zähne senken sich ins Brot, reißen schnell und entschieden ein Stück ab, was geht sie Wollo an, und im Grunde genommen sind ihr auch Cecilia und Nicola egal. »Wollo wird heute andere Sorgen haben«, sagt sie, und plötzlich kommt es ihr vor, als ersticke der Morgen sie, dick wie Gelatine steht die Luft regungslos um die Bäume, steigt vom roten Staub des Platzes auf, von jenem Jungen mit dem farbigen Zelluloidschirm an der Mütze, der die Punkte zählt, wie ein großer Wasservogel auf ein grünes Gestell gekauert. (Werden sie es je erfahren, daß Cecilia nicht weit entfernt war an jenem Morgen und daß die Wörter *zwecklos, lächerlich, Wollo* durch die Oleanderbüsche sprunghaft zu ihr drangen, zwischen dem Gleiten und Zurückweichen einer Hand, zwischen dem Flattern der Augenlider, der Blick verloren im tiefen Brunnen, wo jene Worte abprallen wie Splitter aus Licht?)

Und doch hätten sich alle an jenen Morgen erinnern müssen, und mehr als jeder andere Herr Wolfgang, der noch ahnungslos auf das Dorf zutrottet, wo er zwischen Zucchini und Paprikaschoten und leicht welken Salatköpfen die so schön violett leuchtenden Trevisaner Zwiebeln auswählen wird. Für eine seiner letzten *soupe à l'oignon,* denn seine Frau ist polnische Jüdin und schlimme Tage stehen ihnen bevor. Herr Wolfgang trägt beigefarbene Leinenhosen und eine braune Jacke, in der Brusttasche das weiße Tüchlein, und hätte er nicht einen so wenig martialischen Schritt, könnte man ihn für einen alten General außer Diensten halten, der seinen Panamahut am Kleiderständer im Eingang vergessen hat. Statt dessen wird er zu Hause gleich den Kimono mit den Drachen anziehen, prächtige Erinnerung an eine andere Vergangenheit. (Hieß er nicht Mazuoka, der japanische Premierminister, der in jenen Jahren nach Rom zu Besuch gekommen war, als man in der Via Panama japanische Mispeln gepflanzt hatte und die Leute sagten, wenn uns nur die Früchtchen nicht auf den Kopf fallen?) Mit dem Kimono wird er sich in die Küche setzen, um wie jeden Tag zuzusehen, wie die Äpfel in der Sonne Farbe bekommen, und dort, aus einem jener alten Radioapparate, bei denen es schwierig ist, die richtige Wellenlänge einzustellen, wird ihn die Nachricht treffen wie ein Fluch.

Eine gefürchtete Nachricht, beschworen, lauernd, erwartet, seit Monaten, so wie man den Gegner belauert, um seinen Schachzügen zuvorzukommen. Statt dessen ist wieder einmal alles verspielt! Während sich in den Zimmern der Duft der *soupe* ausbreitet, werden die Apfelbäume dort draußen zu einem schmerzlichen, schon verlorenen Bild. Es genügen wenige, mit anonymer Stimme ausgesprochene Worte, nicht mehr als sechs oder sieben, dann legt sich die sinnlose Langatmigkeit der amtlichen Mitteilungen in bösartigen, langsamen Windungen um die Beute, während die Zwiebeln leicht und goldgelb anbraten. »Wo sollen wir jetzt hingehen?« wird seine Frau fragen in jener Sprache, die auf einmal verdächtig geworden ist; und auch sie wird hinausschauen auf den kleinen Garten mit den müden Dahlien in der Sonne, auf die Kaskade der Apfelbäume, die sich unter der Last der Früchte bis zur Erde neigen. Wollo wird die Schultern hochziehen (sein Kimono ist abgewetzt, fleckig, er wäscht sich nur noch wenig), und seine im Schoß liegenden Hände werden sich ohnmächtig öffnen, an den Fingern noch das Azurblau und das Karmesinrot jenes sehnsüchtigen Lächelns dort auf dem Rasen: 1. September 1939.

Isabella hat das Brötchen aufgehoben, das Marianna auf der Bank abgelegt hat, jede Beklemmung verwandelt sich bei ihr in den Hang, etwas zu packen, was es auch sei, es festzuhalten und, wenn möglich, langsam zu essen, mit großer Sammlung. »Iß es ruhig auf«, sagt Marianna. Marianna ist groß, ihre Füße in den Sandalen sind breit und standfest, sie hat einen Körper, der dauernd zeigt, daß er da ist und sich am Stoff reibt, und der Stoff gibt nach, unter den Achseln, an den Hüften. »Paß auf, daß die Salami nicht rausfällt«, sagt sie und schaut auf Isabellas zerkratzte Beine, den Rock mit dem zerrissenen Saum.

Carlo hat einen Augenblick zu spielen aufgehört. »Marianna«, schreit er, »nachher machen wir ein Doppel«, die Haare fallen ihm wieder in die Stirn. »Komm ...«, lächelt er, und es liegt etwas wahnsinnig Demütigendes in seiner heiteren Gleichgültigkeit.

»Bei der Hitze? Ich denke nicht daran.« (Sind nicht sie und Carlo die beiden, die auf allen Fotografien Hand in Hand erscheinen, mit runden Piquethüten und rautenförmig ausgeschnittenen Sandalen? Unzertrennlich als Pierrot und Pierrette bei einem Faschingsfest, das der Familie unvergeßlich ist?) Marianna erhebt sich, die Brösel fallen vom Rock. »Ich gehe zurück ins Haus«, sagt sie zu Isabella gewandt, »was machst du?«

Isabella weiß es nicht, es ist, als spürte sie die Anwesenheit der beiden anderen in ihrer Nähe und hätte deshalb Mühe, die Bank zu verlassen. »Carlo«, ruft sie, »wo warst du? Heute früh ist Wollo gekommen...«

Doch Carlo hat schon wieder den Arm zum Anschlag gehoben. »Wer?« ruft er.

»Wollo!«

Der Ball prallt mit einem dumpfen Laut vom Boden ab. Carlos Schlag ist rasch, präzise, schräg.

Eine ungewöhnliche Stille hat sich in dem Haus mit den halb geschlossenen Fensterläden ausgebreitet, nur aus dem Eßzimmer dringt das Krächzen des Radios. Marianna geht in die Küche, wo die Fliegen sich zwischen geschnittenem und ungeschnittenem Gemüse auf dem Tisch niedergelassen haben, sie beugt sich herunter, um am Wasserhahn zu trinken. Das ist verboten, sie weiß es, aber alles, was aus Dummheit verboten ist, soll man trotzdem tun, ja, man hat sogar die unumstößliche Pflicht, solche Verbote zu übertreten. Also trocknet sie sich auch den Mund am Geschirrtuch ab; Giannina, die sie vom Fenster des Eßzimmers her hat kommen sehen, steht jetzt in der Tür und lacht lautlos. Es bedarf nicht vieler Worte zwischen ihnen, in beider Kopf herrscht, aus unterschiedlichen Gründen, die Anarchie. »Wo sind die anderen?« fragt Marianna, das Geschirrtuch noch am Mund. »Drüben, komm.«

In andächtigem Schweigen sind im Eßzimmer die Köchin und Wilma um das Radio versammelt, dazu das Kind von Wilma mit verschränkten Ärmchen und dem kniekurzen Kleid, Bepis Sohn ist auch da und verrenkt sich den Kopf nach Giannina. »Jetzt kommt noch eine amtliche Mitteilung«, sagt er zu ihr. Giannina bleibt auf der anderen Seite des Raumes stehen: dieser eklige

Kerl, der immer nur schaut, ob man ihre Unterhosen sehen kann...

Sehr jung ist Giannina, die Haare trägt sie ungleich mit der Schere geschnitten, ihr Verhalten ist schroff, ihre Lustigkeit wild und aggressiv. (O Gott, diese schmierige Person! sagt sie immer über Wilma, weil die sich die Augenbrauen auszupft.) Ihr gefallen sportliche Mützen, röhrende Motorräder, eines Tages wird sie auch eins haben, mit Kilometerzähler am Lenker, und sich eine große Brille aufsetzen, die im Nacken von einem Gummizug gehalten wird. (Ich komme mit, sagt Marianna.) Manchmal sitzen sie zusammen auf einer Treppenstufe und knacken Nüsse, sie pressen zwei in der Handfläche aneinander, und es geht darum, wer sie zuerst aufkriegt, ihre Beine berühren sich, Gianninas schwarze Schürze riecht nach Kleiderschrank, sie lacht, und ihre grünen Augen funkeln. Giannina ist in den Bergen großgeworden und hat eine schwierige Kindheit voll Einsamkeit und Glanz hinter sich. Etwas Wildes, irgend etwas aus der Zeit in den Wäldern und den abgelegenen Hütten mit den kleinen schiefen Fenstern ist in ihren unvorhersehbaren Ausbrüchen geblieben, im undurchsichtigen Grund ihrer Eifersucht. Die Schenkel unter der schwarzen Baumwolle sind fest und warm. Doch stets kommt dann die Stimme der Köchin, kreischend, daß einem schier das Trommelfell platzt: »Was will diese alte Hexe...«

Isabella hat ihre Gedanken aufeinander fallen lassen, bis sie ein graues Häuflein bildeten, und wie Narziß, der sein Spiegelbild verloren hat, drückt sie nun das Gartentor der Nachbarvilla auf. Bilbao folgt ihr, wedelt, er wird keine Zeit mehr haben, um sich an diesen

Tag zu erinnern, den letzten, an dem er Eidechsen verfolgt. Ein Junge, der gebeugt an einem Motorrad herumbastelt, richtet sich auf, um Isabella entgegenzugehen, aber schon läuft seine Schwester an ihm vorbei: »Hast du gehört?« ruft sie in ihrem weißen Kleid mit dem großen, aufgestickten roten R. Isabella hat das Tor wieder geschlossen, der Junge streicht sich die Haare aus der Stirn und hinterläßt eine Ölspur, er möchte etwas sagen, aber schon wieder hat seine Schwester alles gesagt, die Bekanntmachung des Duce, die Erklärungen von Pétain und Chamberlain, »Maginot, Maginot«, wiederholt sie. Die Mutter der beiden ist Französin und jenes »Maginot« klingt hart, metallisch, unbesiegbar. Der Nachmittag nimmt einen schiefen Verlauf, die Übelkeit, die morgens angefangen hat, als Nicola und Cecilia zusammen weggegangen sind, hat krampfhaft zugenommen. »Mama will sofort abreisen, nach Arles, zur Großmutter«, endlich ist es dem Jungen geglückt zu sprechen, und die Röte scheint ihm aus den großen ölverschmierten Händen ins Gesicht zu steigen, während er Isabella anstarrt, als erwarte er aus ihrem schönen, ein wenig leidenden Mund Zeichen und Wunder, die diese Abreise aufhalten können. Aber die niedrig stehende Sonne sticht durch die Zweige, Isabella spürt den zuckenden Schmerz auf ihrer Stirn, in der Mitte zwischen den Augen, sieht, wie Bilbao eine Eidechse verfolgt: rechts, links, rechts, stop! »Bilbao, laß sie!« schreit Isabella, schlägt wie wild auf seinen Kopf ein, sie könnte ihn umbringen. Die Eidechse liegt auf dem Rücken, ihr Bauch schillert perlmuttfarben, die Beinchen zucken im Todeskampf. Entsetzt sehen die beiden Geschwister sie an: Isabella, was tust du?

Cecilia kommt den Weg herauf (sie weiß noch nichts, sie wird es als letzte erfahren) und versucht im Gehen angestrengt, sich eine plausible Ausrede für ihre lange Abwesenheit zurechtzulegen. Es ist spät und an den offenen Fenstern blähen sich die Vorhänge im Abendwind, ihr ist, als hätte das, was zwischen den Büschen geschehen ist, Zeichen auf ihrer Haut, auf Mund und Stirn hinterlassen. Einen Stern oder vielleicht eher einen Eselsschweif, wie im Märchen von Frau Holle. Sie fühlt sich auf einmal sehr müde, und als sie am Stall vorbeigeht, wo ihr Kaninchen zusammen mit den anderen eingesperrt ist und sein kleines rosa Schnäuzchen an den Maschendraht drückt, schaut sie nicht einmal hin. Doch schon kann man die schwarzen Nadeln der Zeder vor dem Haus erkennen, und immer noch fällt ihr nichts ein, nichts, was sie rechtfertigen könnte. Am steinernen Tisch unter der Zeder sitzt jemand, mit bis zum Hals klopfendem Herzen bleibt sie stehen. Ein Glas Kirschsaft und eine Hand; die Hand hält es umklammert und unterbricht, weiß, das leuchtendrote Funkeln: Es ist Mama.

Mama hat es fast sofort erfahren, Bepis Sohn hat ihr die Nachricht mitgeteilt, als er die Feigen heraufgebracht hat. »Es ist sicher«, hatte er gesagt, »mein Vater hat es vom Polizeimeister gehört.« Sie hatte die Feigen betrachtet, es waren nicht die, die sie bestellt hatte, immer das gleiche, sie tun so, als verstünden sie einen nicht. »Man wußte ja, daß es sich nur noch um Stunden handeln konnte«, hatte sie geantwortet, »es war unvermeidlich ...«, und ihr Blick hatte sich auf den Jungen gerichtet, um ihm zu bedeuten, daß Leute in ihrer Position alles vor den anderen erfuhren. »Glauben Sie, daß ich eingezogen werde?« hatte Bepis Sohn gefragt. »Bestimmt...« Sie hatte die Feigen angefaßt, er konnte ja nichts dafür, armer Junge. »Mal sehen, was sich tun läßt, damit du zurückgestellt wirst«, sie würde noch am selben Abend mit ihrem Mann darüber reden. Doch ein blitzschneller Gedanke hatte die Worte auf ihren Lippen zurückgehalten. »Jetzt geh nur und stell die Feigen ab«, hatte sie mit kaum merklichem Lächeln zu ihm gesagt.

Der Junge hatte sich auf den Weg zur Küche gemacht, und sie war an die Glastür getreten, um den Mädchen die Nachricht weiterzugeben, »Cecilia! Isabella!« hatte sie gerufen. Aber die Mädchen hatten nicht gehört, wie hätten sie sie auch hören können, diese Stimme, die sich ohne die mindeste Absicht, aufgenommen zu werden, in der Sonne verlor? Sie hatte sich an den Türrahmen gelehnt: Er wird nicht kommen, hatte sie gedacht, sie werden ihn nicht weglassen..., und vor Spannung und Freude hatte sie ein Zittern im Hals gespürt. »Isabella!« hatte sie noch einmal gerufen; aber nur Bilbao war, mit dem Schwanz wedelnd, angerannt gekommen, während auf dem Rasen alles unverändert geblieben war: Wollo drückte Farbe aus der Tube, und die Mädchen hatten, wie sie da im Gras saßen, etwas Pflanzliches in ihrer Starrheit. Welch ein Wunder, die schon starken Körper mit einer Seele zerbrechlich wie Glas, Staunen angesichts eines Augenblicks, in dem alles sich sammelt wie der Wassertropfen im Blatt der Agave. Sie hätte es ändern können: *Die Deutschen sind in Polen einmarschiert, es ist Krieg!* Alles wäre unwiderbringlich durcheinandergeraten, auf dem Rasen wäre das Chaos ausgebrochen, die größte Verwirrung. Statt dessen hatte sie sich hinuntergebeugt und die Finger in Bilbaos Wuschelkopf versenkt: Er wird nicht kommen, hatte sie geflüstert, bestimmt wird er nicht kommen können. *Mors tua, vita mea;* und ihr Herz hatte einen Sprung getan. Für sie war es eine Liebesnacht mehr. Eine unverhoffte Nacht.

Sie war ins Schlafzimmer hinaufgegangen und hatte die Fensterläden halb geschlossen, die Sonne war nur noch ein schmaler Spalt auf dem Fußboden. Sie hatte sich in dem langen Spiegel des Schranks betrachtet. Ihr Körper ist noch jung und beweglich. Das Alter hat seine geheimen Verstecke, infame Zellen, die lautlos vorrücken wie ein Ameisenheer. Jeder Tag ist einmalig, deshalb besitzt jeder Tag eine am Tag zuvor nicht gekannte Intensität. Früher hatte sie mit grenzenloser Verschwendung gelebt, hatte Monate, Jahreszeiten, ganze Jahre vertan. Tage um Tage auf schmalen hohen Absätzen mit Füßen getreten, die schönen Beine in Seidenstrümpfen, einen Glockenhut auf den blonden Haaren festgesteckt. Ihr Liebhaber ist jetzt ein Mann mit grauen Schläfen, hat eine feine weiße Haut und einen Bauchansatz, trägt weiße Leinenanzüge und sitzt lesend im Schatten. Sowie er sie kommen sieht, nimmt er die Brille ab und geht ihr entgegen, mit ruhigem Schritt und stets gleichem Lächeln, das mit jedem Schritt zu wachsen und dann langsam zu verlöschen scheint auf dem schmalen, sanften Mund. (Ähnelt er nicht ein wenig Leslie Howard, Leslie Howard, wie er mit fünfzig gewesen wäre, hätte nicht ein Schnellfeuergewehr ihn aus Versehen am Londoner Himmel abgeschossen?) Sie hören zusammen Schubert, Debussy, Rachmaninov, und eine große blinde Perserkatze springt weich und geräuschlos aufs Sofa, wetzt ihre Krallen am Kretonne der Armlehnen, sie sehen sich in die Augen, ihre Liebe hat etwas Grausames, etwas Grausames und Trauriges. Es ist ein leichtes Spiel, irgendwie auch pervers, dunkel.

Jetzt hat die Hand das vom Eis beschlagene Glas losgelassen, ist verschwunden. Aber Cecilia hat schon den Umweg über das Beet mit Kapuzinerkresse eingeschlagen, jemand hat eine Platte aufgelegt, und die Musik übertönt ihre Schritte, während sie eilig die Treppe hinaufsteigt, Türen schlagen, Mariannas und Gianninas Stimmen werden laut, Marianna rempelt sie im Vorbeilaufen an, sie protestiert kaum, in ihr wächst etwas, das dem Glück ähnelt. Doch auch sie wird sich, aus tausend Gründen, die sie jetzt noch nicht kennt, an diesen Tag erinnern müssen. Und während sie beinahe über Wilmas Kind stolpert, das auf allen Vieren die Stufen herunterkommt, bohrt sich ein Gedanke wie ein Wurm in ihr Gehirn: Was werde ich Isabella sagen?

Es ist Abend und eine fast herbstliche Luft, die nach Gras und Äpfeln riecht, dringt ins Haus. Der Vater hat ausrichten lassen, daß er in der Stadt bleiben müsse, er wird morgen, spätestens übermorgen kommen. Sein Gedeck ist wieder abgeräumt, seine Serviette wieder fortgelegt worden, im Garten fliegen die letzten Fledermäuse, und Feuchtigkeit näßt den Tisch unter der Zeder. Schnaken durchfliegen matt den Lichtkegel der Lampe, vergeblich von einer Hand verfolgt, sie stechen in Ellbogen, in Fußgelenke, schlüpfen unter die Röcke, Hände gleiten abwärts, um wie wild zu kratzen. Giannina bedient bei Tisch mit gestärkten Manschetten, ihr Mund ist stumm, die Wangen von roten Striemen durchzogen. Ihr Vater war offenbar ein feiner Herr, aber ihre Mutter ist eine Dienstmagd mit lockerem

Lebenswandel, das weiß man mit Sicherheit, und mit siebzehn kann sie sich noch mit solchen Musketiermanschetten und weißen Baumwollhandschuhen verneigen und eine Platte balancieren, die jeden Augenblick überzulaufen droht. Doch gewiß wird sie dieses Hundeleben nicht ewig führen.

Cecilia hat sich im Bad eingeschlossen, hat sich lange gewaschen und sich dann nackt im Spiegel betrachtet, aber die Jungfräulichkeit hat keine besonderen Farben oder Gerüche. Cecilia stiehlt der Mutter die Seife, eine Seife, die nach Mandeln duftet, und mit diesem bittersüßen Aroma auf der Haut erzählt sie jetzt, den Bissen schon auf die Gabel gesteckt, von einem Tennismatch, bei dem sie nie gewesen ist. Sie weiß alles von dem Match, wer gewonnen und wer verloren hat. Wer der Schiedsrichter war: Die Sauce tropft auf den Teller, Stückchen vom Huhn mischen sich unter die Worte, sie lächelt, spielt mit der Gabel, die Augen meiden Isabellas Blick.

Mein Gott, diese Kinder, sie würden nie zu essen aufhören … die Mutter gibt Giannina ein Zeichen, um ihr zu bedeuten, daß das Huhn oder vielmehr was noch davon übrig ist, in die Küche zurückgebracht werden kann. (Giannina wird es später mit den Händen aufessen, und Wilmas Kind bekommt den letzten übriggebliebenen Hühnerschenkel.) »Maginot«, sagt Isabella, »sie gehen nach Arles …«, ihr runder Hals erinnert Herrn Wolfgang an die Birken einer fernen Kindheit, aber ihre Stimme ist rauh vom vielen Rufen, und in ihrem Gesicht spiegelt sich, verwelkt, die Traurigkeit des Tages. »Und Wollo, was macht der jetzt?« fragt Cecilia, an ihren Hoffnungen ist nichts geheim, schamlos und unverfroren schmecken sie nach Brot und

Sauce, während die Zunge, die das Fett von den Lippen leckt, rasch und unbarmherzig zum Vorschein kommt. »Das Bild wird er wohl kaum beenden können.«

Marianna hat einen Hühnerflügel Bilbao ins Maul fallen lassen, niemand hat es bemerkt, nur Giannina. »Hör schon auf mit dem Hund«, sagt sie leise, »sonst werf ich ihn noch mit Fußtritten raus.« Der Nachtisch ist aufgetragen worden, und der Löffel taucht in die gelatineartige Creme, verschwindet, der Karamelzukker glänzt wie bestimmtes dunkles, geschliffenes Glas: Milch, Eier, Zucker und Zitronenschale, die Köchin kann das inzwischen mit geschlossenen Augen, und das gelbliche Beben erinnert an das Beben ihrer bleichen Waden, beim Auf und Ab vor den Herdfeuern, mit dem Wedel aus Hühnerfedern in der Hand. »Stell bitte das Radio an, es ist gleich acht«, sagt die Mutter, während der Blick in den Ausschnitt des Kleides gleitet, wo sich verstohlen ihre Gedanken sammeln. Der Knopf dreht sich in Gianninas behandschuhter Hand, und aus dem Radio ertönt ein undeutliches Gekrächze: Ruhe!

Foxtrott, getanzt mit einem Kotillon aus Kreppapier auf dem Herzen, Tango, bei dem man den Seidenlamé metallisch an den Beinen knistern spürt. (EIAR, Ente Italiano Audizioni Radiofoniche: Der Italienische Rundfunk wird von nun an nach jedem Kriegsbericht Musik bringen, nostalgische Jubelmusik, synkopiert, sentimental, kitschig, unerbittlich kitschig.) Die Mutter hebt die Augen zu Giannina, sie ist die einzige, die sie in der vorigen Nacht hat heimkommen sehen, sie sind auf der Treppe beinahe zusammengestoßen, und mit einfältigem Lächeln hat sie versucht, sich zu rechtfertigen: Bilbao war nicht zu finden. Doch einmal in ihrem Zimmer angelangt, hatte sie sich noch lange gefragt, was wohl Giannina um diese Stunde umtrieb.

»Mama, kann man das Radio abstellen, mir zerspringt gleich der Kopf«, ein süßlicher, penetranter Vanilleduft geht von dem Nachtisch aus, Schönheit kann manchmal Schmerz verursachen und dem, der sie, blind, besitzt, Lust machen zu sterben: Marianna! ... Aber Marianna ist hart, trüb, gerade erst hat sie aufgehört, mit Giannina zu toben (und Gianninas Kragen sitzt noch schief, das Kleid ist unter den Achseln dunkel vom Schweiß). An manchen Abenden laufen die beiden hintereinander her, schlagen mit den Türen, prügeln sich, beißen sich. Die Mama will das nicht, Giannina ist ein Dienstmädchen, und Dienstmädchen schlägt man nicht und beißt man nicht. Vor allem aber darf man von Dienstmädchen weder geschlagen noch gebissen werden.

Sie gehen hinaus, und der Abend umgibt das Haus wie eine Schranke, die noch sommerlich laue Luft hat die Farben der Nacht, Insekten irren ziellos durch das Laub. Das im Halse steckengebliebene Begehren kommt gewaltsam wieder hoch, heftiger als vorher, und die Erinnerung an den eigenen Körper macht erschaudern, die Nacht ist ein weißer Stein, in den das unvollendet gebliebene Bild geschnitten werden muß. Carlo legt sich auf den Rasen und deckt sein Gesicht mit dem Taschentuch zu. »Was machst du?« fragt Marianna, er lacht und das Taschentuch hebt sich leicht über dem Mund. »Ich schütze mich vor den Schnaken.« Auch sein Adamsapfel zuckt erregt in der Erinnerung; die Haare auf der Erde saugen die Feuchtigkeit des Grases auf, und Marianna würde am liebsten einen Stein nehmen und auf das Taschentuch einschlagen, wieder und wieder, bis man sähe, wie es sich blutig rötet. Carlo hat ein Mädchen (oder ist es etwa eine Frau, eine verheiratete Frau, die älter ist als er?), das ist sicher, aber er streitet es ab, der Lügner.

Isabella sitzt auf der Steinstufe und streichelt Bilbao, ihr Vater wird weder heute noch morgen abend zurückkommen, und ihre Mutter wird wie schon so viele Male mit dem kaum hörbaren Klappern der Absätze auf dem Kies davongehen, den Voile-Schal um den Hals, wie wenn der Mond einen Hof hat: eine Sau, eine Sau. Und sie alle samt Bilbao und dem Kaninchen dort auf dem Bild im Gepränge der Sonne umschwärmt von goldenen Bienen, mit rosigen Unterarmen und Kleidern, auf die das Licht Arabesken malt. Augen wie Topaze und Fingernägel wie Perlen. Arrogantes Auftrumpfen des Lebens, Macht der Familie und des Geldes über einen alten Maler, der Haydn und Mozart liebt. *Der Frühling* von Gluck, hat er einmal gesagt. Und wie auf den alten Familienfresken wird er sein Selbstbildnis im Blattwerk verbergen; und vielleicht wird eines Tages jemand mit dem Finger über das Weiß seiner Haare streichen, wenn er das Kaninchen in Cecilias Schoß berührt. Wird, an einem jener langen Nachmittage voller Langeweile, seine schönen, knochigen Hände wie Fangarme ausgestreckt im Gras erkennen, dort wo Isabella sitzt, die ein wenig nach links gewendet lächelt, die Hand auf die Erde gestützt. Das letzte Bild, das Herr Wolfgang zurücklassen wird, bevor er für immer verschwindet, die Kletterpflanzen an seinem leeren Haus fest die Fensterläden verschließen, der schmale Weg von Blättern und toten Insekten übersät daliegt.

Alle schliefen ruhig in jener Nacht, auch die Mutter, die im Morgengrauen zurückgekehrt ist, schlüpfte erleichtert zwischen die Laken: Niemand hatte sie gesehen. Das Räucherwerk, das die Schnaken vertreibt, glomm bis spät, und niemand achtete auf Bilbaos langes Gebell. Und als das Bellen verstummte, hörte man wieder die Grillen und den dumpfen Laut der Nüsse auf dem Kies. So geschah es, daß niemand je herausfand, wer Bilbao getötet hatte und warum.

Olga

O Rose, mon amour... spielte das Grammophon auf dem Tennisplatz an dem Nachmittag, an dem sie angekommen war. Allerdings war an jenem Tag nur ein Junge in kariertem Hemd da, der ihr nachschaute, und um sie besser zu sehen, hatte er sich umgedreht und sich dabei mit der einen Hand am Zaun festgehalten: Sie bog um die Ecke, Giuseppe, der die Karre mit dem Gepäck schob, folgte ihr, und ihr ganzer Traueraufzug mit dem schwarzen Fuchskragen, der ihr über die Schultern fiel, war ziemlich lächerlich. Aber trotz des Flatterns so vieler Rabenflügel wirkte sie nicht erschöpft oder vom Schmerz gebrochen, und sie ging rasch, als hätte sie schon immer an kalten, unwirtlichen Orten gewohnt; und wäre nicht der Schleier gewesen, der ihr im Wind hinderlich war (sie wird ihn sehr bald abnehmen), wäre es niemandem in den Sinn gekommen, viele Fragen zu stellen. Oder ein besonderes Interesse zu verspüren für ihren hochgewachsenen, unbeholfenen Körper, die Hände, die den Pelzkragen königlich unterm Kinn zuhielten, weiß und eisig.

Das Haus lag außerhalb des Dorfes, in der Mitte einer großen Wiese. Es war ein großes, rechteckiges Haus aus Stein, an drei Seiten von einem hölzernen Balkon umschlossen, an der vierten, zum Gletscher hingewandten Seite öffnete sich statt dessen die Veranda, auf der man an schönen Tagen windgeschützt sitzen konnte. Die Schlafzimmer im ersten Stock hatten jedes ein eigenes Bad, und saß man einmal in der Wanne, konnte man Tannen und Lärchen sehen, und am Morgen einige Ringeltauben, die auf den höchsten Zweigen ruhten. Sie hatte sich das Zimmer mit der gelben Dormeuse unter dem Fenster ausgesucht, und während sie zwischen den bestickten Kissen frühstückte, betrachtete sie gern all die gelben Blüten, die sich zwischen den Blättern und den noch geschlossenen Knospen entfalteten. Und dann schweifte der Blick weiter, über die Talsohle hin bis zu dem Gletscher, der wie ein Kristallsplitter in den Bergen steckte, ganz nah und doch fern, unerreichbar und glühend, eine Art Schwamm, der alle Farben des Himmels aufsog bis auf das bleierne Grau der Wolken: »Morgen wird das Wetter umschlagen...«

Anfangs hatte sie oft im Wohnzimmer gesessen, und ihr über die Sessellehne hinausragender Kopf hatte ausgesehen wie der Schopf eines Zugvogels mit von der ersten Kälte gezaustem Gefieder. Noch wußte sie nicht, ob sie bleiben oder zu anderen unbekannten Orten weiterreisen sollte. Sie sah zu, wie die Schatten über die Wiese hereinbrachen, die Bäume und die Blüten des blauen Eisenhuts schluckten, die über den Zaun des Gemüsegartens herüberspitzten, und wartete, daß irgend etwas geschähe, vielleicht nur ein Blitz am Himmel oder das Bellen eines Hundes. Sie nahm immer mehr den eigenen Atem wahr, während der Flügel mit der weißen, von schwarzen Tasten unterbrochenen Klaviatur im Halbdunkel des Zimmers auftauchte wie eine sternenübersäte Insel. Ihre Fingernägel bohrten sich in den Stoff des Sessels, während der Faden ihrer

Gedanken sich in den Eingeweiden entrollte. Man begehrt mit dem Kopf, aber man liebt mit den unwürdigsten Teilen des Körpers. Das Zimmermädchen, das hereinkam, um die Fensterläden zu schließen, sah sie mit hochroten Wangen dasitzen, die harten, glänzenden Augen von aggressiver Schönheit, bereit, wie ein Feuerwerk zu sprühen. Nicht einmal der Lärm der Fensterläden, die geschlossen wurden, schien sie aus ihrer lichten Abwesenheit aufzurütteln. Manchmal hörte man dann später in der Küche, wie sie mit einem Finger Töne anschlug, die mühsam eine kindliche Melodie ergaben.

Eigentlich hätte sie Sympathie und Mitleid wecken müssen mit ihrer langen, immer ein wenig unbeholfenen Gestalt, dem riesigen Hut, den sie am ersten Sonntag aufgesetzt hatte, um zur Messe zu gehen, wo sie dem ganzen Gottesdienst kniend gefolgt war und denen, die hinter ihr saßen, den Blick auf den Altar versperrt hatte. Dem Schritt, mit dem sie über die Wiese ging, als hätte sie sie nach Metern vermessen müssen, während ihr ständig die dichten blonden Haare ins Gesicht geweht wurden von dem Wind, den sie hartnäckig ignorierte. All dies und dazu ihre Jugend und das magere Kindchen, das an schönen Tagen um sie herumzappelte, hätte rühren und Zuneigung auslösen müssen.

Statt dessen empfanden die Leute Verlegenheit ihr gegenüber. Ihr Blick war der des Käuzchens im Baum, ein runder Blick, der unmittelbar eine Erklärung jeder Geste und jedes Wortes verlangte. Es war ein Blick, der sich niemals senkte und immer weiterschweifen konnte, als müßte er noch etwas finden, worauf zu verweilen die Mühe lohnte. Sie saß am Tennisplatz und trank langsam eine Limonade oder blätterte in einer auf dem Tisch gefundenen Zeitschrift, und die Art, wie sie das Glas an die Lippen hob oder eine Seite umblätterte, schien der Distanz Rechnung zu tragen, die sie von den anderen trennte. Manchmal war das von ihr geheuchelte Interesse so offensichtlich künstlich, daß es einer Beleidigung nahekam. Auch wenn sie lächelte, war es immer so, als lächelte sie einzig und allein sich selbst zu, in einem inneren Gespräch, in dem es ganz andere Wörter und Blicke gab, derer nur sie selbst würdig war.

Und doch hatte ihre Geschichte nichts Außergewöhnliches an sich. Es war die alte Geschichte der jungen Schönen, die sich mit der Spindel sticht – und plötzlich bleibt alles stehen. Die Schauspieler im Theater bleiben mit erhobener Hand oder am Eingang zur Bühne stehen. Das Licht des Lampenschirms hält auf der Wand inne, und der Champagner erstarrt im Glas; sogar der Abdruck im Bett versteinert mit allen Falten des Lakens, während auf dem zu Boden geglittenen Kissen gleichnishaft ein dunkles Haar zurückbleibt.

Wenn ein kräftiger junger Mann mit schmalem Schnurrbärtchen und einem hübschen Lächeln, der sich gleich zweimal am Tag rasieren muß, einen Furunkel unter dem Arm bekommt, macht sich niemand große Sorgen. Zumal, wenn Sommer ist und der junge Mann gerade Ferien am Meer verlebt; irgend jemand wird ihm mit Sicherheit raten, einen Umschlag zu machen: »Auf diese Weise wirst du ihn schneller los...« Sonst ruiniert ihm der Furunkel womöglich noch die Ferien, denn er ist lästig, der Ärmel reibt daran. Er macht einen Spaziergang mit seiner jungen Frau, seine Frau ist schwanger und trägt ein blaues Leinenkleid, sie gehen zwischen einer doppelten Reihe Schirmpinien die sandige Straße entlang, Ameisen kreuzen ihren Weg, und die Pinienkerne verlieren ihre violette Patina. Wer ihnen begegnet, schaut ihnen nach, denn sie sind schön, sie sind reich, und sie lieben sich. Drei fast vollkommene Dinge, der Staub schlüpft in die Sandalen und setzt sich am Fuß zwischen den Zehen fest, der Mann spürt nur eine kaum merkliche Beeinträchtigung, einen leichten Schmerz, wenn er den Arm bewegt, während seine Frau vergessen hat, daß es gut wäre, ihm einen Umschlag zu machen. Sie führt ein Tagebuch, in dem sie alle kleinen Ereignisse des Tages festhält, doch von dem Furunkel spricht sie überhaupt nicht. Statt dessen schreibt sie von einem Bettjäckchen, das sie geschenkt bekommen hat: kurz, im Boleroschnitt. Bäume überragen die Gartenmauer, und weiße Oleanderblüten fallen auf die Straße.

Hat sie wirklich nie an ein Unglück gedacht? Ist ihr nie in den Sinn gekommen, daß ein Auto sie hätte überfahren können, während sie die Straße entlanggingen, oder daß eine Welle, größer als die übrigen, sie hätte umreißen können, während sie ins Wasser gingen, und daß die Strömung sie weit hätte hinausziehen können? Nie, nie... Das Glück hat einen blechernen Klang, es ist schwachsinnig, tonlos, ohne Träume und ohne Reflexe, es verbrennt sich die Flügel und glaubt dabei, es gebe Licht. So bleibt sie unter einem Baum stehen und versucht, eine Feige zu pflücken, sie möchte sie gern jetzt essen, jetzt gleich, mit diesem Mund, der durch die Schwangerschaft voller, aber auch blasser geworden ist, eine leicht erschöpft sich öffnende Blüte. »Es ist zu hoch«, sagt sie ärgerlich. Die Mauer ist grau, hat lange Risse, in denen das Venushaar sprießt, an der

Villa jenseits der Mauer leuchten grüne Fensterläden und eine Bougainvillea, deren violette Zweige nach allen Seiten herabfallen wie ein Springbrunnen. Also versucht der Mann, ihr die Frucht zu holen, klammert sich an den Ast und zieht, die Feige scheint unerreichbar, und er zieht noch stärker, die Hand dreht sich und zittert vor Anstrengung, da, nun hat er sie berührt, pflückt sie ab und läßt sie in die zu einer Schale gewölbten Hände seiner Frau fallen, die ihr blondes Gesicht zu ihm emporhebt. Ein unmerklicher Knacks, wie ein geplatzter Reißverschluß, dort, unter der Achsel. Blitzschnell, stechend. Doch schon lächelt seine in blaues Leinen gekleidete Frau, die Augen rund und blau, der Bauch wie ein kleiner blauer Ballon. Der losgelassene Ast schnellt in die Höhe, sie ißt die Feige, hochmütig und töricht.

An jenem Nachmittag, während sie ihm zuhörte, wie er eine Polka von Chopin auf dem Klavier spielte, die Nr. 9, die der Prinzessin von Beauveau gewidmet ist, waren die Töne plötzlich verstummt und sie hatte erstaunt von dem Album, in dem sie gerade blätterte, aufgeblickt: Er war leichenblaß, mit fest zusammengekniffenen Augen, der Schmerz war unerträglich geworden, war jetzt wie ein perverser Finger, der direkt aufs Herz zeigte. Die Phlegmone war gerissen, so hatte der Doktor gesagt, als er ihm den entzündeten Arm abtastete. Es mußte passiert sein, als er versucht hatte, die Feige zu pflücken. Eine Phlegmone ist wie eine Flasche voller Keime, Signora, stellen Sie sich eine Flasche Öl vor, die kaputtgeht, können Sie das Öl stoppen und alles aufwischen, was herausgelaufen ist? Können Sie, Signora, verhindern, daß das Öl sich auf dem ganzen Fußboden ausbreitet?

Am Tag darauf war der junge Mann mit dem schmalen dunklen Schnauzbärtchen gestorben, der verschwitzte, eiskalte Kopf tief ins Kissen gesunken, die Sonne und die Blätter an den Fensterscheiben, draußen die Geräusche von Leuten, die vom Strand zurückkamen und Ameisen und Oleanderblüten und gerade heruntergefallene Pinienkerne in den Boden traten. Der Tod roch nach Eiter und Jodtinktur, nach essiggetränkten Taschentüchern.

»Olga!«

Sie hatte sich verwundert umgewandt, wer wagte es? Ein Junge in kariertem Wollhemd lächelte ihr zu. »Wie bitte?« hatte sie gesagt und dabei kaum die Lippen bewegt.

»Heißen Sie nicht Olga, ich kenne Sie ...«

Woher hätte sie ihn kennen sollen? Sie war langsam weitergegangen, damit er nicht glaubte, er hätte sie erschreckt. Und während sie ging, den Hals leicht vorgestreckt, wie es bestimmte Schwäne tun, die auf den Seen herumschwimmen, hatte sie gedacht: Was für ein gräßliches Hemd!

Doch der Junge war ihr nicht gefolgt, und als sie sich am Gartentor umwandte, hatte sie gesehen, wie er, die Hände in den Taschen, mit seinem Lockenkopf davonging. Und wenn sie sich wirklich schon irgendwo begegnet wären? Sie hatte sich ins Wohnzimmer gesetzt und auf ihn gewartet. Das Kind war gekommen, um ein wenig bei ihr zu sein, und sie hatte ihm ein Bilderbuch gezeigt und die Wörter dazu buchstabiert: Jaguar, Affe, Kamel; und zwischendurch hatte sie hinausgeschaut, um zu sehen, ob er zurückgekommen war. Das Kind war leicht auf ihren Knien, zu leicht, und unter der hellen Haut kreuzten sich die Adern wie Pfade, die man mit dem kleinen Finger hätte nachfahren können, wenn es nicht jedesmal unwillig den Kopf weggezogen hätte. Dann war das Kind heruntergerutscht, und sie war wieder allein. Und da hatte sie ihn gesehen: Er saß auf dem Lattenzaun am Ende der Wiese und betrachtete das Haus. Sie hatte das Licht angemacht und war am Fenster vorbeigegangen, im Profil. Der Junge war gekommen und hatte an die Scheibe geklopft: Draußen war es dunkel, es regnete, sie hatte das Fenster geöffnet und ihn, die Finger leicht auf das Fensterbrett gestützt, nach seinem Namen gefragt, genauso, wie sie jemanden in einer Schulklasse aufgerufen hätte. Der Junge hatte angefangen zu lachen, er wirkte sehr jung, und seine Haare waren naß vom Regen. »Der Briefträger ist heute krank, da habe ich mich erboten, daß ich sie Ihnen bringe«, hatte er gesagt und ihr eine vom Regen aufgeweichte Zahlungsanweisung zwischen die Finger geschoben. Daher also kannte er ihren Namen! Die Tinte war durch das Wasser auf dem Formular zerflossen: Sie würde bei der Post reklamieren, man stellte eine Anweisung nicht in solch einem Zustand zu. Sie hatte in ihrer Handtasche nach Kleingeld gesucht und es aufs Fensterbrett gelegt. »Sind Sie beleidigt, daß ich Sie mit Vornamen angeredet habe? Ich wollte Sie kennenlernen …« und wenn seine Stimme auch ironisch war, so drückte sein Blick doch nur Zärtlichkeit für so viel hartnäckigen Hochmut aus. Aber sie hatte das Fenster wieder geschlossen, ohne ihm zu antworten, die Münzen lagen naß im Regen draußen.

In jener Nacht war sie schweißgebadet aufgewacht, hatte das Licht angemacht und lange auf die gelbe Dormeuse gestarrt. Diese Stille war schrecklich: Sie hätte wieder heiraten sollen, und es wäre alles vorbei gewesen. Sie fürchtete sich nun schon beinahe vor ihrem nackten Körper, und wenn sie ihn in der Wanne sah, berührte sie ihn kaum, als könnte er ihr einen elektrischen Schlag versetzen.

Tags darauf hatte sie das kleine Mädchen gerufen, das in dem Haus jenseits der Straße wohnte, ein rundliches kleines Mädchen, das so ging, als hätte es bei jedem Schritt von einem Kästchen ins andere hüpfen müssen. Die Kleine kam gern und war sofort gelaufen, um das Dominospiel zu holen. Der Tag war wunderschön, die Sonne hatte die Wiese getrocknet, und sie saß ohne Jacke auf der Veranda, die Arme, die aus der Bluse hervorkamen, von leichtem blondem Flaum bedeckt. Giuseppe hatte angefangen die Wiese zu mähen, und das geschnittene Gras welkte zuammen mit den blauen Glockenblumen, das Kind, das auf einer Decke auf dem Boden saß, hatte sich das Leinenhütchen abgenommen und seine Haartolle glänzte in der Sonne. Dem kleinen Mädchen gefiel es, der Signora zuzusehen, wie sie die Dominosteine hochkant vor sich aufstellte und wie ihre Zunge wieder und wieder über die feuchten Lippen fuhr. Sie war überzeugt, daß der Junge wiederkommen würde, und hatte sich mit dem Rücken zur Straße gesetzt: Wenn sie ihn ankommen sähe, würde sie nicht einmal den Kopf heben, sondern Guiseppe bitten, ihn zu fragen, was er wollte.

Doch es hatte genügt, daß die Kleine die Augen vom Spiel aufhob, und schon hatte sie sich ruckartig umgewandt: Da stand der Junge und grüßte das kleine Mädchen, als kennten sie sich schon seit eh und je (und das hätte sie natürlich wissen müssen). Jetzt, in der Sonne, wirkte er nicht mehr so jung, und auch die Haare waren weniger dunkel, mit roten Reflexen. »Ah, ihr kennt euch...«, hatte sie gesagt und Überraschung geheuchelt, während sie mit dem Blick schon zu den Punkten auf den Dominosteinen zurückgekehrt war. »Warum setzen Sie sich nicht?« hatte sie freundlich hinzugefügt und auf einen Stuhl gezeigt, auf dem ihre Strickjacke lag. Aber der Junge hatte sich zu dem Kind hinuntergebeugt und mit ihm zu scherzen begonnen, indem er ihm Steinchen auf die Decke warf. »Kommen Sie heute Nachmittag mit mir zu La Trinité?« hatte er unvermittelt gefragt und die Steinchen auf die Decke zurückfallen lassen, als existierte das Kind nicht mehr. Sie hatte sich verblüfft umgedreht, er sah sie an, als wollte er sagen: Du kannst nicht nein sagen, ich weiß es... Das kleine Mädchen saß mit offenem Mund da, und auch Giuseppe hatte zu mähen aufgehört und schaute erstaunt unter seinem zerbeulten Filzhut hervor.

»Du bist dran«, hatte sie zu dem Mädchen gesagt.

»Nein, Sie sind dran, ich habe die fünf hingelegt«, hatte das Mädchen finster erwidert. Es war im Sommer '39, und das kleine Mädchen würde im nächsten Frühling sterben, weil es dumm hingefallen war, aber das konnte sie nicht wissen, so wenig wie sie sich vorstellen konnte, daß die Kleine jetzt darunter litt, daß sie sie vom Spiel abgelenkt sah. Giuseppe hatte wieder zu mähen angefangen, und die Sense pfiff durch das Gras.

»Ich würde Sie gegen drei Uhr abholen oder, wenn es Ihnen lieber ist, gegen vier.« Der Junge hatte sich aufgerichtet, und die letzten Steinchen glitten zu Boden.

Aber La Trinité hatten sie weder an jenem Nachmittag noch an den folgenden Tagen aufgesucht. Giuseppe hatte die Wiese fertig gemäht und begonnen, die trokkenen Äste der Lärchen zurückzuschneiden, ab und zu beobachtete er, zwischen den Baumstämmen verborgen, was im Haus vorging, aber die Signora war fast immer fort, und wenn abends die Lichter angingen, blieb das Wohnzimmer dunkel, man sah nur das Kind ein letztes Mal über den Balkon laufen, gefolgt von den schweren Schritten der Amme auf dem Holz. Alle sagten, daß die Signora wieder heiraten würde, wahrscheinlich jemanden, den sie am Tennisplatz kennengelernt hatte, wo sie nun jeden Nachmittag verbrachte, einen jener Herrn mit Kniebundhose und Schirmmütze à la Prince of Wales, die sie oft nach Hause brachten und dann auf der Terrasse noch einen Vermouth tranken. Die Signora hatte auch aufgehört, jene langen Spaziergänge zu machen, von denen sie zu Beginn der Saison so begeistert gewesen zu sein schien, und wurde oft in einem dunklen Di Landa gesehen, der in den oberen Teil des Tales fuhr.

An dem Nachmittag, an dem der Junge vorbeigekommen war, um mit ihr zu La Trinité hinaufzusteigen, war er statt dessen dageblieben, und auf dem Hocker am Flügel im Wohnzimmer sitzend, hatte er ihr von Liebe gesprochen. In Wirklichkeit hatte er »Begehren« gesagt, und das Wort Liebe war nur ein einziges Mal vorgekommen, als er gesagt hatte: »Ich weiß nicht, ob ich Sie liebe, weil ich Sie so sehr begehre, oder ob ich Sie so sehr begehre, weil ich Sie liebe.« Sie hatte ihm stumm zugehört, bemüht, die Bilder zu bezähmen, die seine Worte in ihr aufsteigen ließen, und ihre Hände hatten angefangen zu schwitzen, entsetzlich zu schwitzen. Die Worte flossen aus dem Jungen heraus, er sprach davon, wie er sie zum erstenmal gesehen hatte, von ihrem Körper und von ihrer Art zu gehen, von den Nächten, in denen er wach lag und an sie dachte; und er hätte gar nicht mehr wie ein Junge gewirkt, wäre da nicht dieses leichte Lachen gewesen, mit dem er sich ab und zu gegen ein Schweigen zu schützen versuchte, das er als aggressiv empfand. Es war dunkel geworden, und sie hatte es nicht einmal bemerkt, da ihre Augen sich an das Zwielicht im Zimmer gewöhnt hatten. Ihr Herz schien sich in eine Schlange verwandelt zu haben, die sich immer enger um sie wand, oder war es etwa nicht das Herz? Der Junge hatte begonnen, auf den Tasten zu klimpern, um das Schweigen zu brechen, das ihn zu überwältigen drohte: *O Rose, mon amour*... hatte der Zeigefinger auf den schwarzen Halbtontasten zusammengesucht.

Er war danach fast jeden Abend wiedergekommen. Sie saß immer in demselben Sessel und tat so, als spräche sie von diesem und von jenem, wobei sie ab und zu aufstand, um das Feuer anzufachen, bis der Junge ungeduldig wieder davon anfing, wie er sie am Nachmittag gesehen hätte, oder von ihrem Mund, während sie die heiße Schokolade trank und ihn durch die Scheibe des Hotels Posta ansah, die Hände um die Tasse gelegt. Oft war das Feuer das einzige Licht im Zimmer, und während er sich immer schwärmerischer in Einzelheiten erging, hielt sie ihren Blick unentwegt auf ihn gerichtet, die Beine zur Seite geneigt, die wegen der Hitze des Feuers brannten, ohne daß sie deswegen ihre Stellung verändert hätte. Manchmal kam er sich wie einer jener Vögel vor, die sich töricht mit ihrem Gesang auf einem Ast bemerkbar machen, dann schaltete er unvermittelt das Licht an; sie zwinkerte verlegen und wandte den Blick ab von jenem zärtlichen, herben Gesicht, das noch in seine eigenen Worte versunken war.

Einmal waren sie zusammen zu einer Hütte hinaufgestiegen, wo man draußen sitzen und frisch gemolkene Milch trinken und Honig essen konnte, der auf dicke Brotscheiben gestrichen wurde. Sie hatten den durch einen weißen Pfeil gekennzeichneten Pfad genommen, und der Junge war froh – miteinander zu wandern kam ihm vor wie eine große Eroberung, die andere, noch größere einleitete. Sie hatte sich die Strickjacke um die Taille gebunden und ging voraus, sorgfältig die Wurzeln meidend, die den Weg kreuzten; sie trug kurze Wollsöckchen und ihre nackten Waden spannten sich glatt und kräftig. »Deine Beine gefallen mir«, hatte der Junge gesagt. Er log, sie verblüfften ihn und ließen ihn in gewisser Weise kalt, denn sie gefielen ihm sehr viel mehr, wenn sie im Sessel saß und die Beine in den Seidenstrümpfen sich lang und träge zur Seite neigten. Bei der Hütte angekommen, hatten sie sich draußen an den Tisch gesetzt, und während sie darauf warteten, daß die Bäuerin die Milch brachte, hatte sie gesagt: »Ich heirate.«

Es war sehr windig dort oben, und die Kühe weideten und suchten Gras rund um die abgeschnittenen Baumstümpfe, Wasser tropfte aus einer Holztränke und bildete schlammige Pfützen auf dem Boden. Seine und ihre Augen waren sich begegnet, und in den ihren standen Bilder, die ihn treffen und verletzen sollten, und zugleich auch ihrer beider gemeinsame Wünsche.

»Wann?« hatte der Junge gefragt. Denn es war nicht

so wichtig, wen sie heiratete, als vielmehr der Augenblick, der Blitzschlag, der den Raum durchzucken und das Vorher vom Nachher scheiden würde.

Die Bäuerin hatte die Milch gebracht, sie kannte den Jungen gut und sprach ihn mit seinem Namen an. »Hast du eine neue Verlobte dieses Jahr«, hatte sie gesagt und begonnen, das Brot aufzuschneiden, wobei sie es gegen die Brust gedrückt hielt. »Nein, sie ist nicht meine Verlobte, sie ist eine Dame, siehst du das nicht?« Die Milch war aus der Tasse geschwappt und in die breiten Holzritzen geflossen, die Wolken kamen und gingen mit dem Wind. »Im Oktober«, hatte sie gesagt, während sie den Honig auf die Brotscheibe tropfen ließ, »ich heirate im Oktober.« Sie heiratete einen reichen, nicht mehr jungen Mann. Einen erfahrenen Mann. Oktober war noch weit, und er hatte einen Seufzer der Erleichterung ausgestoßen. »Ach, Oktober ...« Einen Augenblick lang hatte er gefürchtet, sie würde sagen: Morgen, nächste Woche. Denn sie war zu allem fähig: Sie aß und verfolgte dabei die Honigtropfen, die ihr über die Finger liefen, mit der Zunge, ein keineswegs damenhaftes Benehmen, und auch die Art, wie sie das Brot hastig hinunterschlang, erinnerte ihn an manche Darstellungen des Jüngsten Gerichts, auf denen Judas zur Hälfte in Luzifers Mund steckt. Dennoch hatte sie in jenem Moment gewiß nichts Diabolisches, sie war nur hungrig nach dem Aufstieg, das Gesicht vom Wind gerötet.

Sie hatten nicht mehr von der Heirat gesprochen. Eines Tages aber hatte sie sich aus einem dunklen Di Landa gebeugt und ihn herbeigerufen: Sie wollte wissen, auf welchem Weg man am besten zur Schlucht unten in Gaby hinunterkäme. Sie hatte die Fensterscheibe heruntergekurbelt und unter dem breitkrempigen Hut zeichnete sich der runde rote Mund wie ein nicht gerade keuscher Gegenstand in der Blässe des Gesichts ab. »Da kommt man nicht mit dem Auto hin«, hatte er kurz angebunden erwidert. »Wir wollten nur wissen, wo man am besten durchkommt«, lächelte sie mit dem falschen Lächeln der Herrschenden, während die Perlenkette an die Scheibe schlug. Dem Jungen war es so vorgekommen, als schauten ihn die Augen unter der Hutkrempe hervor amüsiert, aufreizend an. Er hatte sich hinuntergebeugt, um zu antworten, und plötzlich hatte sein Blick den des Mannes gekreuzt, der neben ihr saß; der Mann hielt mit einer behandschuhten Hand das Lenkrad, die andere lag lose in ihrem Schoß, fast selbstvergessen zwischen den Falten ihres Rockes. Wie vom Donner gerührt, starrte er auf die kurzen, kräftigen Finger. Das also wären dann *diejenigen, welche,* vielleicht waren es schon *diejenigen, welche.*

Am Abend war er früher als gewöhnlich gekommen, und auf dem Lattenzaun sitzend, hatte er gewartet, sie aus dem Auto aussteigen und durch das gebündelte Licht der auf die Veranda gerichteten Scheinwerfer gehen sehen. Und kaum hatte sie ihn hereingelassen, hatte er sich ans Klavier gesetzt und begonnen, sie zu beschimpfen, die schlimmsten, ordinärsten und beleidigendsten Beschimpfungen auszustoßen, während sie im Dämmerlicht des Zimmers den Hut abnahm und die kurzen blonden Haare schüttelte, ohne sich im geringsten darum zu kümmern, was er sagte. Als wäre er ein armer Irrer: Was wollte er von ihr, sollte er doch gehen und sie in Frieden lassen. Sie hatte sich zum Kamin hinuntergebückt, um das Feuer anzufachen, und die Falten ihres Rockes breiteten sich auf dem

Teppich aus, zerknittert, wo sie im Auto länger darauf gesessen hatte. Plötzlich hatte er wieder den Polstergeruch des Di Landa in der Nase gehabt, und nun wollte er alles wissen, was geschehen war, während sie die Straße hinuntergefahren waren, die nach Gaby führte, und dann, als sie den Weg entlanggegangen waren, der sich die Schlucht hinaufschlängelte, einen immer menschenleeren Weg, wo sie vielleicht im Schutz der Bäume gerastet hatten und das Wasser, das unten mit Getöse durch die Felsen brauste, ihr Angst gemacht hatte. Das war eine gute Entschuldigung, die Angst. »Hure, Hure«, sagte er immer wieder, während sein Blick unwiderstehlich angezogen wurde von den Falten des Rockes, die sich öffneten und schlossen, während sie die Feuerzange an ihren Platz zurückstellte und sich dann an den Flammen die Hände wärmte, das Schloß der Perlenkette schwankend auf dem letzten hellen Halswirbel. Ihr gefiel der strubbelige Kopf, jenes leicht gespenstische Gesicht mit der über den Jochbögen gespannten Haut, dessen Züge weiterhin freundlich waren trotz der immer wüsteren Wörter, die ihn in der Kehle zu kratzen schienen. Ihr gefielen jene Augen voller Wut, die unablässig nach Zeichen suchten, als hätte die Hand, die er in ihrem Schoß hatte liegen sehen, überall Abdrücke hinterlassen müssen. Sie war ans Klavier getreten und im Stehen, sein Gesicht beinahe mit ihrem Arm streifend, hatte sie den Zeigefinger über den Tasten ausgestreckt: Wie ging es doch, das Lied *O Rose mon amour*...? Er hatte sich ruckartig erhoben, und bevor sie noch Zeit hatte auszuweichen, hatte er ihr eine Ohrfeige gegeben. So heftig, daß er sie am Mund verletzte, und nun hatte er Blut an seiner Hand.

Seit undenklichen Zeiten hatte niemand sie je geschlagen. Ihr Ehemann, der so stark gewesen war, daß er mit einem Arm die Äste der Bäume hatte beugen können, der sich so gewaschen hatte, daß das Wasser aus der Wanne das ganze Bad überschwemmte, hatte sie stets vorsichtig angefaßt. Auch wenn er sie seine Kraft hatte spüren lassen, hatte er niemals ihre Verletzlichkeit vergessen. Ihr Mund schmerzte, die Beleidigung war unerträglich: »Geh, geh«, hatte sie zu ihm gesagt und sich dabei das Taschentuch aufs Gesicht gedrückt.

So hatten die abendlichen Besuche jäh aufgehört; und sie hatte seither weder das Wohnzimmer betreten noch den Kamin angezündet. Das kleine Mädchen kam und holte sich einen Klappstuhl, um ihr auf der Wiese Gesellschaft zu leisten, wollte wissen, wann sie wieder Domino spielen würden; sie aber konnte nicht einmal daran denken, die Schachtel hervorzuholen und die Spielsteine wie früher auf dem Tisch aufzureihen. Auf dem Tennisplatz kam es nun immer häufiger vor, daß sie auf eine Stelle starrte oder sich plötzlich umwandte beim Klang einer Stimme, die irgendwie der ähnelte, der sie so viele Abende lang im Halbdunkel des Wohnzimmers gelauscht hatte. Er wird wiederkommen, dachte sie, oh, er muß wiederkommen ... als hätte ihr Prestige auf dem Spiel gestanden und sie ihn unbedingt wiedersehen müssen, um ihm zu sagen, wie sehr sie ihn haßte.

Der Mann, den sie heiraten würde, hieß Alfredo, und oft saß sie am Rand des Spielfelds und sah ihm beim Tennis zu: Alfredo spielte gut, und es war schwierig, ihn zu schlagen, doch wenn er verlor, trocknete er sich den Schweiß und vergaß darüber, dem Gegner die

Hand zu geben. Allerdings kam es selten vor, fast immer verließ er das Feld und klopfte sich mit dem Schläger zufrieden auf die gummibesohlten Schuhe, beugte sich zu ihr herab, um ihr dort, wo sich die Adern kreuzen, das Handgelenk zu küssen, sie sah die kahle Stelle oben auf seinem Kopf, glänzend, gebräunt und rund. Sein Atem roch nach Minze. Sie machten einen Ausflug mit dem Auto, und der Di Landa kroch steinige Pfade hinauf und hielt oben mit knirschenden Rädern auf dem Kies, sie sah zu, wie der Sonnenuntergang einen Fächer warmer, rötlicher Farben am Himmel entfaltete, deren Widerschein sich auf Alfredos Gesicht legte, in seinen unverwandt auf sie gerichteten Augen glänzte, die durch die Sonne und das viele Tennisspielen hervortraten, grünlich, stechend, fähig, eine Einzelheit schnell einzuschätzen. Andere Male trommelte der Regen auf das Autodach und die Scheiben beschlugen in der Wärme ihres Atems, dann steckte Alfredo eine Hand in ihre Bluse, schob die schmalen Träger des Unterrocks beiseite, berührte und streichelte sie mit zwei Fingern, mit dem ausgestreckten, warmen und trockenen Daumen. Seine Beine preßten sich an ihre, hart, muskulös, sie spürte, wie die Hand versuchte, über den Rockbund hinaus weiter nach unten zu gelangen, seine Wangen auf ihrer Haut kratzten. Doch sie rührte sich nicht, als sei es ihr gleichgültig, ob er dieses oder anderes tat.

Eines Nachmittags hatte sie es nicht mehr ausgehalten. Sie hatte nach dem kleinen Mädchen geschickt und es gebeten, sie zu dem Haus zu begleiten, wo der Junge wohnte. »Ich muß ihm ein Buch zurückgeben«, hatte sie gesagt, ohne sich die Mühe zu machen, eines mitzunehmen. Doch aus Liebe zu ihr hatte die Kleine keine

Fragen gestellt. Unterwegs hatten sie sich unterhalten, sie fühlte sich heiter und wenn das kleine Mädchen stehen bleiben wollte, um Himbeeren oder Blaubeeren zu pflücken, sagte sie, komm, pflück sie auf dem Rückweg. Sie hatte es eilig, ihn zu sehen, es schien ihr nun, als könne sie keine Minute mehr warten.

Der Junge saß am Tisch vor dem Fenster und lernte, den Kopf zwischen den Händen, und seine Finger verschwanden zwischen den dunklen krausen Haaren. Zuerst hatte er die Kleine gesehen, dann hatte er plötzlich ihre Gegenwart gespürt und sich umgedreht: Sie stand in der Tür, strahlend, als wäre sie der Erzengel Gabriel mit einer Lilie in der Hand: »Ich bin gekommen, um dir zu sagen, daß du wiederkommen sollst.«

Alles war wunderbar, das Zimmer mit den alten geschnitzten Balken, die niedrige Decke, die sonnenbeschienenen grünen Kastanienblätter am Fenster, der große rußgeschwärzte Ofen. Die Mutter des Jungen hatte ihr einen Apfelschnaps angeboten, das ganze Haus roch nach Äpfeln und Heu, und der Schnaps brannte ihr in der Kehle. »Nein, ich will nicht mehr wiederkommen«, hatte der Junge gesagt, während er ihr beim Trinken zusah. Er wolle lernen und im Oktober mindestens zwei Prüfungen ablegen. Im Oktober, wenn sie heiraten würde. Er müsse seinen Doktor machen, bevor etwas passierte, denn früher oder später würde bestimmt etwas passieren. »Wenn ich wiederkomme, ist es aus«, hatte er gesagt, sein Leben würde wie ein Glas, das von einem Stein getroffen wird, an diesem einen Punkt zersplittern. Sie hatte noch einen Schluck getrunken, die Demütigung nahm ihr jede Kraft. Das kleine Mädchen saß auf dem Bett und streichelte die Katze, es blickte sie an und sah das unmerkliche Flattern der Augenlider und das gezwungene Lächeln, während sie versuchte, von anderem zu sprechen, von dem Kastanienbaum draußen, von den Äpfeln, von Giuseppe.

Der Junge hatte sie ein Stück begleitet, das kleine Mädchen war enttäuscht und zog beim Gehen die Füße nach, sogar die Zöpfe schienen an dem Unglück teilzunehmen und hingen untröstlich herunter. Er war ohne Pullover mitgegangen und schauderte, Wolken waren am Himmel aufgezogen, und dazwischen sah man die ersten Sterne blinken und ab und zu einen noch kleinen Mond. Als sie einem hoch mit Gras beladenen Karren begegneten, hatte der darauf sitzende Mann eine Art Gruß unter seinem Hut hervorgemurmelt. »Das ist mein Vater«, hatte der Junge gesagt. Man hörte Hunde bellen und das Brummen des letzten Autobusses nach Ivrea, sie gingen an den Gemüsegärten entlang, wo der Salat hell in den Furchen leuchtete. »Also wirst du nicht mehr kommen?« hatte sie ihn in einem letzten Versuch gefragt. Wie sollte er standhaft bleiben in diesem ungewissen Licht, das ihr Gesicht zärtlich flehend machte, einem auf der Haut kühlen Licht voller ungreifbarer Schatten. »Morgen?« hatte sie in einem höheren, im Hals sitzenden Ton gefragt, als fühlte sie sich fast schon siegen, und hatte mit der Hand über seinen Mund gestrichen. Er hatte an dieser feuchten, kalten Handfläche geleckt und gesaugt, sie mit seiner Hand auf dem Mund festgehalten. Das kleine Mädchen hatte von der anderen Seite der Straße her gerufen: Sie war müde, hatte Kopfweh, und ihre Stimme war voller Groll.

Sie hatte drei Abende hintereinander auf ihn gewartet. Sie hatte ins Feuer geschaut, bis das Holz ganz niedergebrannt war, und war dann noch weiter sitzengeblieben und hatte in die Glut gestarrt, unfähig, irgend etwas anderes zu tun. Am dritten Abend war sie in ihr Zimmer hinaufgegangen und hatte sich sorgfältig angekleidet und geschminkt: Im Spiegel hatte ihr Gesicht eine gipserne Starre; sogar das Kind hatte sich vor der kalkulierten Süße ihres Blickes gefürchtet, als sie sich heruntergebeugt hatte, um ihm gute Nacht zu sagen. Im Tennisklub spielten sie noch Karten, über einem einzigen Tisch brannte noch Licht, und Alfredo saß mit dem Rücken zu ihr, die weißen, roten und blauen Fiches auf dem grünen Tuch verteilt. »Setz dich«, hatte Alfredo gesagt, »wir spielen die Runde zu Ende«: er hatte begriffen, daß endlich der Augenblick gekommen war, aber er war nicht der Mann, der die Ruhe verlor, er hatte nur, von plötzlicher Euphorie gepackt, noch einmal geboten und gewonnen. Sie brachte ihm Glück, und außerdem war sie schön, Gott, wie schön sie so angemalt war, mit diesem Rot auf den Lippen, das aussah wie Blut.

Unterwegs hatten sie geschwiegen, der Di Landa nahm weich die Kurven, und die Scheinwerfer streiften die Büsche, Alfredo rauchte, drückte die Zigarette aber gleich wieder im Aschenbecher aus, und sein Profil sah im Halbdunkel mit den weichen Falten am Hals und den etwas schlaffen Wangen unter dem Schirm seiner Mütze hervor. Das Hotel in Ivrea lag in der Nähe des Bahnhofs, ein Militärzug stand auf den Gleisen, und Singen und Rufe drangen auf den Platz zusammen mit dem Schleifen schwerer Stiefel auf Zement. Alfredo war bekannt hier, und der Portier hatte ihm sogleich das beste Zimmer gegeben, das mit Blick auf die Lichter des Bahnhofs. Der große Spiegelschrank klirrte bei jedem Schritt, ein Geräusch wie von Gläsern auf einem Tablett. Das Bett war breit, weiß, *»Une espèce de rivière«* hatte Alfredo gesagt und sie dabei sanft hinuntergedrückt. Er hatte ihr die Bluse, dann den Rock ausgezogen und sie betrachtet. Die Schuhe hatte er ihr erst später ausgezogen, sie mit seinen Füßen von den ihren gestreift. Und auf einmal war die Verzweiflung in Begierde umgeschlagen, eine Begierde, die sich ausbreitete, wie eine Flüssigkeit, die sich in eine leere Form ergießt. Eine heranrollende Flut, die aufhob, was ihr begegnete, die Baumwipfel beugte, tote Insekten und Vogelfedern forttrug, neugeborene Spatzen mit noch geschlossenen Augen. Sie hatte Liebe gemacht wie nie zuvor, wie sie es sich nicht einmal hätte vorstellen können. Wie sie es niemals wieder machen würde.

Danach hatte sie sich zwischen den Laken zusammengerollt: *Une espèce de rivière* dachte sie, während Alfredo wieder im Zimmer umherging und der Spiegel klirrte. Auch für ihn war es eine unerhoffte Erfahrung gewesen, und er fühlte sich voller Dankbarkeit. »Wenn du willst«, hatte er gesagt, »bestellen wir ein Bad.« Sie betrachtete im Spiegel, wie die kahle Stelle oben auf seinem Kopf im Licht glänzte: *Une espèce de rivière,* dachte sie noch immer.

Das Restaurant war menschenleer, an den dunklen Holzwänden waren ausgestopfte Tiere angebracht. Ein Fuchs, ein Murmeltier. »Ein Mäusebussard«, hatte Alfredo gesagt und auf einen großen Vogel mit ausgebreiteten Schwingen gezeigt. Lauter Tiere, die er in Slowenien gejagt hatte, in Slowenien, wohin er nun mit ihr zurückkehren wollte. Der Militärzug war wieder abgefahren, und durch die dünnen weißen Vorhänge sah man den stillen Platz, auf dem Tisch glänzten die von der Kellnerin blankgeriebenen Gläser zwischen dem Alpaccabesteck, aus der Küche wehte der Geruch von Suppe herüber. »Heiraten wir gleich«, hatte Alfredo gesagt. Sie hatte das gewinnende Lächeln von damals aufgesetzt, als sie in blaues Leinen gekleidet unter den Schirmpinien spazierenging. »Ich wünsche mir nichts anderes«, hatte sie erwidert und unter dem Tisch mit den Knien seine Beine gestreift.

»Bitte«, hatte sie gesagt, »es ist sehr wichtig.« Das kleine Mädchen zögerte, der Weg war weit, und außerdem hatte es keine Lust, ihn allein zu gehen. »Wenn du gleich losgehst, kommst du rechtzeitig zur heißen Schokolade zurück.« Eine Tasse Schokolade, mit ihr auf der Veranda eingenommen. Die Veranda lag voll in der Sonne, und das Kind ging auf und ab und zog dabei eine Holzente hinter sich her, die mit dem Schnabel klapperte. Giuseppe war stehengeblieben, um zuzuschauen. Die Kleine hatte den Brief in die Tasche gesteckt und sich querfeldein auf den Weg gemacht, die beiden Schleifen an den Zopfenden zitterten in der Sonne wie Schmetterlinge, die sich auf ihren Schulterblättern niedergelassen hatten. (Nach ihrem Tod würde man ihr die Zöpfe lösen, und die dichtgewellten Haare würden sich wie ein Fächer über ihre gerade knospende Brust breiten.)

Doch als sie zurückkehrte, hatte sie weder heiße Schokolade noch ein Lächeln zur Belohnung vorgefunden, ihre Mutter suchte sie schon den ganzen Vormittag, und sobald sie sie hatte kommen sehen, war sie ihr schreiend entgegengelaufen; und während sie sie ins Haus schleifte, hatte sie einen letzten verzweifelten Blick zurück auf die Veranda geworfen, um zu sehen, ob die Signora dort säße und mit den dampfenden Tassen voll heißer Schokolade auf sie wartete. Aber die Veranda war leer, leer der Korbsessel: Die Signora war zum Tennisplatz gegangen. Und den Brief, den sie mit soviel Eifer überbracht hatte, verbrannte der Junge nun mit der Spitze seiner Zigarette. Er zog daran, und wenn die Glut rot war, stieß er sie hier auf eine Silbe, da auf eine andere, und durch die Löcher betrachtete er den blauen Himmel zwischen den lichten Blättern des Kastanienbaums. Nichts würde je wieder so sein wie vorher, die Blätter des Kastanienbaums nicht, der blaue Himmel nicht, die Stimme seiner Mutter nicht, wenn sie sagte: Wollen Sie ein Gläschen Apfelschnaps?...So genau war sie in der Beschreibung gewesen, daß er sie sah, es war, als würde er sie berühren auf jenem Bett, in der Wanne, wo sie sich danach gewaschen hatte, um zum Abendessen hinunterzugehen, eine emaillierte Eisenwanne, in der ihr das Wasser über Rücken und Brust gerauscht war. Und jetzt stach die glühende Zigarettenspitze in die strahlenden Augen, die ihn an jenem Nachmittag von der Tür her angesehen hatten, durchlöcherte die Handfläche, die er an den Mund gepreßt hatte auf der Straße, die an den Gemüsegärten vorbeiführte, während ein kleiner Mond am Himmel stand.

Ganz atemlos vom Laufen war er angekommen, als sie noch draußen mit dem Kind spielte, da sie ihn nicht so früh erwartete. »Was willst du?« hatte sie gefragt, ohne ihn anzusehen. »Ich kann jetzt nicht.« (Ihre kurzen Haare waren in Unordnung und ihre Fingernägel noch lackiert.) »Wann ist es gewesen?« hoch stand er über ihr, der Schweiß trübte ihm den Blick. »Ich hab es dir geschrieben, gestern abend.« – »Gestern abend, wann?« – »Um neun, um zehn ... ich weiß es nicht«, sie hatte sich aufgerichtet, um hineinzugehen, und das Kind war ihr gefolgt, die Ente hinter sich herziehend, so daß das Geklapper des Schnabels ihre absichtlich leise gesprochenen Worte übertönt hatte.

Er hatte angefangen, Giuseppe zu helfen, spürte die Augen des kleinen Mädchens, das ihm hinter den Scheiben zuschaute, wie er den Schubkarren schob und die geschnittenen Stämme aufeinander schichtete. Später hatte er am Tennisplatz herumgelungert; die Damen saßen in der Sonne und strickten, aber sie war nicht darunter. Alfredo hingegen war da, er spielte und bewegte sich geschmeidig, der Ball prallte mit einem Schnalzen vom Boden ab, und der Junge konnte seine trockene, schneidende Stimme hören. Endlich hatte er sie im Hotel Posta sitzen sehen: Sie war allein und hatte die Strickjacke so achtlos übergestreift, daß eine Ecke des Kragens noch nach innen umgeschlagen war. Es hatte ihm genügt, sie zu sehen, während sie fröstelnd die Jacke enger um sich zog, die runden blauen Augen starr ins Leere gerichtet: Ihr Körper hatte sich verflüchtigt wie ein Schatten, wenn sich das Licht zurückzieht, er war nun wie die am Schwanz gepackte Eidechse, die sich in letzten, vergeblichen Zuckungen windet.

(Seine Prüfungen würde er nie mehr ablegen. Die halb gelesenen und von der Mutter ehrfürchtig aufbewahrten Bücher würden sich bei seiner Rückkehr als unbrauchbar herausstellen. Sie würde heiraten, in einem perlgrauen Kostüm und einem Hut mit gepunktetem Schleier, das kleine Mädchen würde mit einem Kränzchen aus Stoffblüten auf dem Kopf und halbhohen Kniestrümpfen die Brautjungfer spielen. Keine

Erinnerung würde bleiben an jenen Tag, außer einer Fotografie des breitbeinig dastehenden kleinen Mädchens, aufgenommen in einem Augenblick verblüfften Staunens von einem Amateurfotografen, einem Ausflügler, der an jenem Morgen zufällig mit der Kamera um den Hals dort vorbeigekommen war. Er würde fort sein an jenem Tag, beim Wehrbezirkskommando, wo ein Stabsarzt seinen nackten Körper begutachten und seine flügelförmig abstehenden Schulterblätter betasten würde: Verfluchtes Wasser des Tals!)

Er hatte sich auf den Lattenzaun gesetzt und begonnen, mit einem Federmesser einen Ast zu ritzen, nach dem windigen Tag schien die Dämmerung plötzlich in einem letzten Aufzucken des Lichts alle Farben zu schlucken. Er hatte gesehen, wie das Kind vor dem Zubettgehen noch einmal zwischen den Holzverstrebungen des Balkons herausgeschaut hatte und die Köchin mit dem Salat in der Schürze aus dem Gemüsegarten zurückgekommen war, wie Giuseppe die Geräte verstaut und sich auf den Heimweg gemacht hatte. Dann waren alle Lichter ausgegangen außer dem in der Küche, durch die Fensterläden konnte man nun die Köchin das Geschirr spülen sehen. Er wartete schon sehr lange und vielleicht würde sie gar nicht kommen, hielt etwas oder jemand sie fern. Er hatte den Stock weggeworfen und sich dem Wohnzimmerfenster genähert, die Notwendigkeit zu wissen, warum sie nicht kam, war unerträglich geworden. Er stellte sich vor, daß sie im Restaurant säße und hassenswert gelassen den Löffel in die Suppe tauchte.

Dabei war sie längst zurückgekommen, und als sie aus dem Auto ausgestiegen war, hatte sie geschwankt, Alfredo hatte ihr einen Cognac zu trinken gegeben.

»Ich komme mit rauf«, hatte er gesagt, sie hatte den Kopf geschüttelt und war rasch hineingegangen, nur erschreckt, daß er ihr folgen könnte. In ihrem Zimmer hatte sie sich erschöpft aufs Bett geworfen. Durchs Fenster hatte sie zugesehen, wie der Gletscher immer mehr Farbe verlor, und hatte Angst gehabt, einzuschlafen und mitten in der Nacht aufzuwachen. Zu spät. Lange hatte sie gegen das Zittern und die Kälte angekämpft, hatte sich einen Tee machen lassen, aber der Tee war kalt geworden, ohne daß sie die Kraft gefunden hätte, ihn zu trinken. Der Gedanke, daß er unten auf sie wartete, hatte sie in eine Art Taumel versetzt, sie spürte, wie ihrer beider Begehren einen Bogen bildete, der sich immer mehr spannte. Aus der Küche drang Tellerklappern zu ihr herauf; das Kind schlief bestimmt schon mit der Holzente am Fußende des Bettes. Sie hatte sich in eine Decke gehüllt und war hinuntergegangen, und ihre nackten Füße rutschten auf den hölzernen Stufen. Sie klapperte mit den Zähnen, und die Kleider klebten ihr am Leib, kalt von Schweiß; als sie sich gebückt hatte, um das Feuer anzuzünden, hatte sie wieder ekelerregend den Cognacgeschmack im Mund gehabt. *O Rose, mon amour*... hatte sie mit dem aus den Fransen der Decke hervorgestreckten Zeigefinger auf den Tasten zusammengesucht. Der Klang hatte sich erhoben wie eine schmeichelnde, flehende, fast ein wenig irre Stimme, hatte den Jungen draußen getroffen wie eine Klinge, die endlich auf die Festigkeit eines Körpers stößt, er hatte die Finger zwischen die Lamellen des Fensterladens geschoben und heftig gezogen, um ihn aufzumachen, sie hatte gezögert und noch einen Augenblick lang weiter nach dem richtigen Ton gesucht, er sah den Finger, der sich auf der

Tastatur hin und her bewegte, den gesenkten Kopf und den weißen Wirbel des Halses. Sie weinte, die Tränen vergrößerten die schon vom Fieber geweiteten Augen, hingen wie Tropfen an der Lippe: *O Rose, mon amour*... Begehren, Fieber und Träume stürzten mit der Geschwindigkeit eines fallenden Sterns auf sie ein. Sie hatten einander voller Entsetzen, sich zu verlieren, angesehen. Die so oft vorgestellten und im Halbschlaf wiederholten Gesten vollzogen sich nun in einer anderen Kombination, wurden ungreifbare Lebenssubstanz, schon verlorenes, blindes Maß.

Danach hatte sie ihn sehr lange betrachtet: seinen schmächtigen Körper (den ein Stabsarzt für ungeeignet halten würde, das afrikanische Klima zu ertragen, womit er ihn zum Rückzug in Rußland verdammte), ein leichter, weißer Körper, ermattet in einer Hingabe, in der nicht einmal mehr der Herzschlag wahrnehmbar war, wie der vom Kreuz abgenommene Leib eines jungen Christus mit vom Feuer beschienener Hüfte, armen kampfesmüden Knien, Adern, die den zurückgeworfenen Arm entlangliefen wie Schnüre, die ihn an den Fußboden fesselten. Sie hatte den Cognac erbrochen, und nun war der Teppich unter ihrer Wange naß, auch die Decke war naß und kalt auf den Beinen. Ihr war so schlecht, daß sie dachte, sie hätte nicht mehr die Kraft hinaufzugehen.

»Mit einer Lungenentzündung ist nicht zu spaßen«, hatte Alfredo gesagt. Er hatte eine Krankenschwester aus Ivrea kommen lassen, und die Krankenschwester saß nun Tag und Nacht auf der gelben Dormeuse neben dem Fenster, trug ein gestärktes Häubchen, das sie an das Weiß des Gletschers erinnerte, und zupfte ihr im

Rücken die Kissen zurecht, gab ihr in kleinen Schlukken zu trinken. Das kleine Mädchen besuchte sie und brachte Zeichnungen mit, die es auf der Decke ausbreitete, während sie mit seinen Zopfenden spielte. »Du bist lieb«, sagte sie, »du bist sehr lieb.« Sie bat um Äpfel und hielt sie beim Essen lange im Mund, die Kleine setzte sich und hielt ihr die Hand, streichelte sie sacht: Sie hatte runde kühle Finger, die ihr eine Wohltat waren.

Alfredo nutzte die schönen Tage zum Tennisspielen, und wenn er sie besuchte, brachte er ihr Geleefrüchte, die er auf der Kommode abstellte. Die Krankenschwester zog sich diskret zurück und schloß leise die Tür, Alfredo setzte sich auf den Bettrand und lauschte, bis die Schritte im Flur verklungen waren, dann strich er ihr mit den Fingern über Hals und Busen, streichelte ihn ganz leicht und ausdauernd, bis er spürte, daß es ihr Lust bereitete. Er roch nach seinem Pfefferminzmundwasser, und auch seine Finger waren kühl, wie die des kleinen Mädchens. Er sprach von dem Essen, das sie am Tag ihrer Hochzeit geben würden, ein Festmahl mit *Château neuf du Pape* 1934 und Kaviar. Ohne diesen *Château neuf du Pape* und ohne Kaviar könne man niemanden einladen, sagte er. Doch Frankreich befand sich seit zwei Wochen im Krieg, und dieser Wein war schon fast nirgendwo mehr zu bekommen. Was den Kaviar anging, gab es kein Problem. Seine Hand legte sich wie eine Schale um ihren Busen, dann schlüpfte sie unter die Decken, in die Wärme zwischen ihren Schenkeln.

Eines Nachmittags, als Alfredo bei ihr saß, hatte die Krankenschwester leise an die Tür geklopft. »Herein!« hatte Alfredo gesagt und rasch die Hand zurückgezogen. »Da draußen ist ein Junge, er will etwas abgeben ...«, die Stimme der Krankenschwester bedauerte diese Unterbrechung, sie war untröstlich, aber der Junge stand schon hinter ihr, und sein Krauskopf sah über ihr gestärktes weißes Häubchen hinweg. Er brachte ihr Honig, den ihr die Frau von der Hütte oben schickte. Alfredo hatte gefragt, wie man denn zu der Hütte hinaufkäme, und der Junge hatte sich auf der gelben Dormeuse niedergelassen und mit dem Finger den Weg erklärt, und während er auf dem Stoff seiner Hose einem imaginären Pfad folgte, betrachtete er sie: Blaß und spitz sah ihr Gesicht aus dem flaumigen Bettjäckchen hervor wie das eines Pierrot. Mein Gott, dachte sie, alles gefällt mir an ihm, sogar das karierte Hemd, und sie folgte dem Finger, der auf dem Knie haltmachte, um die Hütte anzuzeigen. Am Ende der Erklärung hatte niemand mehr etwas zu sagen gewußt, und sie hatten geschwiegen, bis der Junge sich erhoben hatte, um fortzugehen; auf dem Rücken und in den Haaren hatte er Piniennadeln, als hätte er lange auf der Erde gelegen.

Kaum hatte sich die Tür hinter ihm geschlossen, hatte Alfredo wieder den leichten Stoff ihres Bettjäckchens auseinandergeschoben. »Danach zu urteilen, wie er dich anschaute«, hatte er gesagt, »würde ich meinen, daß der Junge in dich verliebt ist.« Er lächelte, als amüsierte ihn das.

Die Amme

»Laß mal die Zähne sehen«, der Arzt trug mandelförmige, emaillierte Manschettenknöpfe, und eine Goldkette hing ihm quer über die Weste. »An den Zähnen«, hatte er gesagt und sich dabei zur Signora umgedreht, »erkennt man sofort, ob jemand gesund ist oder nicht.« Er hatte gehüstelt, der graublaue Bart umrundete sein Kinn.

Die Lippe des Mädchens hatte leicht gezittert, als der Arzt sie mit den Fingern hochzog: Die Zähne waren prachtvoll, auch wenn seitlich einige fehlten. »Das ist ganz unvermeidlich«, hatte der Arzt gesagt, »auf dem Land gibt es ja nur Zahnzieher ... Jetzt schauen wir uns den Busen an.« Er hatte die Finger weggenommen und trocknete sie am Taschentuch. Das Mädchen rührte sich nicht und schluckte den Speichel, der sich in ihrem Mund gesammelt hatte. »Nur zu, vorwärts, zeig her«, hatte der Arzt befohlen, aber das Mädchen stand weiter regungslos da. »Dich meine ich«, hatte er barsch wiederholt, »mach auf«, und der Finger hatte auf die Brust gezeigt, die kleine Mandel funkelte auf der blütenweißen Manschette.

Die Signora war noch jung, und es war ihr erstes Kind. Eine schwierige Geburt, die von Sonnenaufgang bis Sonnenuntergang gedauert hatte, und daß sie ein Mädchen geboren hatte, war ihr ganz gleich, so erschöpft war sie: Hätte man ihr gesagt, sie habe ein Hündchen zur Welt gebracht, es hätte ihr nichts ausgemacht. Nun saß sie, in einen Morgenrock aus blauer Pyrenäenwolle gehüllt, im Sessel und fühlte sich zerschlagen, als wäre ihr Körper noch feucht von einem süßlichen Geruch. Das Mädchen hatte das Leibchen geöffnet, unsicher, ob sie gut daran tat, und bei jedem Knopf den Arzt und seinen fein säuberlich gestutzten Bart angeschaut. Sie war verheiratet, aber man konnte sie nur als Mädchen bezeichnen. Ein Ammenmädchen. Bei jedem Knopfloch, das aufging, schien der Stoff sich zurückzuziehen und der Busen emporzutauchen wie eine jener chinesischen Blumen, die sich bei der Berührung mit Wasser entfalten. Doch unter dem Leibchen trug sie noch ein Hemd und eine Art Leinenwickel, der Arzt wartete geduldig, während die Signora alle jene Bewegungen beobachtete, als ob sie sie nichts angingen. Schließlich war der Busen voller Licht herausgeglitten, umschlossen vom feinen Netz der Adern; und der Arzt hatte eine der Brustwarzen zusammengedrückt. Die herausschießende Milch war ihm aufs Hemd gespritzt, und die Signora hatte gelacht. Auch das Mädchen hatte gelacht, und die Zähne waren in all ihrer Pracht zum Vorschein gekommen. »Was Besseres gibt's nicht!« hatte der Arzt gesagt und sich mit dem Taschentuch abgewischt.

Durch die Gardinen schien die kraftlose Nachmittagssonne herein, und die Haut des Mädchens glühte, sie war keine Heizung gewöhnt, und ebensowenig hatte sie vor jenem Nachmittag je ein Telefon oder ein Radio gesehen. Auch so einen großen Spiegel hatte sie noch nie gesehen, einen Spiegel, der es fertigbrachte, außer ihr und dem Arzt auch noch die im Sessel versunkene Signora widerzuspiegeln. Das Dienstmädchen spähte durch die angelehnte Tür. »Ein schönes Mädchen«, hatte sie zu der Köchin gesagt, die an der Glastür zu den Wirtschaftsräumen stand. »Aber sie wirkt wie ein rechtes Trampel.«

Die Kleine schlief in ihrem Zimmer in der Wiege, die Tapete an den Wänden war rosa mit Pfirsichzweigen und auf die weißlackierten Möbel waren grellbunte Puppen gemalt, die im Vergleich zum Körper übertrieben große Köpfe hatten. »Das ist die *Nursery«*, hatte die Signora gesagt. Das Mädchen hatte mit den Fingern leicht über den Flaum auf dem Kopf des Kindes gestrichen, und das Kind war zusammengezuckt, dann hatte es wieder am Daumen gelutscht, das kleine Gesicht im Schlaf gerunzelt. »Es wird besser sein, wenn du dich vorher wäschst«, hatte die Signora gesagt, aber sie lächelte, und das Mädchen hatte errötend auf seine Hand geblickt.

An jenem Nachmittag hatte das Mädchen auch zum erstenmal ein Bad kennengelernt und sich vorsichtig in die Wanne gesetzt, entzückt über das Wasser, das ihr lau zwischen den Beinen plätscherte. Das Dienstmädchen, das man geschickt hatte, um ihr zu helfen (in Wirklichkeit, um aufzupassen, daß kein Körperteil von der Seife verschont bliebe, auch der intimste nicht), hatte ihren glatten festen weißen Körper bewundern können, einen Körper mit dem langen Rücken einer Heranwachsenden. Und doch hatte auch das Mädchen vor knapp drei Monaten entbunden.

Danach hatte man sie einen weiten weißen Kittel anziehen lassen, und sie hatte sich neben die Wiege gesetzt und stumm darauf gewartet, daß die Kleine erwachte, um sie zu stillen. Ihr Hals erhob sich rund

und schlank aus der Fülle des Stoffes, während sie mit dem Blick einer byzantinischen Kaiserin mißtrauisch, aggressiv und schwermütig zugleich um sich blickte: eine Rötelzeichnung, die von der Plumpheit der Kleider abstach. »Aber am außergewöhnlichsten sind die *attaches*«, hatte die Signora zu ihrem Mann gesagt. Und unter *attaches* verstand sie die Fesseln und Handgelenke, die bei dem Mädchen so schmal waren, daß man sie mit zwei Fingern umfassen konnte.

Wieder gebührend gekleidet, hatte das Mädchen begonnen, mit dem Kinderwagen spazierenzugehen und ihn die Bürgersteige auf und ab zu schieben. Der Schal, das Kopftuch, die Schürze und die Streifen des Rocks, alles glänzte, und das von der Luft gerötete Gesicht schien in seinem Ernst einen fernen Punkt zu spiegeln, in dem sich kommendes Frühlingslicht ankündigte. Aber das Kleid und der Schal gefielen ihr nicht, genauso wenig wie das Kopftuch, das sie sich umbinden mußte. Jetzt, nachdem sie die Haare gewaschen hatte, glitten sie ihr leicht durch die Finger, und abends schaute sie sich im Spiegel an, wie sie ihr auf die Schultern herabfielen. »Schau nur, schau«, sagte das Dienstmädchen zu ihr, »zum Schluß wirst du noch den Teufel darin sehen.«

Das Dienstmädchen war schon fast fünfzig, doch wenn sie am Sonntagnachmittag ausging, zog sie Seidenstrümpfe und den Mantel mit dem Fuchskragen an, und beim Heimkommen erzählte sie von den Männern, die ihr gefolgt waren und sie ins Kino einladen wollten. Das Mädchen dagegen ging auch sonntags mit dem Kinderwagen spazieren und nahm das Strickzeug mit, ein Jäckchen für ihr Kind, das im Dorf geblieben war. Manchmal drang sie bis zu den Anlagen am See vor und betrachtete die auf dem Wasser schwebenden Boote, die Enten, die fächerförmig die schattenbewegte Oberfläche durchschnitten. Mädchen in ihrem Alter tauchten die Ruder ins Wasser, und wenn das Boot schwankte, lachten sie erschrocken, beim Aussteigen hatten sie schlammverschmierte Absätze, und die Soldaten hielten sie um die Taille gefaßt. Manchmal trat eine heran und beugte sich über den Kinderwagen; aber die Signora sah es nicht gern, wenn sie mit irgend jemandem sprach, denn sie hatte Angst vor Anstekkung und hielt ihr lange Reden über die Gefährlichkeit des Keuchhustens und der Diphtherie.

Die Signora war eine moderne Frau und erklärte ihr die Existenz der Mikroben. Jedesmal, wenn sie ins Kinderzimmer kam, fragte sie, ob der Raum auch »ausreichend gelüftet« worden sei, und an manchen Tagen setzte sie sich und sah der Amme beim Stillen zu, bereit, ihr ein paar Ratschläge zu geben. Sie selbst wog das Kind jede Woche und verzeichnete sein Wachstum zufrieden in einem Büchlein mit geblümtem Leinenumschlag. Ihr ondulierter runder Kopf erinnerte dann an die Köpfe, die in den Schaufenstern der Friseure ausgestellt waren, mit spitz zulaufenden Mundwinkeln und starrem Blick zwischen den langen Wimpern. Sie hatte sich rasch erholt und die Qualen der Geburt vergessen; die Amme erwachte nachts zuweilen von unterdrückten Schreien, dann knipste sie das Licht an, und die auf den Schrank gemalten Puppen mit dem gestauchten Körper und den in den feisten Wangen versinkenden Augen leisteten ihr Gesellschaft. Wie die Straßenbahn, die in der Kurve kreischte, oder das Gluckern des Wassers, wenn es im Morgengrauen wieder durch die Heizungsrohre zu fließen begann.

Im Frühjahr hatte die Signora im Zusammenhang mit einer Reise, die ihr Mann nach Österreich unternehmen sollte, zum erstenmal von Krieg gesprochen. »Ich bin beunruhigt«, hatte sie gesagt. »Es scheint mir nicht der geeignete Zeitpunkt für eine so lange Reise zu sein.« Ihr Mann hatte ein kürzeres Bein (zum Glück, sagte die Signora, denn damit würde er auf jeden Fall für kriegsuntauglich erklärt), mit dem er nervös wippte, während er zwischen den gerade aufblühenden Geranien auf der Terrasse saß. Er war Ingenieur und rauchte französische Zigaretten, die er einem Lederetui entnahm, er war auch sehr modern und saß ohne Krawatte da, das Hemd am Hals aufgeknöpft. Ab und zu ruhte sein Blick auf der Amme, scharf und durchdringend, und einen Moment lang schien es, als wolle er ihre Unantastbarkeit und ihre dramatische und strahlende Schönheit gleichzeitig einschätzen; dann lächelte er mit einer gewissen Anstrengung wieder seiner Frau zu.

Die Amme bemerkte nichts, es war schon heiß, und sie nahm den Schal ab, rollte die Strümpfe herunter bis unter die Knie. Die Kleine strampelte mit bloßen Füßen im Kinderwagen, und die Signora pflückte die ersten Rosen, um sie im Haus auf den Eßtisch zu stellen.

Sie trug Kleider aus bedruckter Seide, die Signora; sie war nun wieder wie früher und genoß es, wenn ihr Mann mit ihr im Auto nach Ostia fuhr. Bei der Rückkehr sagte sie stets, die Autobahn zum Meer sei ein »bewundernswertes Werk«, und sie schien dann keine Angst mehr zu haben vor der Reise, die er nach Österreich unternehmen sollte. »Ich glaube nicht«, sagte sie, »daß es dort solche Autobahnen gibt...« Sie nahm das

Kind auf und hielt es hoch in die Luft. »Nächstes Jahr«, sagte sie, »nehmen wir dich auch mit ans Meer!« Die Stimme zwitscherte in ihrer Kehle, und der Duft der Geranien auf dem Fensterbrett mischte sich mit dem des Sonnenöls auf der sonnenwarmen Haut.

Das Ammenmädchen hat einen schlimmen Traum gehabt. Einen jener Träume, die Tod bedeuten. Zusammen mit der Köchin haben sie versucht, die Probe mit dem Öl in der Wasserschüssel zu machen, aber das Ergebnis war unklar. »Vielleicht hängt es vom Öl ab«, hat die Köchin gesagt, »wenn es gemischt ist, wird es nichts.« Aber dem Mädchen läßt der Traum keine Ruhe, jedesmal, wenn sie an dem blauen Jäckchen strickt, denkt sie nun daran. Es kommt ihr vor, als gebe es in jenem Traum eine Stimme, die Berührung mit einer Haut. Seit Monaten hat sie ihr Kind nicht gesehen, sie weiß nicht einmal, ob sie es überhaupt wiedererkennen würde. Sie würde es gern besuchen, wenigstens einmal. »Es geht nicht, Amme, das verstehst du doch, nicht wahr?« Die Signora dreht den glatten runden Kopf weg, sie will die Augen nicht sehen, in denen aus der Tiefe, wie aus einem umgedrehten Fernrohr, der Tod aufsteigt. Große, durchsichtige Augen, die Membranen über dem Dunkel gleichen. »Es geht einfach nicht, glaub mir«, die schönen, spitz zulaufenden Lippen umschließen die Wörter, zwingen sie in ein Lächeln: In Kürze werden sie sie mit der Kleinen ins Gebirge mitnehmen, sie wird viel Neues sehen, und die bösen Gedanken werden verfliegen. »Träume, Amme, Träume sind Schäume«, etwas in ihrer Stimme klingt unnatürlich, sie ist kaum erwachsener als jenes Mädchen, und auch ihr passiert es, daß sie nachts aus dem

Schlaf auffährt wegen eines schlimmen Traums. Ein Stockwerk tiefer ist ein neuer Mieter eingezogen, er heißt Pompei, und es geht das Gerücht, er sei ein Spitzel der Ovra, der Geheimpolizei zur Unterdrückung antifaschistischen Widerstands, sie haben ja nichts zu befürchten, ihr Mann betreibt einen Holzhandel. Die neuen Rassengesetze sind in Kraft getreten, doch was haben die mit ihr zu tun? Warum dann Angst... Sie weiß, daß das Kind der Amme gestorben ist, der Pfarrer hat es geschrieben, aber hinzugefügt, ihr Mann bitte darum, nichts zu sagen, da dem Mädchen sonst vor Trauer die Milch wegbleiben würde und sie mit der Milch auch die Arbeit als Amme verlöre.

Die Signora geht mit ihr auf die Terrasse, die Schwalben kreuzen an einem Himmel, den leichte, luftige Lichter durchziehen; am Jasmin, der sich die Mauer entlangrankt, öffnen sich die ersten Blüten, er wird den ganzen Sommer blühen. Das Haus ist nach neuen Kriterien gebaut worden, es hat große Fenster, viel Sonne, und von der Terrasse aus sieht man den Pincio und das Wasser, das den Marmorlöwen explosionsartig aus dem Maul zu schießen scheint. »Das dort ist die Kuppel vom Petersdom«, sagt die Signora, »warst du schon mal im Petersdom?« Das Mädchen schüttelt den Kopf. »Morgen machen wir einen Ausflug mit dem Auto«, die Signora hat ein Jasminzweiglein gepflückt und steckt es sich in die Brosche am Ausschnitt, »wir zeigen dir den Petersdom und die Piazza dell'Esedra.« Das Mädchen schaut auf die blaßgraue, beinahe rosige Kuppel. Vielleicht hat die Signora recht, Träume sind Schäume, es geht ihr doch gut hier im Haus, die Kleine hängt an ihr, ist ein schönes Kind, alle schauen ihr nach, wenn sie sie spazierenfährt.

Eines Morgens wurde sie von einem Herrn mit weichem Hut und braungestreiftem Anzug angehalten. Der Herr hatte gepflegte schlanke Hände, höfliche Umgangsformen, ein dunkles Auto erwartete ihn auf der Straße mit dem Chauffeur am Steuer. Er hatte sich über den Kinderwagen gebeugt und ihr dann liebenswürdig zugelächelt. »Ein hübsches Mädelchen, wie alt ist es?« Sie hatte gelacht: Der überaus elegante Herr hatte vergessen, seinen Hosenlatz zuzumachen! »Wenn du wolltest«, hatte der Herr gesagt, »könntest du bei mir Geld verdienen, viel Geld.« Er sah sie mit hervorstehenden Augen an, die von blutroten Äderchen durchzogen waren, Augen, die Hühnerinnereien glichen, mit dem gekrümmten Finger herausgerissenem Gedärm. Das Lachen war ihr auf den Lippen gefroren. »Dein Lächeln«, hatte der Herr gesagt, »ist hunderttausend Dollar wert.«

Das hatte er zu ihr gesagt: »Dein Lächeln ist hunderttausend Dollar wert.« »Weißt du wenigstens, was Dollars sind?« hatte das Dienstmädchen sie gefragt. Sie war rot geworden, natürlich wußte sie, was Dollars sind. (Doch an jenem Morgen war sie fast über den Randstein gestolpert, als sie davonlief und ganz verschwitzt den Kinderwagen vor sich her schob, während sie sich immer wieder umwandte, um zu sehen, ob der Mann ihr folgte in dem schwarzen Auto, das lautlos über den Asphalt glitt, mit dem unerschütterlichen Chauffeur am Steuer.)

Aber den wahren Traum, in all seiner unbezwingbaren Klarheit, träumt sie, als sie im Gebirge angekommen sind. Sie wacht auf und kann nicht gleich Licht machen, weil alles ringsherum anders ist, und lange tasten die

Hände im Dunkeln, bevor sie den Schalter finden, streifen den eisigen Marmor auf dem Nachttisch, das Messing der Lampe. Draußen hört man das Rauschen von Wasserfällen, in der Ferne ein Rollen von Steinen. Es ist tot, denkt sie, es ist tot, ich werde es nie wiedersehen. Vor sich hat sie nun nicht die großen Puppen mit den rosigen Knien und den lachenden Augen, sondern nur eine dunkle Truhe und die Tapete mit den Florentinischen Lilien. Die Kleine hat angefangen zu weinen, aber sie hat sich nicht gerührt, und das Weinen wurde immer lauter, bis es zu einem Schrei in der sternklaren Nacht anschwoll (einer strahlenden Julinacht, mit Bauernhöfen hier und da auf den hellen Wiesen und murmelnden Bächlein), und schließlich hat die Signora mit vom Schlaf engen Augen die Tür geöffnet. »Was ist los?« hat sie gefragt und die Kleine auf den Arm genommen, die vom vielen Schreien ganz atemlos war. Erst da ist sie aus dem Bett aufgestanden und hat mechanisch zu stillen begonnen. Der Mund der Kleinen ist wie ein Saugnapf, die Haare verschwitzt vom Weinen, sie hält sie mit starren Armen und das aufgeknöpfte Hemd läßt ihren Körper bis zum Bauchnabel sehen, ihr Gesicht und die Haare sind verwüstet vom Schlaf. Eine Hexe, eine fiebrige Hexe in der Nacht, und vielleicht ist ihre Milch ein schleichendes Gift, klebrig wie der Saft mancher Sumpfpflanzen. Die Signora ist stehengeblieben und sieht ihr zu, berührt indessen unsicher einmal die Puderdose, einmal die kleine rosa Haarbürste, die Flasche mit Sangemini-Wasser, ihr langes Seidennachthemd schimmert zwischen den Florentinischen Lilien.

Aber der Juli geht zu Ende, und in Kürze werden Stalin und von Ribbentrop in Moskau den Pakt unterzeichnen, der Polen in die Zange nimmt. Hitler sitzt in Bayreuth in der Loge, die Ludwig von Bayern gehört hatte, und hört Wagner, mit einem kleinen Händeklatschen applaudiert er dem Tenor, der sich tief verbeugt, Isolde trägt lange Zöpfe aus gelber Seide. (Ein herrliches Schicksal ist ihm vorhergesagt worden, ein tausendjähriges Reich, doch einige der Wahrsagerinnen haben zwischen den Linien seiner Hand einen gewaltsamen Tod gesehen.) In Paris ist die Saison mit einem großen Maskenball, den der polnische Botschafter gegeben hat, zu Ende gegangen, die Frau des Präsidenten Lebrun hat beim Grand Prix zugesehen, mit einem Hut, der mit blauvioletten *aigrettes* geschmückt war. Die zwölfjährige Prinzessin von England ist mit ihrer kleineren Schwester dem König und der Königin entgegengereist, die gerade von einer Reise nach Kanada zurückkommen, in Southampton sind die Prinzessinnen aufs königliche Schiff gestiegen und haben einen Plüschpanda zum Geschenk erhalten. Bald wird dem Thronerben von Holland das zweite Kind, eine Tochter, geboren, der Sohn von König Boris von Bulgarien wird in wenigen Tagen die Kerze seines ersten Geburtstags auspusten. Klick macht die Kodak, als die Königskinder des Hauses Savoyen in San Rossore beim Picknick fotografiert werden, blond und wunderschön im Grün des Pinienhains. Aus Amerika treffen Tyrone Power und Norma Shearer ein, lächelnd kommen sie im glitzernden Widerschein des Meeres die lange Gangway des Transatlantikdampfers herab. Mussolini geht unter der glühenden Sonne mit nacktem Oberkörper durchs Kornfeld. Ihm gebühren die ersten geschnittenen Ähren: »Ehret das Brot, duftende Zierde des Tisches«, steht an dem Haus des Bürgermeisters, im Dorf des Ammenmädchens. König Carol von Rumänien befindet sich auf einer Kreuzfahrt im Mittelmeer, und General Badoglio spielt in Hemdsärmeln Boccia in einem Thermalbad, in Venedig flattern die Fahnen bei den Filmfestspielen, und in die karmesinroten Kissen einer Gondel zurückgelehnt, bewundert ein kleiner Mann, Vater von vier herrlichen blauäugigen Kindern, der ebenfalls leicht hinkt, den Canal Grande (noch hat niemand euren gewaltsamen Tod vorausgesehen, Kinder von Goebbels). Die Sonderzüge begegnen sich in den Bahnhöfen, rasch werden Teppiche ausgerollt, Hände strecken sich zum Gruß. *Sieg Heil dem Befreier* steht am Ortseingang von Berchtesgaden, unweit von Salzburg (dieses Jahr sieht man bei den Mozartfestspielen fast nur schwarze Faschistenuniformen und das graue Tuch der Wehrmacht). Aber der Himmel ist blau über Berchtesgaden, die Felder sind voller Margeriten, und auf der Terrasse mit Blick auf die Tiroler Berge deutet jemand einen Tanzschritt an. Smaragdgrün spiegeln sich die Wälder im See, und eine junge Frau macht Gymnastikübungen, ihr gebräunter Körper streckt sich in die Höhe, kreist, fällt sanft ins Gras zurück, der Hund wedelt, schnuppert, schüttelt sich spritzend. »Schatzi, laß den Führer in Ruhe...« Der Ingenieur, der kaum lahmt (eine ganz leichte Behinderung, die sich im Kriegsfall als sehr nützlich herausstellen könnte), reist durch Kärnten, um Vereinbarungen über eine Partie Holz zu treffen, und aus dem Zugfenster sieht er die Bauern den Pflug lenken, Furchen, so gerade wie die Linien in einem Heft. Die Pferde kommen langsam voran, die haarigen Sprunggelenke und die Hufe versinken in der Erde. Die Bauern tragen verbeulte Filzhüte auf dem Kopf und haben lange blaue Schürzen umgebunden, ihre Kinder mit den strohblonden Haaren winken dem Zug nach, ihre Hosen werden von nur einem Hosenträger gehalten. Kleine malachitgrüne Seen öffnen sich zwischen den Tannen, und die Fischer halten die Angel dicht über der Wasseroberfläche, eine Feder ans Hütchen gesteckt, Schnauzbärtchen ähnlich denen von Charlie Chaplin oder dem Führer. Manche sind Kriegsveteranen und haben Narben, die sie spüren, wenn das Wetter umschlägt, sie sitzen in einem Kahn oder auf einem Stein, so aufmerksam auf die mindeste Schwankung der Angelschnur, daß sie nicht einmal den Kopf heben beim Vorbeifahren des Zuges, in dem der zum Fenster hinausschauende Ingenieur an die Partie Fichtenholz denkt, die er soeben gekauft hat. Das Ammenmädchen (sie ist erst zwanzig und nach dem modernen Kriterium »Jugend ist Gesundheit« ausgewählt worden) schiebt den Kinderwagen über die ungepflasterte Straße, die am Gebirgsbach entlangführt, lila Blumen wachsen an den Ufern, und wenn es regnet, klappt sie das Wachstuchverdeck hoch, und das Kind sieht winzig aus dort unten im Wagen, mit geballten Fäusten, die Stimme bereit zum Wutausbruch: Es hat Hunger. Mit einer Geste, die ihr fast zur Gewohnheit geworden ist, faßt sich das Mädchen an den Busen, seit sie jene schlimmen Träume gehabt hat, ist nichts mehr wie vorher, und ihr Körper ist zu einer Maschine geworden, die manchmal aussetzt. Immer häufiger liegt ihr der Busen, wenn sie stillen will, leicht und leer in der Hand. Wenn sie sich im Spiegel betrachtet, sieht sie ihr Gesicht schmaler, spitzer. Es ist wieder das Gesicht des kleinen Mädchens, das barfuß über die Steine lief und aus vollem Halse sang, um die Angst zu verjagen, wenn es mit den Schafen allein blieb. Sie will die Stelle als Amme nicht verlieren, sie braucht das Geld. Wieder und wieder im Geist gezählte Scheine, sorgsam glattgestrichen, die Zunge war ihr trocken gewesen vor Aufregung, als sie den Umschlag und die Briefmarke leckte, um sie abzuschicken.

Doch nun müßte sie beruhigt sein, ein Brief des Pfarrers ist angekommen, in dem ihr Mann ihr ausrichten läßt, daß ihr Kind zwei Zähne bekommen hat. »Geh«, sagt die Köchin, »sei nicht albern, du siehst doch, daß alles gutgeht.« Ihr Körper aber will kein Einsehen haben, immer häufiger schaut sie der Kleinen zu, die an der leeren Brust saugt und von der Anstrengung erschöpft einschläft. Aber sie hat gelernt, es schlau anzustellen, und wenn die Kleine nachts weint, weil sie Hunger hat, geht sie ins Bad und taucht einen Zipfel des Handtuchs in Zuckerwasser, läßt sie einfach daran saugen. So weint sie nicht mehr. Jetzt verschwimmen die beiden Kinder im Schlaf, schreien beide verzweifelt vor Hunger und drehen sich wie Karussellpferde unaufhörlich im Kreis, ohne daß sie sie anhalten kann. Die Augustgewitter prasseln gegen die Fensterläden, setzen die Wiese rund um das Haus unter Wasser, eine Frau kommt vorbei und verkauft Blaubeeren, die Blaubeeren färben Lippen und Zähne schwarz, beflecken ihren Schal aus blauer Kunstseide. Vergebens versucht sie mit Hilfe des Dienstmädchens, den Fleck zu entfernen. Sie weint. »Aber was ist denn, dummes Ding...«, schimpft die Köchin sie. »Wenn du es der Signora sagst, kauft sie dir einen neuen.«

Die Kleine verfällt, die Waage steht schon seit geraumer Zeit still, und vergeblich gleiten die Hände der Signora über die Stahlschiene. Manchmal, wenn die

Signora sich umdreht, nimmt die Amme ein Tuch und wirft es auf die Waage, damit sie mehr Gewicht anzeigt. Die Kleine ist schwach, der Kopf baumelt, und aus der Tiefe des Kinderwagens schauen die Augen sie riesig an, das Hellblau der Iris scheint auf die Augenringe abzufärben.

An sonnigen Tagen sitzt die Signora neben dem Kinderwagen und spielt mit der Kleinen, die matt in den Kissen lehnt, der Arzt hat gesagt, man solle sich keine Sorgen machen, den Nutzen des Gebirges sehe man erst nach der Rückkehr in die Stadt, er hat gekochte Kartoffeln und ein Eigelb verordnet, zweimal in der Woche. Die Köchin kocht Brotsuppe, die bekanntlich milchbildend wirkt, und das Dienstmädchen stickt Nonnenschleier für die Heilige Kunigunde, zwickt die Kleine in die Wange, wenn sie beim Saugen einschläft. Die Signora reist mit zwei Lederkoffern und der Hutschachtel aus rotem Wachstuch ab, sie fährt zu ihrem Mann nach Wien, wo sie in Cafés mit geschliffenen Spiegeln und rosa Marmortischchen Sachertorte essen werden. Sie sieht ihr bei der Abfahrt zu, steht auf der Wiese neben dem Kinderwagen, der Abstand ist unermeßlich geworden, sogar die Briefe des Pfarrers brauchen fast eine Woche, und ihr Gesicht zieht sich rund um einen fixen Gedanken zusammen, das zu große Kleid hängt ihr wie triefend von den Schultern. Die Signora hält unsicher inne, etwas bindet sie an diese schwermütige Gestalt in ihren grellen Farben, nicht einmal der sonnige Tag kann das würgende Gefühl lösen, das ihr den Hals zuschnürt, als käme keine Luft mehr durch. Jener verschwiegene Tod ist nun wie ein Stein, der sie aneinander bindet und hinunterzieht, keiner weiß, wohin sie geschleift werden. »Vielleicht wäre es besser, Amme, die Kleine wieder hineinzubringen, mir ist, als käme ein Wind auf...« Sie zupft die Wolldecke zurecht, das Strickzeug liegt vergessen auf dem Kinderwagen. (Wer wird das blaue Jäckchen fertigstricken? Und für wen?) »Gleich gehen wir hinein«, sagt sie, in wenigen Monaten hat sich ihre Sprechweise verfeinert; sie lernt schnell, und nur ab und zu kommen die schrillen Töne des Dialekts noch durch. »Vergiß morgen das Ei nicht«, sagt die Signora, und sie nickt mit dem Kopf, die Ohrringe glänzen in der Sonne. Was können sie sich sonst noch sagen? Die Signora steigt ins Auto, und der Rücken beugt sich und verschwindet im grauen Wageninnern. Noch weiß die Signora nicht, daß diese Reise zum Tortenessen und Rheinweintrinken ihr eine neue Schwangerschaft eintragen wird, eine weitere Tochter, die sie Maria Vittoria nennen werden, in der Hoffnung auf einen Sieg, den es nicht geben wird. Der Chauffeur setzt sich ans Steuer und hält dabei die Enden seines Staubmantels, er läßt den Motor an, der Kies spritzt unter den Rädern auf. Die Amme winkt zum Abschied mit der Hand, die Augen sind ein langer Schlitz, in dem vielleicht Tränen schimmern, dann dreht sie sich um und hebt die Vorderräder des Kinderwagens an, um ihn wieder ins Haus zu fahren. Das Licht, das zum Fenster hereinkommt, leuchtet golden auf dem Fußboden, die langen lila Blumen in der Vase erzittern im plötzlichen Luftzug, in der Küche schneidet die Köchin Zucchini. »Das Mädchen weint einfach zu viel«, sagt sie zu der Frau, die die Eier gebracht hat, »wenn es so weitergeht, wird ihr noch die Milch wegbleiben«, und sie schüttelt mißbilligend den Kopf über die Jugend, über Abreisen, unbedachte Liebesnächte.

In jener Nacht träumt das Mädchen ein letztes Mal von ihrem Kind, wachsweiß ist das Gesicht und der Mund aufgerissen über dem zahnlosen Kiefer. Es ist alles so klar, daß es keinerlei Zweifel mehr gibt, sie steht auf und zeichnet mit dem Finger ein Kreuz auf die Scheibe. Es regnet, und das Wasser rauscht aus der Regenrinne, versickert in der Wiese, durchnäßt die draußen stehengebliebenen Stühle, den Handschuh, den die Signora verloren hat, als sie ins Auto einstieg. Die Kleine schläft mit dem Daumen im Mund, und die Stäbe des Gitterbetts unterteilen ihren Körper wie ein winziges weißes Hügelchen. Noch wenige Tage, dann wird auf den Berggipfeln der erste Schnee liegen, und der Wildbach wird mit neuer Kraft zwischen den Felsen springen, wird die Ufer umspülen und das zu lang gewordene Gras verschlucken, die Sandinseln überfluten, die während des Sommers aufgetaucht sind. In Kürze werden die ersten Schafe über die Triften ins Tal hinabsteigen, und ihr Mann wird heimkommen, ihr Kind müßte nun zehn Monate und sechs Tage alt sein, es müßte sitzen können und die Kraft seiner Zähne an Zinnlöffeln und Brotrinden ausprobieren. Sie zieht das Kreuz auf der Scheibe mit Speichel nach, ein paar hängengebliebene Regentropfen zittern im Licht der Nachttischlampe. Die Signora ist in Wien angekommen, und die Hutschachtel rollt aus dem Zug, rot in der dunstigen Beleuchtung des Bahnhofs, ihr Mann kommt ihr leicht hinkend entgegen (eine ganz leichte Behinderung, die ihn dennoch nicht retten wird, mitten auf der Straße wird er sterben, erschlagen wie ein Hund, dieses kürzere Bein ist ein Unglück, wenn man schnell davonlaufen muß).

Auch das Ammenmädchen wird sterben, an Kindbettfieber. Sie wird sterben, weil sie getrocknete Feigen gegessen hat, das zumindest wird die Hebamme sagen und behaupten, daß sie keine Schuld daran trägt, schuld seien die Feigen, die sich das Mädchen nachts geholt und gegessen hat, als sie kaum von der Maisstrohmatratze hochkam, die noch naß war von Blut. Feigen, die in einem Sommer großer Trockenheit gewachsen waren, verfluchte Feigen eines Kriegssommers.

Doch in der Nacht, in der das Ammenmädchen aufstand, noch zerschlagen von der Geburt, erinnerte sie sich nicht mehr an die häßlichen Träume jenes nun schon fernen Sommers. Sie hatte das ununterbrochene Rollen der Räder an den Ufern des Wildbachs vergessen. Sie erinnerte sich an Trauben roter Johannisbeeren, die über den Zaun vor der Kirche wuchsen. Sie ging mit neuen Schuhen zur Messe, und da war immer jemand, der die Johannisbeeren pflückte und sie ihr auf der Handfläche darbot, sie nahm sie und führte sie zum Mund, und die Johannisbeeren leuchteten in ihrem Lächeln. Die Signora selbst hatte sie damals mitnehmen wollen, als sie nach Cogne hinaufgefahren waren, um den Gran Paradiso zu sehen. Weiße Schmetterlinge mit schwarzen Tupfen, die *Pharnasum aedes,* flogen niedrig, in großen Mengen. Es war ein ungewöhnliches Phänomen in jenem Sommer 1939, von beträchtlichem Interesse für alle Entomologen. Sie stillte im Auto und ließ die Kleine dann bei der Signora und ihrem Mann zurück, die beide im Liegestuhl lagen, das Gesicht der Sonne zugewandt. Zusammen mit der Köchin und den anderen ging sie die im Ofen mit Käse überbackene Polenta essen, der noch warme Käse verfing sich in der Gabel und der Fahrer, der neben ihr saß, lachte über ihre Bemühungen, den Käse mit der Zunge einzufangen. Der Fahrer war jung und hatte erst kürzlich seine Militärzeit beendet, er kam aus der Provinz Udine, und die Redeweise der Amme brachte ihn genauso zum Lachen wie ihre Bemühungen, die Polenta mit der Gabel zu essen. »So«, sagte er zu ihr, »so mußt du es machen.« Er hatte ihr seinen Löffel in die Hand gedrückt und diese mit der seinen umschlossen, während er mit der anderen, das Brot zu Hilfe nehmend, Käse und Polenta darauf schob. Seine Hand war hart und heiß, und sein Arm reichte quer über ihre Brust, sie sah ihn an, und in ihren Augen war an jenem Tag ein strahlendes Licht, da waren der Gran Paradiso und die Schmetterlinge, die Johannisbeerhecken. Sie hatte das Kopftuch abgenommen, und unter dem Gewicht der Haare waren die Haarnadeln locker geworden. Es war windig, und der Fahrer hatte ihr das Glas mit Rotwein gefüllt, später waren sie zusammen den Pfad hinaufgestiegen, der zu den Hängen des Gran Paradiso führte, dorthin, wo die Wiesen immer steiniger wurden und keine Schmetterlinge mehr flogen, sondern der Wind in Böen die Wolken um den weißen Gebirgskamm wehte. Der Fahrer hatte sich angeboten, ihr zu helfen, doch sie hatte abgelehnt und war weiter hinaufgegangen, achtsam, sich nicht die Schuhe zu zerkratzen, das runde eigensinnige Kinn von der Kälte gerötet. Die Signora, die sie von unten immer weiter hinaufsteigen sah, hatte die Hände wie einen Trichter um den Mund gelegt und zu rufen begonnen. Sie hatte den Kopf umgewandt und sie angeschaut, war dann aber trotzdem weitergegangen, im Wind, der ihr den Schweiß im Nacken gefrieren ließ. Das Gras war kürzer geworden und unsichtbares Wasser benetzte die Schuhe, machte das Gras zu einem Teppich, in den die Füße lautlos einsanken. Eine große Stille herrschte dort oben, und der Wind zauste die Haare, die des Fahrers verströmten den Geruch seiner Brillantine. »Bist du je so weit oben gewesen?« hatte er sie gefragt. Sie hatte den Kopf geschüttelt. »Es ist kalt«, hatte sie gesagt, aber sie lächelte, und die Stimme schien zu singen. Der Fahrer hatte ihr seine dunkelblaue Jacke mit einer doppelten Reihe von Knöpfen gegeben, die Jacke roch nach Tuch wie das Auto, aber auch nach Schweiß, nach dem Schweiß eines jungen Menschen, der keine Mühe scheut.

Der Fahrer besaß eine Ziehharmonika, und abends setzte er sich, wenn schönes Wetter war, draußen vor die Küche und spielte. Er spielte gut, und auch die Signora blieb manchmal stehen, um ihm zuzuhören: Die große, kräftige Hand bewegte sich die Tastatur auf und ab, und im Halbdunkel leuchtete das Gehäuse aus Perlmutterimitation wie der Mond. Seine Verlobte hatte ihm diese Ziehharmonika geschenkt, aber niemand wußte, ob er an sie dachte, wenn er spielte. Sie war reich, und er hatte sie in seiner Militärzeit kennengelernt, doch in jenem Sommer schrieb er ihr nie. Hemdsärmelig spielte er und betrachtete dabei die Sterne, es war fast immer dasselbe Lied, und er spielte es sogar mehrmals an einem Abend. Ein Lied, das auch die Amme kannte, und eines Morgens hatte die Köchin gehört, wie sie es sang, die Worte leicht entstellt. Denn jeden Morgen kam die Amme in die Küche herunter, um ihren Milchkaffee zu trinken, während der Fahrer dort am Ofen hantierte und seine Fahrerstiefel auf dem Balkon polterten, wo das Holz gestapelt war. Ihre

Schultern in dem weißen Hemd hatten etwas Strahlendes, waren so breit und gerade, immer in Bewegung wie bei einem Bannerträger. Die Amme setzte sich an den Küchentisch und brockte das Brot in den Milchkaffee, bis es in der Tasse versank. Sie kam ohne Schal herunter, ohne Kittel, manchmal vergaß sie sogar, sich die Haare aufzustecken. »Man muß es ihr nachsehen«, sagte die Köchin, »sie ist noch sehr jung.«

Die Villa Maria Theresias

Das leise Geräusch eines gutgeölten Gartentors, das sich in den Angeln dreht, der Abend und seine Schirokkowolken: Nun ist auch das zu Ende, was willst du noch? Die tiefliegenden, müden Augen, so klar in ihrer Absicht: Giulia zum letzten Mal. Für immer: Nie wieder. Denn es wird keine anderen Frauen geben; doch woher soll sie das wissen an diesem naßkalten 31. Dezember 1939, während sie die Hände in die Taschen schiebt und ihr Blick sich mißtrauisch zu den Tropfen hebt, die sich von den Bäumen lösen und eisig ihren Kopf bedrohen. Sie lauert auf das Brummen des Autobusses, der zwischen den Bäumen heraufkommt, quietscht, wieder anfährt und sich verliert; nur dies scheint wichtig zu sein.

Er hatte die Hand in ihre Tasche geschoben, er wollte eine Berührung, doch seine erste Regung wäre gewesen, zuzudrücken, bis es ihr wehtut, bis er in der Leere der Straße ihren Schrei vernähme. Giulias Finger aber hatten regungslos und lau in den seinen gelegen, hatten ihn nicht beachtet, und sie hatte ihm auf die gleiche Weise zugelächelt, wie sie kurz zuvor im Eingang gelächelt hatte, als sie sich von ihrer Freundin und den anderen Gäste des Silvestertees verabschiedete. So als schlösse ihr Wohlwollen die Bäume, die Straße, die Feuchte auf den eisernen Gartenzäunen mit ein.

»Wenn wir in diesem Schritt weitergehen«, hatte sie zu ihm gesagt, »verpassen wir auch noch den nächsten Bus«, und langsam hatten die Finger sich fortgestohlen: Es war kalt, sie mußte den Kragen hochschlagen.

Doch dann war die Hand obengeblieben, um den Kragen zuzuhalten, und in einem letzten Versuch hatte er sich bei ihr eingehakt. Wie alte Kameraden: Er hätte versuchen können zu scherzen, zu lachen über sich und sein vergebliches Beharren (Giulia hat ein etwas rauhes, beinahe männliches Lachen, das im Hals gluckert). Er hätte es gekonnt, unter großer Anstrengung; sie aber war müde und hatte nicht einmal darauf Lust, bestimmt rechnete sie sich im Geist schon aus, wie lange sie zusammen warten müßten, bevor der Bus kam. »Andrea, dein Arm ist mir zu schwer.« Sie hatte sich losgemacht, die Lippen, die Dinge von entsetzlicher Belanglosigkeit sagten, streiften den blauen Mantelkragen. Anschauen und nicht berühren, und in Kürze wird auch das Anschauen unmöglich werden.

(Cimarelli? Wer ist denn Cimarelli, hatte sie einmal gesagt, im Telefonbuch habe ich nur einen Metzger und einen Drogisten mit diesem Nachnamen gefunden...) Ihre Mutter war Österreicherin, und sie hatte in ihrer Kindheit den Sommer stets in einer Villa verbracht, die zur Zeit Maria Theresias gebaut worden war: Eine doppelte Allee führte vom großen Eisentor hinauf, und die Wiesen wurden mit dem Rechen bearbeitet, bis jedes Blatt, jede von den Hunden zurückgelassene Verunreinigung verschwunden war. Die Rotbuchen dort waren so ausladend, daß sie bei Regen Schutz boten, und es gab einen See, wo man Schwäne füttern konnte. Kinder wie bewegliche Flecken auf den Wiesen zwischen Hundegebell, Hirsche am Waldrand.

»Oh, da kommt der Bus!« hatte sie ausgerufen und den Hang hinunterzulaufen begonnen, die Haare flatterten auf dem Kragen, der immer noch aufgestellt war. Und als sie eingestiegen war, hatte sie sich umgedreht, die Hand um die Stange geschlossen, verwundert, daß er ihr nicht gefolgt war, sondern noch genau dort stand, wo sie zu laufen begonnen hatte. Verwundert und glücklich, entsetzlich in diesem Glück. Die Tür hatte sich geschlossen, und hinter den Scheiben hatte sie ihm zugelächelt, ein Lächeln voller Dankbarkeit nun, während die Hand eine Bewegung machte, als wollte sie sagen: Was ist denn passiert? Doch schon fuhr der Autobus, über ein Gully holpernd, wieder an, der blaue Mantel hinter den Scheiben verschwand, es verschwanden der Mund, die Haare, die um die Stange geschlossene Hand, und er hätte sich jetzt auch wie Romeo erdolchen können angesichts des Unabwendbaren, hätte sich die Kleider vom Leib reißen und schreien, seine Verzweiflung herausschreien können, diesen Riß, der sich trennend auf das kurze Häuflein seiner Jahre senkte. Eine erbarmungslose glühende Zunge.

Statt dessen war er regungslos stehengeblieben, die Straßenlaterne beleuchtete den dunklen Saum seiner Hose: Es gibt manchmal Pausen zwischen unseren Gesten, die das Vorher vom Nachher trennen, die wie in einer Synthese Tausende anderer, in alle Winde zerstreuter Gesten zusammenfassen. Als er die Hose angezogen hatte, war noch Vorher, nun hatte schon das Nachher begonnen.

Bedachte man es aber recht, so gab es dieses Nachher irgendwie von Anfang an, es zog schon im Gegenlicht vorbei wie ein Widerschein, dessen Aufblitzen man nur hätte wahrnehmen müssen. Ungreifbar war es gegenwärtig, so wie eine Farbe oder ein Geruch, die ein Bild verändern: in der Bangigkeit eines Blicks, in einer plötzlich zugeschlagenen Tür, in den beschleunigten Schritten und in der Stimme, einer Stimme, die spricht und weint. In großen Familien geschieht alles in gedämpftem Ton, auch die Tränen bringen nur selten und kurz eine schrillere Note hinein. Eine Hand gleitet über die Tasten eines Klaviers, der Hohenzoller oder wie zum Teufel der Schönling heißt, dem die Haare in die Stirn fallen, führt sein Glas an die leicht aufgeworfenen Lippen (denn sie sind alle miteinander verwandt, doch wenn man lange genug nachforscht, stößt man irgendwann immer auf den reichen levantinischen oder jüdischen Kaufmann). Er trinkt und beobachtet, verneigt sich untadelig vor der jungen Schwägerin im blauen Seidenkleid.

Ein Nachher, so unbedeutend wie eine kleine Wanze, die sich in dem Teppich mit persischem Muster eingenistet hatte (einem jener falschen Perser ganz bestimmter Sommerfrischehotels mit Lesezimmern, die mit Hotelbriefpapier und grünen Kelchlampen ausgestattet sind), an dem Nachmittag, als sich hinter ihm die Schwingtür gedreht hatte und sie direkt auf den Portier zugegangen war, um nach ihrer Freundin zu fragen. Aber der Portier mußte ihr etwas schroff geantwortet haben, denn sogleich hatte sie die Stimme erhoben, laut klangen die runden *r* ihres langen, komplizierten Familiennamens; die kehlige, tiefe Stimme einer erwachsenen Frau. Alle Blicke hatten sich daraufhin zu ihr gewandt, auch seiner: Mit hoch erhobenem Kopf stand sie da, aber es war, als sähe sie von dem

Portier nur das Schuppenstäubchen auf dem Frackrevers, vollkommen gleichgültig gegenüber der Wirkung, die sie hervorrief, während in dem schräg auf sie fallenden Licht alles kupferfarben wirkte. Die Haare, die Augen, die Haut, eine Farbe, die man als pflanzlich hätte bezeichnen können.

Dann war sie dorthin gegangen, wo er saß: »Macht es Ihnen etwas aus, es wegzunehmen?« Sie deutete auf das Buch, das auf dem Sessel lag: »Ich würde mich gern setzen.« Sie mochte siebzehn, achtzehn Jahre alt sein, und in der Art, wie sie die Beine übereinanderschlug, zeigte sich jetzt ein wenig die Befangenheit der Heranwachsenden. Als wäre ihre Länge ihr noch verdächtig, nicht richtig einschätzbar. Und angesichts der Verblüffung Andreas über den Mut, mit dem sie dem Portier begegnet war, hatte sie angefangen zu lachen. Jenes wunderbare, kehlige Lachen: »Ich habe dich schon gesehen«, hatte sie gesagt, »du warst vor ein paar Tagen beim Fotografen.«

»Kann sein ...« Er erinnerte sich nicht an sie, er war hierhergekommen, um eine Signora zu treffen, und sein Blick war zum Aufzug zurückgekehrt in der Erwartung, sie langsam durch das schmiedeeiserne Gitter herabschweben zu sehen.

Doch zuerst war Giulias Freundin gekommen, und sie hatte sich erhoben, um ihr entgegenzugehen: »Ich stelle dir jemanden vor, dem Prévert gefällt«, hatte sie zu ihr gesagt. Die Freundin hatte ihm kräftig die Hand gedrückt, und ihm hatten die Worte gefehlt. »Komm mich doch an einem der nächsten Nachmittage besuchen«, hatte sie hinzugefügt, während sie sich von ihm verabschiedete, »ich wohne im Miramonti, wir können zusammen Tennis spielen.«

Sprachlos hatte er die beiden fortgehen sehen: Der Name Prévert war überhaupt nicht gefallen, das Buch, das er vom Sessel genommen hatte, um ihr Platz zu machen, war eine französische Übersetzung der Gedichte von Heine.

Die Villa Nord lag auf der anderen Seite des Dorfes, in Richtung Fiammes: Ein zweistöckiges Gebäude, das teilweise mit Kletterrosen bewachsen war. Durch die erhöhte Lage hatte es bis spät Sonne, und der Sonnenuntergang schien sich im Widerschein, der das Haus streifte, zu verlängern oder noch einmal um die Ecke zu kommen, wenn er schon verschwunden war, oder aber plötzlich in einer letzten Zuckung zwischen den korallenroten Blütenblättern an der Fassade wieder aufzutauchen. Jeden Sommer mietete der Ingenieur das obere Stockwerk der Villa, doch diesmal hatte er ein Zimmer mehr verlangen müssen: Sein Sohn Giovanni war in Latein durchgefallen, und sie brachten aus Rom einen »die Berge liebenden Studenten von erprobter Sittlichkeit« mit.

Er bekommt auch einen Lohn, der Nachhilfe-Student, der morgens auf den Balkon vor seinem Zimmer hinaustritt und die blühenden Begonien auf den Fensterbrettern betrachtet. »Eine kleine pekuniäre Entschädigung« nennt es der Ingenieur, wenn er Andrea die sorgfältig geglätteten Zehn-Lire-Scheine aushändigt. »Argent de poche«, sagt seine Frau ungezwungener dazu und deutet dabei auf Dinge in den Schaufenstern, die er sich mit diesem Geld kaufen könne. Andrea betastet die Scheine in der Tasche und lächelt freundlich, er verachtet dieses Geld, der Betrag erscheint ihm lächerlich gering, gerade gut genug für

Zigaretten oder ein paar Schälchen Erdbeeren mit Sahne.

Sein Schüler hat Augen, grün wie Raupen, große Füße, bewegungslos unter dem Stuhl, einen Füller, mit dem er stilisierte Profile des Duce auf die Seitenränder des Buches zeichnet und sie dann mit Bart, Schnurrbart und Zigarre im Mund versieht. »Du solltest lernen, die Bücher zu achten«, sagt Andrea zu ihm, im Schatten unter dem Birnbaum ist es kühl, und das Gras auf den Wiesen steht hoch in der Sonne, Margeriten und Glockenblumen. Vielleicht könnte das der ideale Nachmittag zum Tennisspielen sein, er könnte zum Miramonti gehen und den Mädchen zeigen, wie hervorragend einer wie er spielt, mit einem alten Schläger, den er durch das Sammeln von Schokoladebildchen erworben hat, und in Schuhen, von denen kaum mehr etwas übrig ist außer dem Oberleder.

»Infandúm reginá iubés renováre dolórem ...«, skandiert der Schüler, doch Andrea denkt an das Mädchen, das er vor ein paar Tagen getroffen hat: anziehend, sehr anziehend. »Was machst du, Professor, hörst du mir nicht zu?« Giovanni lehnt sich auf seinem Stuhl zurück, den Füller im Mund, zwischen den Zähnen, den Blick ironisch auf den Studenten von erprobter Sittlichkeit gerichtet, der saubere Bücher will. Und seine Auflehnung drückt sich in den geöffneten Knöpfen aus, dem verkehrt herum übergezogenen Pullover, den zerrissenen Schnürsenkeln in den Schuhen.

Das Miramonti war weit weg, und Andrea hatte die Abkürzung quer über die Wiesen genommen. Kinder in Tiroler Strickjacken mit Bergstöcken voller Blechschildchen kreuzten seinen Weg, er war zügig vorangegangen und hatte dabei überlegt, wie er wohl empfangen würde, sie war ja eine, die so tun konnte, als kennte sie ihn nicht, und imstande war, ihn anzusehen, wie sie an jenem Nachmittag den Portier angeschaut hatte. Doch kaum war das Hotel mit seinen roten Türmchen und der sonnenbeschienenen Fensterfront vor ihm aufgetaucht, mit Rasenflächen glatt wie Samt, auf denen sich die Golfspieler gemessen bewegten, war sie ihm schon von weitem winkend entgegengelaufen. »Prévert ist da«, hatte sie der Freundin zugerufen, die am Rand des Rasens stehengeblieben war. Die Freundin hatte sich langsam genähert, die schweren Zöpfe um den Kopf gewunden, mit rosigen Beinen, fast ohne Knie. Ein Mannweib, sofort feindselig.

Er hatte an jenem Nachmittag Giulias Brüder und Schwestern kennengelernt, über Rasen und Terrassen verstreut, auf den ersten Blick erkennbar an einer Art Pigmentierung, die in der Transparenz ihrer Haut zu leuchten schien wie Licht durch ein Glas. Es gab sie in allen Altersstufen, solche, die schon verheiratet waren, und solche, die noch eine Gouvernante hatten und beim Guten-Tag-Sagen eine Verbeugung machten. Ein Schwager verfolgte von der Terrasse aus eine Golfpartie und hatte ihm kurz die schmale nervöse Hand hingestreckt, um dann sogleich das Fernglas wieder auf den Rasen zu richten, wo die weißen Fähnchen flatterten. *»Eagle! Eagle!«* hatte er aufgeregt geschrien, während ihm die Haare in die Stirn fielen. Ein deutscher Fürst, ein Hohenzoller oder so ähnlich. Einer, den die ganze Familie eines Tages schneiden würde wegen der Aufmerksamkeit, die er seinen jungen Schwägerinnen bezeugte, ob sie noch Jungfrau waren oder nicht.

Denkwürdiger Nachmittag voll hell klingender Stimmen, unterbrochen von plötzlichem Gelächter. Noch war die Form jenes *Nachher* leer, war nur eine Hülle, die die majestätische Front der von gelben Seidenvorhängen geschützten Fenster entlangstrich, während der Wind die Wolken heranholte und wieder vertrieb, unstete Schatten auf den Tennisplatz fielen. Die Bälle rollten außerhalb der Umzäunung davon, sprangen zu hoch, Giulia hatte sich als äußerst schlechte Spielerin erwiesen, zerstreut, überheblich, ihre vollen, goldenen Waden reckten sich vergeblich in die Höhe, angespannt auf Zehenspitzen. Sie stritt mit den jüngeren Schwestern, jene Haare, die sie schüttelte wie ein Tier seinen stolzen Schweif, sind schön, das weiß sie, während das Fernrohr auf der Terrasse sich auch auf ihre Gestalt heftet, an den Haaren hinuntergleitet und an den Beinen haften bleibt, da, wo sie am rundesten sind.

»Kommst du morgen wieder?« Die braungebrannten, starken Hände legen sich auf seinen Arm, es sind, wie ihre Stimme, die Hände einer Erwachsenen. Er schaut ihr in die Augen, um ihre wirkliche Absicht zu begreifen, und die Augen leuchten wie herbstliche Erde, sie begehren – was? Sie wollen, hartnäckig. Sie schickt die Freundin fort, um mit ihm allein zu bleiben, die Straße ist hell, während Lichter angehen, von Seidenvorhängen gelb getönt. Andrea berührt ihre Wange mit den Lippen, sie rührt sich nicht, ihre Wange ist glatt und kühl, die Scheinwerfer eines heraufkommenden Autos beleuchten das weiße Band, das quer über ihre Stirn läuft, um die Haare zu halten. Er fühlt sich enttäuscht, nach diesem vielversprechenden Anfang mit dem Portier im Hotel hätte er sich etwas mehr von ihr erhofft, etwas anderes. »Warum ausgerechnet Prévert?« fragt er, plötzlich irritiert bei der Erinnerung, während die Hand wieder herunterfällt. »Wie bist du ausgerechnet auf Prévert gekommen?...«

»Ach, ich weiß nicht... Ich muß den Namen irgendwo gelesen haben«, sie zuckt die Schultern, lacht kurz und dumm, wie ein ertapptes kleines Mädchen.

Er war oft wiedergekommen. Nun wußte er genau, an welcher Stelle das Hotel vor ihm auftauchen würde mit seinen Terrassen und den der Sonne zugewandten Liegestühlen. Er hatte gelernt, die Golfspieler zu erkennen, die vorbeikamen, gefolgt von den *caddies* mit den Wägelchen, in denen die Schläger steckten und ein Schirm für den Fall, daß es regnete. Manchmal blieb er auch zum Tee und sah von der Terrasse aus das weiße Band der Straße, auf dem sich dunkle Autos heraufbewegten. Es kam vor, daß er sich an der Teekanne die Finger verbrannte, und dann lachte Giulias Freundin über seine Unerfahrenheit, ein kleines höhnisches Lachen, fast wie ein Schnalzen in dem kurzen, dicken Hals. Giulia bot ihm die Sahne an, dünne Scheiben *cake*, und lächelte ihm aufmunternd zu, beinahe wie im Spiel schoben die Hände die Gegenstände auf der Tischdecke hin und her.

Doch meistens ging er früher weg, weil die Signora ihn erwartete, und ließ sie allein mit der Freundin beraten, wie der Nachmittag auszufüllen sei. Von der Straße her sah er, wie sie aufstand und sich dann wieder setzte, noch einmal aufstand; und in dem Licht, das das Hotel mit seinen Türmchen umhüllte, die regungslose Freundin mit ihrem Fleisch eines gefräßigen kleinen Mädchens, wirkte sie wie ein Insekt, eine Libelle, die in den goldenen Maschen eines Netzes vergeblich mit den Flügeln schlägt.

Eines Nachmittags hatte er sie geküßt, als sie vom Tennisspielen noch verschwitzt war. Es hatte ihn plötzlich überkommen; vielleicht war es die Praline, die sie langsam lutschte, vielleicht auch ihre Farben, die durch die Luft und das Spiel kräftiger geworden waren. Er hatte ihren Hals, ihre Lippen geküßt, war in ihren Mund eingedrungen, und sie hatte ihn gewähren lassen, gefügig an den Zaun des Tennisplatzes gelehnt. Danach hatte sie gelacht, während ihr die Schokolade noch von den Lippen tropfte. »Du kannst sehr gut küssen«, hatte sie zu ihm gesagt. Und dieser Satz hatte ihm mit einem Schlag jeden Schwung, jedes Begehren genommen.

Die Freundin, die im selben Hotel wohnte und ihn ständig aus und ein gehen sah, hatte ihr seine Geschichte mit der Signora erzählt. Und jetzt wollte sie, mußte sie sofort wissen, *wie es mit der Signora war.* Voll blinder Entschlossenheit war sie in der Mittagshitze losgegangen, und sie würde unter keinen Umständen zurückkehren, bevor sie es wußte. Sie stand im Flur der Villa Nord und wartete, daß er redete, daß er *erzählte,* ohne sich im geringsten um Giovanni zu kümmern, der am Tisch unter dem Birnbaum sitzen geblieben war.

»Wir sprechen heute nachmittag darüber«, hatte er ihr geantwortet.

Doch sie konnte nicht warten und hatte ihn in den Flur gezogen. »Jetzt«, hatte sie gedrängt, und in dem Licht, das hinten aus dem Garten hereinkam, war ihr Gesicht blaß erschienen, gesammelt in dem fest auf ihn gerichteten Blick: lächerlich und rührend. Aber gleichzeitig war etwas an ihr, was zu kraß hervortrat, ein verfluchter Stolz, der sie daran hinderte, ihre Gefühle zu verbergen, diese waren mehr wert als alles andere, mehr als er und jede Signora. Ein Stolz, der ihn gestört hatte, als hätte er durch ihren Blick hindurch ihre königlichen Eingeweide gesehen, den blauroten Herzmuskel: pum, pum ... Diese Aggression abzuwehren, war nur möglich, indem er ihr die Wahrheit sagte, und das hatte er getan. Wenn er gekonnt hätte, hätte er sie geohrfeigt.

Doch sie hatte nicht mit der Wimper gezuckt: »Das ändert nichts zwischen uns«, hatte sie gesagt, »ich hoffe, daß du mich weiter besuchst wie vorher«, und zum Zeichen der Freundschaft hatte sie ihm die Wange zum Kuß hingehalten, und die Wange war hart und angespannt.

Als Andrea sich wieder unter den Birnbaum gesetzt hatte, war sie nicht weggegangen, sondern war ihm gefolgt und hatte sich ebenfalls gesetzt, die Beine übereinandergeschlagen, die glatten Haare locker auf der Wange. Und sogleich hatte sie heftiges Interesse für Giovanni bezeugt; sie blätterte in der Äneis und sagte eine Unmenge Dummheiten, die Zigarette weich zwischen den Lippen. Giovanni lachte und amüsierte sich, er dagegen hatte geschwiegen, erschreckt bei dem Gedanken, der Ingenieur könnte kommen und sie hier vorfinden.

»Gefällt sie dir?« hatte er Giovanni gefragt, als sie endlich gegangen war.

»Ja sehr. Ich finde sie bildschön.«

»Bildschön nicht, hübsch. Aber auch ein bißchen gemein«, die letzte Bemerkung hatte er gemacht, um seinen Abstand zu beweisen; und es sofort bereut.

An jenem Nachmittag, als er zum Miramonti gegangen war und sie auf der Terrasse saß mit ihren schmeichelnden Fuchsfarben und den großen, unruhigen Händen, die sich zwischen die Augen und die Sonne schoben, hatte er sie angeschaut, als sähe er sie zum erstenmal. Und während er ihr zugehört hatte, wie sie mit einer neuen Wut lachte und stritt, die sie zu überlaufen schien, als zöge sich ihre Haut vor Kälte zusammen, hatte er Angst bekommen. Er hatte sich unwohl gefühlt, und etwas hatte ihn daran gehindert, ihr wie sonst zu begegnen.

Als er fortgegangen war und schon fast die Straße erreicht hatte, war sie ihm nachgekommen. »Würdest du nicht mit mir das machen, was du mit der Signora machst?« Sie schaute ihn mit funkelnden Augen an, jemand rief von oben nach ihr, und sie schüttelte unwillig den Kopf. »Was hast du, kannst du nicht antworten?« Sie wartete, das Blitzen der Zähne zwischen den vom Laufen trockenen Lippen. Ironisch, anmaßend, bildschön.

Ein Briefchen, von ihrer Freundin in den Briefkasten gesteckt, der Freundin, die fortgeht mit ihren Beinen einer Stoffpuppe und Zöpfen, die wie Schlangen um den Kopf gewunden sind, die ein törichtes, bösartiges Lächeln aufsetzt, während sie ihm über die Stachelbeerhecke grüßend zuwinkt. Die kleine Tochter des Ingenieurs bringt ihm das Briefchen und stützt neugierig die Ellbogen auf den steinernen Tisch.

»Quid loquor? aut ubi sum? Quae mentem insania mutat? Infelix Dido, nunc te facta impia tangunt?« deklamiert Giovanni.

»Von wem ist es?« fragt die Kleine.

»Von einer Freundin.«

Giovanni hält inne, und die grünen Augen eines Gymnasiasten, der die Geschicke Italiens und die feindlich gesinnten Götter satt hat, blicken neugierig auf den Zettel. *Heute nachmittag,* hat sie geschrieben. Der Zettel gleitet in seine Tasche, die Kleine läuft enttäuscht davon, ihre Stiefelchen knirschen im Kies. Er wird der Signora Bescheid geben müssen, daß er nicht kommen kann, eine Ausrede erfinden. Er blickt auf zu den Wolken, die die Sonne verdunkeln und sich fahl unten im Tal zusammenballen. Eine bescheidene Ausrede, der Regen.

Doch es hatte gar nicht geregnet. Der Tag hatte sich geöffnet, ein schneidend blauer Himmel mit scharfkantigen Schatten war zum Vorschein gekommen; und alles hatte sich als verkehrt herausgestellt, von Anfang an. Von der Wahl des Ortes über die zu dünnen Zwischenwände bis hin zu Giulia, die zu spät gekommen war und bei der man nicht mehr verstand, was sie wollte. Zum Schluß hatte sie sich umgedreht, um das Glas von der Konsole zu nehmen, und im Dämmerlicht waren die Schultern, die aus dem Federbett geschlüpft waren, blutleer, fast schwammig erschienen. Sie hatte getrunken und die Haare quer über ihr Gesicht fallen lassen, während die Füße im Bett eisig und starr die seinen gestreift hatten. Andrea hatte versucht, ihr zuzulächeln, sie aber hatte keine Heuchelei geduldet, sondern sich wieder verkrochen, und mit dem Kinn auf dem Federbett, hatte sie vor sich auf die Holzverkleidung des Zimmers gestarrt. »Je mehr Astlöcher drin sind«, hatte sie gesagt, »um so minderwertiger ist das Holz.« Und dieser Satz, der so wenig mit ihr gemein hatte, war nun peinlich in ihrem Mund.

Draußen wurde es dunkel, für ihn war es spät, wenn der Ingenieur ihn nicht rechtzeitig zum Abendessen zurückkehren sah, zog er die Uhr heraus und legte sie ihm neben den Teller. »Los, zieh dich an«, hatte er zu ihr gesagt, »ich muß gehen.« Daraufhin war sie aufgestanden und hatte sich mit dem Federbett bedeckt, doch als sie den Arm ausstreckte, um die Kleider aufzuheben, war das Federbett heruntergerutscht und er hatte in Gedanken ihren etwas wurmartigen Körper mit dem glatten, fast schimmernden Körper der Signora verglichen. »Das kann schon mal vorkommen, weißt du«, hatte er zu ihr gesagt.

»Was?« hatte sie aggressiv gefragt; sie hatte sich umgewandt und war den Tränen nahe.

Ärgerlich hatte er die Zigarette ausgedrückt. »Jetzt mach schon, es ist spät.« Er hatte viel zu viel Geduld gehabt. (Ja, nein, ja, nein, nein...) Und während sie langsam ein Kleidungsstück nach dem anderen nahm, hatte er zugesehen, wie die Sonne sich dort oben immer weiter zusammenzog, fast nur noch ein Lichtkamm auf den Felsen. Ohne auch nur im entferntesten zu ahnen, daß er den Körper mit den mageren Schenkeln und dem sommersprossigen Rücken eines Tages noch beinahe krampfhaft begehren würde. Daß er ihn sich in allen Einzelheiten vorstellen und ihn vergeblich im Traum zu erhaschen suchen würde.

»Warte, bis ich draußen bin«, hatte sie zu ihm gesagt, »wenn du mich unten am Bach siehst, dann geh du hinaus.« Sie hielt den Kopf zur Seite gedreht, und ihre Gesten hatten jetzt etwas Verächtliches. Am Fenster hatte er sie über die Wiesen hinuntergehen sehen, die Strickjacke hatte sie um die Taille gebunden, und die Haare wippten auf ihren Schultern. Das braunkarierte

Kleid durchfurchte das Gras zum Bach hin, das Gras stand hoch, und sie hinterließ eine lange dunkle Spur, gleichgültig gegenüber dem Schimpfen des Bauern, daß sie ihm die Wiese zertrampelte.

Die Signora hatte ihm eine Szene gemacht: »Du mußt mir schwören, daß du sie nie wiedersiehst, sonst brauchst du gar nicht mehr zu kommen.«

Die Hände in den Taschen hatte er gewartet, bis sie sich ausgetobt hatte, durch die halbgeschlossenen Fensterläden betrachtete er die Gartenstühle, die noch naß waren vom Regen: Giulia jetzt, nach dem, was geschehen war, zu verlassen, wäre gemein gewesen. Und außerdem schien ihm, als hätte sich ein Gleichgewicht zwischen ihm und den Dingen hergestellt, das durch nichts gestört werden durfte. »Ich lasse mich nicht erpressen«, hatte er geantwortet, ohne die Hände aus den Taschen zu nehmen, und sich dabei gefühlt wie Parzival, wie Tristan, wie der weiße Guidone und der schwarze Aquilante aus dem *Rasenden Roland*.

Die Signora hatte angefangen zu weinen, die nackten Füße weich und rosig auf dem Teppich am Fußende des Bettes, die Kapelle unten spielte einen Walzer, und die blonden Wimpern hatten sich zusammengezogen, während die Klänge des Klaviers im Garten zwischen den menschenleeren Tischchen verhallten. Und plötzlich hatte er wieder an sie denken müssen, wie sie sich herumdrehte und fragte: Was? An die Lippe, die vor Anstrengung zitterte, während sie die Tränen zurückzuhalten versuchte, an die Kleider, die sie blind zusammenraffte. Und dieses Bild versetzte ihn jetzt in Aufruhr, traf ihn wie ein Blitzschlag und nahm ihm den Atem.

Als er wieder draußen stand, hatte er überlegt, ob er zum Miramonti gehen und sagen sollte: Ich habe die Signora verlassen, ich habe mich von ihr getrennt. Aber es war spät, und er war sich nicht mehr so sicher, ob er das, was er getan hatte, ihretwegen getan hatte, ob er wirklich etwas Neues anfangen wollte. Er war schnell gegangen, die Straßen waren leer, und die wenigen Sommerfrischler, die nach dem Regen hinausgegangen waren, kehrten in ihre Hotels zurück, und ihre Stöcke klapperten auf dem Asphalt. Hinter den brennenden Lampen der Speisesäle konnte man die Kellner sehen, die schon für das Abendessen gerüstet waren. Giulia war gewiß schon hinaufgegangen, um sich umzuziehen, und verständigte sich nun vielleicht, von einem Zimmer zum anderen rufend, mit ihren Schwestern in der *Suite,* die sie mit den jüngeren teilte, während das Wasser kochendheiß in die Porzellanwanne rauschte, die Ranunkeln in dem Glas auf dem Tisch welkten (an diesem Tisch hatte sie ihm am Tag zuvor geschrieben, um ihm mitzuteilen, daß sie ein Zimmer gefunden hatte, und ein paar gelbe Blütenblätter mit in den Umschlag gesteckt). Die Hände in den Taschen hatten sich vor Freude verkrampft, ihm schien, als sei eine Lebensfülle über ihn hereingebrochen und als wäre ihm von nun an nichts mehr verwehrt. Der Saum seiner Hose war klatschnaß, es war dumm, so durchs Gras zu gehen, wenn man zwei Schritte weiter drüben auf dem Trockenen hätte gehen können, aber er konnte nicht anders. Ihm schien, als vollziehe sich sein Aufstieg rasch, unaufhaltsam, als sei er nun im Besitz einer Kraft, die nichts und niemand ihm würde nehmen können.

Das kleine Mädchen hatte sich in der Villa Nord aus

dem Fenster gebeugt. »Da kommt er«, hatte es gerufen und die Arme hinausbaumeln lassen. Als er eingetreten war, saß der Ingenieur noch neben dem Radio. »Astolfi ist Zweiter geworden nach Vigorelli«, hatte er zu ihm gesagt, »schade, wir haben um Haaresbreite verloren...«, doch es schwang kein Vorwurf wegen seines Zuspätkommens in der Stimme mit, nur Zögern. »Englands Antwort auf Hitlers Vorschläge scheint unmittelbar bevorzustehen«, hatte er hinzugefügt, »aber es steht schon so gut wie fest, daß sie negativ ausfällt.« Der Blick des Ingenieurs war ihm gefolgt, während er sich vor seinen Platz stellte.

Die Kleine war losgelaufen, um sich die Hände zu waschen, und er hatte einen Fleck auf der Tischdecke bemerkt, ganz dicht an seinem Teller. Wahrscheinlich war er daran schuld. Der Ingenieur hatte sich langsam erhoben, ein unter der Oberfläche gebliebener Gedanke tauchte nun in all seiner grausamen Genauigkeit wieder auf: Andrea war zweiundzwanzig Jahre alt, er war gesund und kräftig, es würde kein Pardon für ihn geben; und ein tiefes Gefühl von Mitleid hatte ihn überkommen (tatsächlich sollte Andrea in Marsa Matruk sterben). Sie hatten sich zu Tisch gesetzt, und das Dienstmädchen hatte die Suppe in den tiefen Tellern gebracht. »Ein wunderschöner Sonnenuntergang«, hatte der Ingenieur gesagt und durchs Fenster auf die in rotes Licht getauchten Dolomiten gezeigt, »morgen könnte man auf den Druscié gehen... Warst du schon mal auf dem Druscié, Andrea?«

»Nein, noch nie«, hatte er geantwortet, ohne aufzublicken, der Druscié war der allerletzte Ort auf der Welt, wo er am nächsten Tag hätte hingehen mögen. Eine schmale Mondsichel ging am Himmel unter, und in der Suppe schwammen Stückchen von Hühnerfleisch: Heute abend war Tanz im Miramonti, er hatte gehört, wie sie davon sprachen, doch Giulia hatte nichts zu ihm gesagt; dies war, wie andere Dinge ihres Lebens, in einem Bereich angesiedelt, der ihm verschlossen war.

»Was hast du, Andrea, machst du dir Sorgen?« hatte der Ingenieur gefragt, in Gedanken noch bei den Nachrichten, die er im Radio gehört hatte.

»Nein, ich war einfach zerstreut«, und er hatte über die Suppe hinweg gelächelt. Es hätte ihm Spaß gemacht, zum Miramonti zu gehen und zu sagen: Da bin ich. Und Giulias Reaktion zu sehen.

»Oh, das hätte ich sehr lustig gefunden ...« Die Bestürzung ihrer Mutter, die Verlegenheit ihres Schwagers. Der Hohenzoller, so untadelig in seinem Smoking, als er sich verbeugt hatte, um sie zum Tanzen aufzufordern, und der sie dann fester und fester an sich gedrückt hatte, während er den Leib vorstreckte, die Hand, die den Rücken hinunterrutschte und ihr wehtat, weil sie so preßte. Giulia erzählt ihm nun, daß sie mehrmals zusammen getanzt hätten und dann hinausgegangen seien, auf den Golfplatz zu, der Schwager habe versucht, sie zu küssen, er habe sie angefaßt.

»Angefaßt, wo?« Die verlassenen Rasenflächen mit den weißen Löchern unter den Sternen, das Gras, das wie ein Teppich aussieht.

Sie zuckt die Schultern, angefaßt ... das Rascheln der Seide und die zarten, drängenden Hände. »Das war schön«, sagt sie, »so schön«, die *s* verdoppelnd, mit der Zunge an den Zähnen. Sie will lustig sein, aber die Stimme verrät sie, der Fuß zeichnet auf der Erde, und ihr gesenktes Gesicht sieht nun aus wie eines jener

Bildnisse von Holbein, auf denen man die Eckigkeit der Wangenknochen erahnt.

Dann ist es ja nicht mehr nötig, ihr von der Signora zu erzählen, außerdem hat er in Wirklichkeit sowieso nie ernsthaft die Absicht gehabt, sie zu verlassen, das wäre idiotisch, eine solche Gelegenheit bietet sich nicht häufig im Leben. Eine junge, schöne Frau, die den Kopf verloren hat seinetwegen, buchstäblich *den-Kopf-verloren* (sie hat ihm ein Zigarettenetui aus Krokodilleder geschickt zusammen mit einem unwiederholbaren Billett). Kinder, was für ein Sommer!

Der letzte. Der letzte Sommer, etwas lag in der Luft, schwül, unbewegt, eine bleierne Luft, wie wenn man heftig schwitzt und nicht weiß, warum. Eine erstaunte, fahle Bewegungslosigkeit. Ein Warten wie auf dem Bahnhof, Gleise, die sich im Gestrüpp verlieren, Leute verabschieden sich und sehen sich an, der Bahnhofsvorsteher bereitet sich darauf vor, das Zeichen zur Abfahrt zu geben. Etwas, das die Gedanken zusammenzog und sie ständig wieder zu einem einzigen Durchblick zurückführte, das Fernrohr hat sich umgekehrt, und nun ist alles klein und weit weg, unentzifferbar. Ein irreales Überleben rund um die Schälchen mit Blaubeeren, Erdbeeren mit Sahne, Schachteln mit Baci Perugina. Und doch blühen an der Fassade der Villa Nord die Kletterröschen wie jedes Jahr, wie jedes Jahr ist der Hausherr galant zur Ehefrau des Ingenieurs und pflückt ihr die beste Birne. Er hat einen langen Stock, an dessen Ende ein Leinensäckchen befestigt ist, die Birne schwankt und fällt schwer in das Säckchen, er lächelt zufrieden, die reifste, saftigste Birne. Das Säckchen hebt sich, bis es zum Fensterbrett im ersten Stock hinaufreicht, die Frau des Ingenieurs dankt mit einem schönen Lächeln, sie wird sie nach dem Mittagessen verspeisen, sie allein, die Birne ist so weich, daß die Finger fürchten, sie zu verderben. Unten am Marmortisch wiederholt Giovanni die *Äneis* und vertut sich oft bei den Hexametern. »Komm, paß ein bißchen auf«, sagt der Nachhilfe-Student mit dem Buch in der Hand, das kleine Mädchen zerstößt die Blätter, die sie der Puppe zu essen geben will. Man müßte es fotografieren, denkt die Frau des Ingenieurs, es ist wirklich ein hübscher Anblick. Der Hausherr steht immer noch dort unten und hält den langen Stock hoch wie eine Altarkerze, die Frau des Ingenieurs wird ungeduldig und tut so, als riefe jemand aus dem Innern der Wohnung nach ihr. Der Hausherr versteht und seufzt, wie jeden Tag. Jeden Sommer, seit Jahren. Nur daß dieser Esel von Giovanni dieses Jahr in Latein hat durchfallen müssen und sie diesen Studenten mitgebracht haben, diesen Hungerleider, der abends beim Heimkommen einen Höllenlärm auf der Holztreppe veranstaltet. Ein schöner Junge, aber zu unruhig, dauernd unterwegs von einem Hotel zum andern, bis zum Miramonti, das kilometerweit entfernt ist, ein sehr vornehmes Hotel, was macht dort ein Junge wie der, das ist kein Ort für ihn. Der Hausherr geht, seinen langen Stock hinter sich herziehend, an ihm vorbei und denkt an ein altes Sprichwort aus der Zeit vor dem Krieg von 1918, als hier die Deutschen das Sagen hatten: *Schuster, bleib bei deinem Leisten.*

Die Frau des Ingenieurs hat das Fenster wieder geschlossen, und Giovanni lutscht an seinem Füllfederhalter, die Puppe hat winzige Blattstückchen auf den harten roten Lippen. Auf der Wiese beugt sich am

Bach entlang das hohe Gras, die Stachelbeeren sind fast reif, und die Bienen fliegen in dem grüngestrichenen Bienenstock aus und ein.

Giulia ist für eine Woche weggefahren, sie macht mit ihrer Schwester und ihrem Schwager eine Rundreise zu den Seen.

Zweiundzwanzig Jahre alt sein und unbedingt jemand werden wollen. Seine Mutter versteht das nicht, in ihrer ein wenig dunklen Wohnung mit dem kurzen blaßgelben Flur sind ihre Ideale Italo Balbo und General Cadorna. In dem Flur riecht es nach alten Uniformen in Naphtalin, in einer Vitrine im Renaissancestil stehen ein paar Bücher, hinter der Glastür des Badezimmers wäscht sich seine Schwester unter den Achseln, sie ist mit einem Fliegerschüler verlobt (er ist in Guidonia stationiert und stammt aus wohlhabender Familie), das Telefon ist teuer und darf nur sparsam benutzt werden, seine Mutter schreit in den Hörer, um keine kostbaren Minuten zu vergeuden. Auch die Signora ruft an, sie ist auf der Durchreise in Rom und hat ein Zimmer im Hotel Flora. Die Signora ist schön, und ihre Haare breiten sich wie Butterkringel auf dem Kissen aus, die Augen sind zwei blaue Tropfen zwischen den Lidern und die Brauen zeichnen eine dünne Linie auf die Stirn, während der Mund sich öffnet wie eine Wunde, atmet, saugt, einen Augenblick lang die Angst zerstört. Denn er sehnt sich nun verzweifelt nach jenem nur einmal geschauten Körper, jenem sommersprossigen Rücken, dem weichen Fleisch des Arms, ja, nein, ja, nein, nein ... (Wozu ist sie eigentlich hergekommen, wenn sie sich dann so benehmen muß?) Die Signora bietet ihm einen Vermouth an, man hört den Verkehr auf der Via Veneto, und die Straßenlampen beleuchten den schönen rosigen Körper, den man durch das Chiffonhemd sieht und doch nicht sieht. Ein Hemd, das in eine Faust paßt.

Sie ist verreist, hat man ihm gesagt, sie kommt erst am Jahresende zurück. Ein Palazzo mit einem weitläufigen Hof, wo sich die Bogengänge zu den Treppenhäusern öffnen und ein roter Läufer zum Aufzug führt, in den Nischen tauchen spätrömische Kopien von Statuen aus hellenistischer Zeit auf. »Wo ist sie hingefahren?« hat er gefragt. Doch wer ist er, daß er eine solche Auskunft verlangen könnte. (Cimarelli? Wer ist denn Cimarelli? Im Telefonbuch hatte sie nur einen Drogisten und einen Fleischer mit diesem Nachnamen gefunden. Und doch steht da zuletzt auch die Witwe eines Obersten im Ruhestand.) Auch hier gibt es einen Portier in einer mit Tressen geschmückten Uniform, der ihn mißtrauisch betrachtet, grau und fettleibig. Sie ist nach Österreich gefahren, hat er zu ihm gesagt.

Sie ist zu der Villa gefahren, die zur Zeit Maria Theresias erbaut wurde, und schaut nun den Schwänen zu, wie sie ihre nassen Halsfedern schütteln, die Tage werden immer kürzer, und abends ist es kalt, man muß Wolle tragen. Ein braunkariertes Wollkleid. Alte und neue Kinder rennen zum letztenmal, bevor sie hineingehen, die Generationen überkreuzen sich, und die Hunde lecken kleine zarte Hände. Die Gärtner rechen den Rasen und bleiben in respektvoller Entfernung stehen, wenn sie vorbeigeht, begleitet von jenem deutschen Schwager mit den Mandelaugen und den etwas fleischigen Lippen, er hat geschmeidige Hände, die den Rücken hinuntergleiten und jede Faser des Körpers zu spüren scheinen. Impulsiv und sinnlich, kümmert es ihn nicht weiter, was die Gärtner denken, ja, nein, ja... ihm gefallen die gewundenen Wege, sie geben zum Schluß einen viel höheren Genuß. Man darf nur beim Spiel nicht den Faden verlieren; inzwischen hat es auch die junge Schwägerin gelernt, die ruhig an seiner Seite geht. Die Gärtner räumen ihre Rechen weg, es wird dunkel, und jemand ruft, die Kinder sind hineingegangen, und die Hunde sind ihnen bis an den Rand der hohen Fenster gefolgt. Eine Frau spielt Klavier, der Klang übertönt die erregten Stimmen hinter der verschlossenen Tür. Slowenien ist nahe, und die Älteren erinnern sich an großartige Jagdabenteuer. Niemand erwähnt den Krieg, der alte habsburgische Adel hat wenig übrig für den großsprecherischen Anstreicher, den volkstümelnden Vegetarier.

Doch die Gedanken kehren immer wieder zu jenem Abend zurück, als er neben der Straße entlanggegangen war und erwogen hatte, ihr die große Neuigkeit mitzuteilen: Ich habe die Signora verlassen, ich bin Parzival, ich bin Lanzelot, Tristan, Aquilante. Und statt dessen war er zur Villa Nord zurückgegangen und hatte Hühnersuppe gegessen, dann hatte er sich ans Radio gesetzt und zwischen den Zähnen vor sich hingesungen; den Arm auf der Sessellehne ausgestreckt, hatte er den Takt geschlagen. Er wollte ausgehen, und dies war eine Möglichkeit wie eine andere, um seine Ungeduld auszudrücken, seine Lust, hinauszugehen bis hin zu jenem Hotel, wo getanzt wurde und der Golfplatz verlassen dalag unter den Sternen. Aber der Ingenieur war ein Lombarde alten Schlags und überzeugt, daß die Jugend im Zaum gehalten werden müsse: Wozu abends ausgehen, da ist es dunkel und feucht. Deshalb war er nicht eingegangen auf die Aufforderung jenes Arms, jenes zwischen den Zähnen geträllerten Schlagers. »Wenn ihr mögt«, hatte er vorgeschlagen, »können wir eine Partie Karten spielen.«

Doch am nächsten Tag hatte Giulia mit dem Fuß auf die Erde gezeichnet, während die Herren nicht weit von ihnen mit den Golfschlägern ausholten, *Birdie,* sagten sie, *Eagle,* und die Wolken waren um die roten Türmchen gekreist. (In Wirklichkeit drei, aber er erinnert sich nun an viele, eine Unmenge Türmchen.) »Das war schön«, hatte sie gesagt, »so schön«, und das »so schön« betont, aber die Stimme hatte sie verraten. Ihm war es töricht vorgekommen, für sie auf die Signora zu verzichten, kein Parzival und auch nicht Tristan, wozu. Giulia hatte den Kopf gehoben, der Schatten war in ihren Augen wie das Spiel der Blätter. Doch schon kam ihre Freundin auf sie zu, schwerfällig stampfte sie heran, im Bogen ihrer beider Blicke erschienen die um den Kopf gewundenen Zöpfe, die stoffpuppengleichen Beine: »Dein Prévert hat was vergessen!« und verächtlich schleuderte sie eine Schlägerhülle mit Schottenmuster vor seine Füße.

Scheußliches Silvester, das er im geborgten Anzug mit unbekannten Leuten verbringen muß. In der Winterblässe scheint Giulias nordische Ahnenlinie durch wie ein bemaltes Glas, während sie die schönen vollen Waden zur Schau stellt, die ebenso volle Schenkel versprechen. (Doch das hatte sich als falsch herausgestellt, genauso wie die schöne kupferfarbene Haut Dinge verhieß, die dann nicht eingetreten waren.) Ihre Geschichte mit dem Schwager ist inzwischen vielen bekannt, und ihre Begegnungen sind schwierig geworden, das Warten darauf erfüllt jeden ihrer Gedanken, gibt ihren Augen neues Licht und ihren Gesten angstvolle Lebhaftigkeit. Es gibt auch Leute, die schwören, daß es nicht lange dauern wird. (Tatsächlich wird es im nächsten Sommer enden, wenn der Offizier der Wehrmacht Christian Hohenzollern nach Paris geschickt wird.) Einstweilen aber scheint eine neue Wärme ihren Körper zu durchfluten, sie offener zu machen. Jede Berührung scheint sie sich sogleich zu eigen zu machen, in die geheimsten Winkel ihrer Gedanken mitzunehmen. (Eine Tugend – oder ein Laster –, die nicht mit der Zeit vergehen wird.) Auch ihr Lachen ist anders geworden, beunruhigender. »Giulia!« Ihr die Hand auf den Hals legen und das Lachen darin spüren. Doch sie dreht unwillig den Kopf: die Langeweile, das, was er am meisten haßt, die Langeweile in ihrem Blick, wie bei einem Fuchs, der in die Falle geraten ist.

»Wie dumm von mir, nicht weiterzumachen, an dem Tag...«, ein unvorsichtiger Satz, der langsam, schlüpfrig dahingleitet wie etwas Totes. Sie lächelt unbestimmt, den Blick ins Leere gerichtet, weitermachen...? Ach ja, wie dumm von ihr, sich so zu benehmen. Sie streckt die Hand aus und hält ihm die leere Tasse hin, sie hat Durst, sie will trinken, würdest du mir noch etwas Tee einschenken?

Er hat ihr die Tasse aus der Hand genommen, der Blick hat den ihren gesucht, in dem strahlende Sehnsucht nach wer weiß wem verborgen liegt. »Es ist spät«, sagt er zu ihr, »ich möchte dich nach Hause begleiten.«

»Aber ich gehe nicht nach Hause.«

»Ich bitte dich«, fleht er, »tu es für mich. Ich werde morgen eingezogen und weiß nicht, wann wir uns wiedersehen können.« Da ist ein Fleck auf dem Kleid, eine glanzlose Stelle auf dem Samt, auf die er starrt, während er auf Antwort wartet, die letzte zähe Hoffnung, die nicht sterben will.

Sie zögert, es ist ein winziger Augenblick, während die Hand noch die Tasse zu suchen scheint. Andrea hat erschöpft die Stirn in ihre Halsbeuge gelegt. Sie hat ihn schweigend gewähren lassen: Bald wird ja sowieso alles vorbei sein. Der Tee, der Regen, das Jahr 1939.

Hôtel Paradis

Das Hotel hieß Paradis, davor war ein rechteckiger Platz mit Bäumen und Eisenbänken, an den Fenstern hingen weiße Spitzengardinen. Ein Hotel zweiter, vielleicht dritter Klasse, mit Spatzen, die unter den Bäumen pickten, und einem halbdunklen Eingang, in dem ein grobgewebter Läufer lag. »Ich weiß nicht, was es da so viel zu schauen gibt«, hatte der Mann gesagt. Sie wohnten im Hôtel Régina, und vor allem der Junge hatte ein schönes Zimmer, das zum Denkmal der Jeanne d'Arc hinausging: Jeden Morgen konnte er die noch warmen Brioches essen und dabei die Jungfrau von Orléans in der Sonne glitzern sehen.

Irene war vorausgegangen und hatte zum Eingang hineingesehen, ihre Haare waren kurz und dunkel und ihre Schultern breit, während der übrige Teil des Körpers in dem Kleid aus grauer Seide nach unten hin schmaler wurde, die Hüften kaum angedeutet. Sie hatte sich umgewandt und ihm zugelächelt: »Hundert Francs«, hatte sie gesagt, »ein Doppelzimmer kostet hundert Francs.« Sie wippte auf ihren Absätzen, und der Blick schweifte neugierig zu den kleinen Spitzengardinen hinauf.

»Paradis«, hatte der Junge leise gemurmelt; und unterdessen hatte er gespürt, wie ihr Lächeln ihn streifte, fortging und noch ein letztes Mal zurückkam, während sie auf ihren Mann zutrat und ihm mit liebevoller und zutraulicher Geste die Hand auf die Schulter legte. Die grauen Augen, von undurchdringlicher Melancholie, folgten jetzt dem Flug der Spatzen, und sie sprach von der Farbe des Himmels über Paris, so wandelbar und so reich an Schattierungen.

Dann hatten sie zur Abkürzung die Treppe genommen, die zu den Boulevards führte, und der Junge war zurückgeblieben, um die Plakate der Ausstellung im Hôtel des Invalides zu lesen, in Wirklichkeit aber, um zuzusehen, wie sie mit dem entschlossenen Schritt eines jungen Mädchens hoch aufgerichtet hinunterging. Bis sie sich auf den letzten Stufen ungeduldig herumgedreht hatte: »Was machst du denn, kommst du nicht?«

Frankreich bereitete sich mit einer großen Ausstellung über die Nationale Sicherheit auf den Krieg vor: Sandsäcke und Gasmasken, zwischen denen Ministerpräsident Daladier beruhigend hindurchgeschritten war. Ein Krieg zur Verteidigung der Demokratie und ihrer Werte. »Unvermeidlich?« hatte der Junge gefragt und einen der Helme der Bürgerschutzwehr in die Hand genommen und sich auf den Kopf gestülpt, als wäre es eine Melone. »Oh, benutzen wir nicht so ein großes Wort...« Der Mann hatte ihn angesehen, mit diesen Haaren, die unter dem Helm hervorsprangen: Er fand ihn überhaupt nicht komisch. Sie schon, sie hatte gelacht. Doch dann hatte sie innegehalten. »Mich deprimiert das alles«, hatte sie gesagt, »ich gehe.« »Wohin?« hatte er gefragt. »Nur so, ein wenig spazieren.« Der Junge hatte den Helm an seinen Platz zurückgestellt, jedes Interesse war plötzlich von ihm abgefallen: Und der große Windstoß der Freiheit, der ihn in Paris hätte anwehen sollen, wurde wieder zu dem Fangstrick, der ihn einmal hierhin, einmal dorthin zog, während ihm das Herz im Halse klopfte.

»Ihr jungen Leute seid sonderbar«, hatte der Mann gesagt, als sie bei einem Kiosk in den Tuilerien saßen und warteten, daß Irene zurückkam, »ihr reagiert nicht, das ist vielleicht einer der schlimmsten Schäden, die der Faschismus angerichtet hat. Oder wenn ihr reagiert, verhaltet ihr euch provinziell.« Er war ein schöner Mann, hatte ein Gesicht mit hohen Schläfen, und kleine, zarte Ohren. Auch wenn er bei einer Diskussion lebhafter wurde (und das kam recht häufig vor), regte er sich niemals auf, sondern ließ zwischen den Wörtern sein Gesicht mit den regelmäßigen Zügen und den kaum eingefallenen Wangen sprechen.

Der Junge hatte weitergetrunken, um zu zeigen, daß der Vorwurf ihn nicht traf. »Vielleicht sind wir nicht mehr so naiv«, hatte er gesagt. Sie duzten sich trotz des Altersunterschiedes, und der Junge benutzte dieses *Du* mit großer Unbefangenheit.

Der Mann hatte zu lachen begonnen. »Noch vorhin warst du hingerissen von einem kleinen lumpigen Dreigroschenhotel, weil es dich an Jean Gabin erinnert hat. Mein Gott, die Literatur...«

Der Junge war rotgeworden, diesmal hatte der Hieb gesessen; und ärgerlich hatte er das Glas hingestellt. Er konnte ihm ja nicht sagen, ich weiß, du hast recht, wie immer, aber ich, ich habe den Verstand verloren ihretwegen, er ist wie ausgeschaltet, dreht sich nur noch um sie. Sie kann mit ihrer Gegenwart jeder Sache ein Höchstmaß an Intensität verleihen, aber auch ihren Wert völlig verkehren. Was weißt denn du davon, wie unschätzbar jene wenigen Worte sein können: *Hundert Francs, ein Doppelzimmer kostet hundert Francs.*

Der Mann hatte ihn mit halbgeschlossenen Augen angesehen: Der Junge hatte etwas Entwaffnendes, aber auch etwas Explosives, das würde ihm noch zum Verhängnis werden. Doch im Augenblick war ihm dieser Gedanke nicht schmerzlich, und er hatte ihm eine Zigarette angeboten, bereit, das Thema zu wechseln.

Aber Irene kam und kam nicht zurück, es war zwecklos, zwischen den Leuten, die durch den Park gingen, nach ihrem grauen Kleid Ausschau zu halten. Am Tag zuvor, während der Mann auf ein Buch zeigte, von dem sie gerade sprachen, hatten der Junge und Irene sich, nebeneinander im Schaufenster gespiegelt, angesehen, und ihr Gesicht hatte jenes leichte Erschrecken durchzuckt, das er so gut an ihr kannte, etwas zwischen Lächeln und Aufregung. Erst da hatte er bemerkt, daß auf dem Umschlag des Buches das Gemälde von Leda mit dem Schwan abgebildet war. (Könnte nicht er der Schwan sein? sagte jene kaum merklich über den Zähnen hochgezogene Lippe, das plötzliche Leuchten der Augen.) Sein Blick war wie gebannt an jenem Bild hängengeblieben, doch auf einmal hatte er ihre Stimme gehört: »Weißt du, wie man im siebzehnten und achtzehnten Jahrhundert sagte, wenn eine Frau beschloß, sich einen Liebhaber zu nehmen?« Sie hatte sich umgedreht und sprach zu ihrem Mann, im Schaufenster spiegelte sich ihr Körper nun von hinten. »*Lui accorder les dernières faveurs.* Ist das nicht wunderbar? Gibt es etwa noch einen Euphemismus, der vollkommener ist in seiner Scheinheiligkeit?« Eine Stimme, die sich wie Tinte über jenes Bild ergossen hatte.

Der Mann sprach jetzt von den Gemälden von Géricault, die sie am Tag vorher im Louvre gesehen hatten, insbesondere vom *Floß der Medusa,* das der Maler in

London hatte ausstellen müssen, weil Ludwig XVIII. es in Frankreich verboten hatte. Ihm zuzuhören war für den Jungen immer ein Genuß, der Mann blieb beim Reden nie in der Umschreibung stecken, sondern es war jedesmal, als erscheine ein aus dem Dunkel aufgetauchter Körper plötzlich auf offener Szene. Gegenstand seines Interesses zu sein war eine ständige Anregung, ein Grund zum Stolz. Aber auch ein Anreiz zu einer Art unbändiger Aufschneiderei, dem der Junge sich nicht entziehen konnte. »Ich finde das überhaupt nicht mutig«, hatte er gesagt, »mutig wäre gewesen, es trotzdem in Paris auszustellen. Genauso wie es heute mutig wäre, in Italien antifaschistisch aktiv zu sein, nicht hier.«

Er hatte laut gesprochen, und einige Italiener an einem Tisch in der Nähe hatten sich neugierig umgedreht, er hatte sich wie ein kleiner David gefühlt, der den Stein schon in die Schleuder gelegt hat. Das ist das Schöne an ihm, hatte der Mann gedacht, dieses schmale Gesicht, in dem die Gefühle noch sichtbar sind wie auf Löschpapier (Gott, wie jung er ist!); und auch seine unsinnige Dreistigkeit störte ihn in diesem Augenblick nicht. Doch da kam Irene, streifte die Tische mit dem wogenden Rock, die große weiße Hand ohne Handschuh winkend zum Gruß erhoben. Sie war fröhlich, und der Mann war aufgestanden, um ihr entgegenzugehen, sie hatten sich geküßt. Und vergeblich hatte der Junge Irenes Blick gesucht, er war nichts für sie, weniger als nichts an diesem Spätnachmittag, während die Sonne nach wie vor hartnäckig die orangefarbene Markise des Kiosks und die noch feuchten Reklameplakate eines Films beschien, der im Colisée gegeben wurde.

Zum Glück lagen ihre Zimmer im Régina weit auseinander, auf zwei verschiedenen Stockwerken, und hatte sich die Tür einmal hinter ihm geschlossen, konnte der Junge sich ruhig auf dem Bett ausstrecken und in der Stille den Tag überdenken, sich alle Einzelheiten zurückrufen, die ihn ausgezeichnet hatten. Sie einschätzen, sie mit denen des Vortags vergleichen. Damit, beispielsweise, wie Irene aus seinem Glas getrunken und dabei die Lippen dort angesetzt hatte, wo er den Abdruck seiner Lippen hinterlassen hatte. Fern von jedem Geräusch, das möglicherweise mit ihr zu tun haben könnte (wer weiß, wie er sonst bei jedem Laut, der in sein Zimmer gedrungen wäre, gegrübelt, gelauscht und gezuckt hätte), lockerte sich die Spannung, und es konnte auch vorkommen, daß er einschlief und träumte. Vom Haus am Meer, seiner Schwester, den Palmen im Garten. Doch an jenem Abend war er wach geblieben und hatte durch das offene Fenster beobachtet, wie in der Dämmerung ständig das Licht am Himmel wechselte. Nach dem, was sie über den Himmel von Paris gesagt hatte, wurde dies zu einem außerordentlichen Schauspiel, einzigartig auf der Welt. Zu einem solchen Schauspiel, daß er mit diesem Thema einen ganzen Brief bestritt. (Was für ein merkwürdiger Junge, sagte seine Mutter, als sie den Umschlag zusammengefaltet auf die Serviettenhülle legte, auf die eine Katze gestickt war, er redet immerzu nur von dem Himmel über Paris. Als ob der Himmel nicht überall gleich wäre.)

Und doch hätte er an anderes denken können, dort auf dem Bett, ein schönes Mädchen begehren, eine von denen, die er zu Beginn des Sommers angesehen hatte, während sie ins Wasser gingen, die Beine nach vorne werfend, die Brust vorgestreckt und die Haare unter der Gummibademütze zusammengedrückt, Köpfe wie kleine bunte Äpfel. Schon fast erwachsene junge Mädchen, die nun auf seinen leeren Platz unter dem Sonnenschirm schauen, sich in den Sand legen, er klebt an den Gelenken, und nachts finden sie ihn zwischen den im Schlaf zerwühlten Laken wieder. Mädchen, die man im kühlen Schatten zwischen zwei Kabinen umarmen kann, wo sie sich mit im Halse klopfendem Herzen an die Holzwände lehnen. Den nach Salz schmekkenden Mund küssen, spüren, wie die Körper sich anspannen in den Strickbadeanzügen. Bevor all das zu Ende geht.

Irene ist fünfunddreißig, vielleicht sechsunddreißig Jahre alt, zwischen den kurzen dunklen Haaren blitzen ein paar weiße unter den Kronleuchtern im Speisesaal des Régina auf. Die Fotografie, die sie als Mädchen auf dem Pincio zeigt, ist vor langer Zeit aufgenommen worden, das Kostüm, das sie an jenem Tag trug, ist nun schon seit Jahren aus der Mode; und während sie ihm bei Tisch gegenübersitzt und redet, vertieft die Müdigkeit die Falten um die Augen, die beiden senkrechten Linien an den Seiten des Mundes. In Wirklichkeit ist sie nie besonders schön gewesen, und die Wünsche schillern auf ihrem Gesicht wie die Schuppen eines Fisches, durchzucken es unruhig, liegen im Goldglanz ihrer Augen. Gewiß bemerkt auch ihr Mann das und spürt das Gewicht dieser Schönheit, die kein genaues Merkmal hat, keinem Vorbild entspricht außer sich selbst. Etwas, das nur zu bestehen scheint, weil sie es am Leben erhält. Manchmal mit Leichtigkeit, manchmal mit Mühe. Eine belastende, aber unumgängliche Mühe: Sie darf die Erwartungen nicht enttäuschen. Sie sprechen wieder über das *Floß* von Géricault, die Geschichte mit der Medusa hat damals viel Staub aufgewirbelt, sagt der Mann, bis zu dem Tag hatte Géricault sich an die gängigen Themen gehalten, Mythologie, Porträts, viele Pferde. Das Floß zu malen, wie es wegen der Dummheit eines Kommandanten abtreibt, war wie Journalismus, das Aufzeigen eines Skandals.

»Kann es nicht sein, daß *Le Petit Navire* irgendwie mit diesem Floß zu tun hat?« fragt Irene, sie beugt sich ein klein wenig vor, die Bernsteinkette schlüpft aus dem bestickten Kleid. »Erinnerst du dich an dieses Lied, Paolo?«

Doch der Junge kannte es nicht, wie geht es, fragt er. Seltsam, sagt sie, alle haben es als Kinder gesungen, die Hand faßt hinauf und spielt mit den Steinen der Kette, leise kommt die Stimme nun aus ihrer Kehle, ein Gesang, der nur für sie beide an dem Tisch mit den Rosen und dem stachligen Asparagus bestimmt ist. Als der Dessertwagen kommt, unterbricht sie sich. »Für mich eine Birne à la Belle Hélène«, bestellt sie und hebt das blasse runde Gesicht. Schade, denkt der Junge, sie sang so gut, jetzt schaut sie ihm in die Augen, das kleine Schiff ist von der Route abgekommen, sagt sie, die Vorräte sind aufgebraucht, da beschließen die Matrosen, das Los entscheiden zu lassen, wer zuerst gegessen wird: Sie beugt sich zu ihm herüber, das Kinn scheint spitzer zu werden, sich zu strecken wie ein kurzes weißes Segel, sie hat den Kellner mit dem Dessertwagen vergessen *(»Je regrette, madame, pas de poires à la Belle Hélène«)*, hat sogar ihren Mann vergessen. Eine Unvorsichtigkeit, die sie teuer zu stehen kommen wird. Die Augen fixieren einen bestimmten Punkt seines Gesichts, *»La sorte tomba sur le plus jeune, la sorte tomba sur le plus jeune«*, ein triumphierender Klang liegt in ihrer Stimme, er schaut sie bezaubert und wehrlos an, *»et ce fut lui, lui, lui qui fut mangé, et ce fut lui, lui, lui qui fut mangé...«* Sie lächelt ihm aufmunternd zu, die Hand öffnet sich auf dem Tisch, um die seine zu empfangen. Sie liebt mich, denkt der Junge, o ja, sie liebt mich, und die Wunschvorstellung vertreibt einen Augenblick lang jede Beklemmung, jede Furcht. Es gibt nichts mehr, weder den Mann, der neben ihr sitzt, noch die Freundschaft noch den Stolz. Der Junge lacht im Speisesaal des Régina, zum erstenmal, seit er in Paris ist, lacht er vor Glück.

Doch der Mann, so elegant in seinem leicht altmodischen Abendanzug, ist überhaupt nicht einverstanden mit ihr. »Na, na...« Er schüttelt den Kopf, und die Geste hat etwas Verächtliches, sie wird rot, während sie mit dem Löffelchen das Eis berührt, der Blick des Mannes liegt nun kritisch auf der Hand, die so zögernd das Eis zum Mund führt. »Du müßtest versuchen, etwas rascher fertigzuwerden«, sagt er zu ihr. »Sonst versäume ich noch den Beginn der Aufführung«, die Augen unter den Lidern sind zwei wässrige Schlitze, das ganze Gesicht drückt eine kalte Abwesenheit aus. Nur einen leichten Verdruß über den Jungen, der die Angewohnheit hat, zu laut zu lachen. Zu lachen, und manchmal auch zu sprechen.

An jenem Abend war der Junge nicht mit ihnen ins Theater gegangen. Im letzten Augenblick hatte der Mann gesagt, er habe nur zwei Plätze im Parkett bekommen, wenn er wolle, könne er ganz oben in einer der letzten Reihen sitzen. »Aber ich rate dir ab«, hatte er hinzugefügt, »du würdest die Hälfte verpassen«, und als die Hand die Karten in Empfang genommen hatte, war der Ratschlag in einen unwiderruflichen Ausschluß verwandelt worden.

Also war der Junge allein beim Palais Royal spazierengegangen. Hoch oben waren einige Fenster erleuchtet, und in den menschenleeren Bogengängen war das Geräusch seiner Schritte angeschwollen, bis es zum Rhythmus jenes *Petit Navire* wurde, das sie bei Tisch gesungen hatte. Und plötzlich war ihm die andere Bedeutung aufgegangen: der Jüngste, der geopfert wird, damit die andern überleben. Der Schwächste, der Nutzloseste. Aber gewiß, was war er für ein Dummkopf, das nicht zu verstehen! Das ist das Schicksal, mein Lieber, das undankbare Schicksal des Wehrlosesten, das wohl drückte die Hand aus, als sie offen auf dem Tisch lag wie eine leere Muschelschale, deren Bewohner längst verschwunden ist, das sagte die leise Stimme, der Mund, aus dem Worte wie Stecknadeln herauskamen.

Sie sitzt jetzt in der zweiten Reihe, das Profil neugierig vorgereckt im Halbdunkel des Parketts. Das *Paar* hat sich wieder vollkommen nahtlos zusammengefügt. Zwei in einem: Ihr Mann streckt die Hand aus, berührt ihr Knie, sie drückt seine Finger, lächelt, ohne sich umzuwenden. Wie gut der Junge dieses Spiel kennt, wie oft es vor ihm zelebriert worden ist in jenem Haus, in dem die Teppiche das Geräusch der Schritte schlukken und die Sofas durchgesessene Federn und verblichene Schonbezüge aus Kretonne haben. In dem überall Fotos herumstehen, auf dem Tisch, auf dem Klavier, Fotos von Freunden, von vielgeliebten Tanten, aber vor allem von ihnen beiden, von Irene und dem Mann. Im Gebirge mit Baskenmütze. Auf einer Wiese.

Am Tag ihrer ersten Begegnung auf dem Pincio. Ein Haus, in dem sie sich auf die Sessellehne setzt, fast wie ein junges Mädchen, und den Kaffee in die blauen Tassen gießt. In dem der Mann ihr liebevoll den Arm um die Taille legt und sie mit ihren tiefen, melancholischen Augen um sich blickt, bis sie sie in die des Jungen versenkt: Dieser Blick gehört dir. Auch die leichte Aufregung, bei der ihre Stimme belegt klingt. Doch er weiß nicht, ob es wahr ist, wie lange es andauern wird, ob es noch da ist, wenn sie ihn zur Tür begleitet und ihn aus Versehen streift. Dann ist die Aufregung nur in ihm, sie weiß es und lacht, während sie ihm den Schal hinhält, ihn um seinen Hals legt. Jenes Haus, dessen Eingang so feierlich ist wie ein Kirchenschiff, in dem die Glocke kurz läutet, kaum von seinem Finger gestreift (dies ist seine Art, sich anzukündigen), und auf der anderen Seite unverwechselbar ihr Schritt antwortet. Ein Schritt, der innehält, bevor die Tür aufgeht, so als wolle sie die Erwartung steigern, »Guido ist noch nicht zurück ...« Als wüßte er das nicht, als hätte er nicht genau das beabsichtigt und sie auch, während sie von einem Zimmer ins andere vor ihm hergeht, ihre Hände sich wortlos streifen, die Arme sich berühren, fast als stolperten sie über ihre Körper. Und die Einsamkeit des Nachmittags bleibt in der Schwebe, ohne genaue Bedeutung, etwas, das da ist und doch nicht da ist, das nach all den Büchern und Fotografien riecht, nach ihren Kleidern, Rocksäumen, die die Türen streifen. »Warum kommst du nicht mit uns nach Paris?«

Die fast erwachsenen jungen Mädchen fahren auf dem Fahrrad an den Geißblatthecken entlang, so nah nebeneinander, daß sich zuweilen die Reifen berühren.

Auf der Promenade am Meer verlangsamen sie die Fahrt, und die Jungen, die an den Tischchen sitzen, rufen zu ihnen hinüber. Manchmal hält sie einer mit der Hand an der Lenkstange auf. Stimmen suchen einander, Kinder entwischen der Hand, die sie zu Bett bringen will. Die Mädchen auf den Fahrrädern lecken ihr Eis, barfüßig in den Sandalen, das Pedal dreht sich im Leerlauf, töricht und eitel spielen sie mit ihren Haaren, die Stimmen können einen hohen, schneidenden Ton annehmen und plötzlich verstummen. Kinder, ich glaube, diesmal meinen es die Deutschen ernst!

»Toi aussi, garçon?« Eine Prostituierte mit krausen Haaren, jung und mager. (Vielleicht hätte seine Mutter es lieber gehabt, wenn er ihr über die Pariser Bordelle schriebe? Als wären Bordelle nicht überall gleich.) Wenn er gegessen werden soll, kann ebensogut dieses Mädchen aus Dijon damit anfangen, »Dijon, tu sais, en Bourgogne.« Sehr weiß ist ihre Haut, die Schulterblätter stehen zerbrechlich vor, und die Füße sind kalt, der Hals riecht nach Talkumpuder und Pfefferminz. Draußen, in der Stille des Palais Royal, haben auch die Springbrunnen aufgehört, Wasser zu speien, und auf den Marmorquadern unter dem Bogengang durchschneidet niemand mehr den Schatten der Säulen. Das Mädchen aus Dijon streicht ihm die Haare aus der schweißnassen Stirn, sie ist froh, wenn mal ein Junge zu ihr kommt, und kann auch lachen, wenn der Junge nett ist. Das Publikum im Theater klatscht, die Sitze knarren, und ein gedämpftes Murmeln steigt aus dem Parkett auf. Unnachahmlicher Jouvet. Der Mann neigt sich zu seiner Frau, um ihr etwas zuzuflüstern, sie nickt und zerknittert das Programm zwischen den Fingern, blickt mit ihren neugierigen Mädchenaugen umher.

»Da ist Gilibert«, sagt sie. Die Leute gehen zwischen den mit rotem Samt bezogenen Sitzen durch, drängen zum Ausgang, Gilibert ist in der Menge verschwunden. Der Junge drückt die Arme der Prostituierten mit den krausen Haaren, drückt immer fester, und »Paradis« sagt er im höchsten Augenblick. »Paradis«, und schließt die Augen.

Doch Irene scheint am nächsten Morgen schon alles zu wissen und fängt an, ihm eine Unmenge Fragen darüber zu stellen, wie er den Abend verbracht habe, wohin er gegangen und wann er heimgekommen sei. Und nach dem Palais Royal? Er kann nicht lügen unter diesen Augen, die ihn schwermütig ansehen, beinahe wie nasses Vogelgefieder, und stottert etwas. Nein, sie hat nicht verstanden, kann er denn nicht reden, ohne sich dabei die Hand vor den Mund zu halten oder sich nach der anderen Seite zu drehen? Die Lippen öffnen sich über den Zähnen, der Mund wirkt ein wenig leidend, schmal und rot, vielleicht auch ein wenig grausam, während sie ihm keine Ruhe läßt und ihm Vorwürfe macht, daß er nachts spät heimkommt, als sei sie seine Mutter und müsse auf seine Gesundheit achten. Sie wollen nach Chartres fahren, der Mann steht auf dem Platz und wartet auf den Mietwagen, die Halle ist voller Gepäck und voller Leute, die abreisen, nach Hause zurückkehren bei dem, was in der Luft liegt, die Liftboys führen die Hunde in den Tuilerien spazieren, sie spricht ausdruckslos weiter, scheinheilig besorgt, während sie ihm die Hand auf den Arm legt, Paolo sagt sie zu ihm, der Name klingt rund, schwülstig in ihrem Mund, die Männer schauen ihr nach mit ihrer kirschroten Wollmütze, sie aber bleibt gleichmütig, aufrecht trägt der schöne runde Hals den Kopf, nur die Augenlider klappern zu häufig. Der Junge zieht den Arm unter ihrer Hand weg, er braucht weder ihren Schutz noch ihre Toleranz. Aber unterdessen ist das Auto eingetroffen, und auf der anderen Seite der Glastür macht der Mann Zeichen, sie sollen kommen, das kleine Denkmal der Jeanne d'Arc glänzt über und über golden.

Der Tag in Chartres wird unvergeßlich bleiben. Von weitem werden sie die Kathedrale im blassen Grün ihrer Dächer auftauchen sehen wie eine Wasserspiegelung, und vor Rührung wird es ihnen die Sprache verschlagen. Die Gedanken werden sich kreuzen mit überraschender Gleichzeitigkeit, und jeder Zwist, jede Eifersucht, jeder Schmerz vergehen in ihrer gemeinsamen Neigung. Der Mann wird sie zwischen den Lichtern der Glasfenster und an den Flachreliefs der Kanzel entlangführen, als vollzögen sich im Flüstern der Worte zwischen ihnen die geheimen Riten eines Stammes. Überraschend wird dann die Sonne das Kirchenschiff durchfluten, das Blau immer blauer, einzigartig und wunderbar, über jede andere Farbe erhaben. (An das Blau von Chartres wird der Junge denken, wenn er in einem halbleeren Kino die Deutschen zu Pferd unter dem Triumphbogen über die Leinwand flimmern sehen wird, und ein Schmerz wird ihn durchzucken. An das glühende Blau jener Glasfenster, an das Geräusch der Absätze im Kirchenschiff: Sie, Irene, mit der Wollmütze, die im Spiel der sich kreuzenden Lichter einer verblühten Blume glich, wie sie einen Fuß vor den anderen setzte, um den Kreisen des schwarzen, in den Boden eingelassenen Labyrinths zu folgen. Ein Labyrinth, durch das die Pilger einst auf Knien rutschten zur Buße ihrer Sünden.)

Sie hatten an jenem Tag in einem Restaurant unter Bäumen zu Mittag gegessen, und der Mann hatte einige Episoden aus der Zeit erzählt, als er Irene gerade kennengelernt hatte. Er war gutgelaunt und hatte die Beine unter dem Tisch ausgestreckt, der Rücken versank in dem Korbsessel, während die Zigarette sich hin und herbewegte, zögerte, schwankte in seinem Lächeln. Irene lachte und antwortete schlagfertig, mit leicht ironischem Unterton, frisch und strahlend. Und der Einklang zwischen ihnen schien so groß, daß er die Vermutung nahelegte, alles sei vorher abgestimmt worden, und auf das Allegro folge das Adagio, unter vollkommener Wahrung der Tempi. Falls das zutraf, bewies sie, daß sie eine Virtuosin war und der Junge nur ein Instrument, dem man ab und zu Töne entlokken konnte. Doch versunken in die Betrachtung der beiden hatte er nur die Harmonie des Tages wahrgenommen und sie für immer mit der Stunde, der Jahreszeit, dem Licht auf dem Platz mit den herabgefallenen Blättern in der Sonne und dem Pflaster aus weißen Steinplatten verbunden. Mit dem Geräusch des Motors, in dem der Fahrer unter der halboffenen Kühlerhaube des Citroëns herumstocherte. Und Irenes Lachen war wie die schillernde Seifenblase gewesen, die sie alle zusammen umschlossen hatte, endlich, ihn mit den beiden, sie aus der Zeit herausgehoben und in ihrer Pracht bewahrt hatte.

Doch als sie wieder im Auto saßen, um nach Paris zurückzufahren, war der Mann schweigsam geworden und hatte einsilbig auf ihre Fragen geantwortet, sich mit der Hand nervös am Griff festgehalten, den Blick auf die Landschaft gerichtet, die gelb mit dunklen Bäumen am Horizont draußen vorbeiflog. Ohne ihm oder Irene auch nur die mindeste Aufmerksamkeit zu schenken, nicht einmal einen Blick auf Irenes Beine, die sich unter der grauen Seide des Kleides an seine preßten, vollkommen gleichgültig gegenüber der Verlegenheit jenes Zwanzigjährigen, der doch so lebhaft an kulturellen Dingen interessiert war. Und sowie sie im Hotel angekommen waren, war er ins Zimmer hinaufgegangen.

Der Junge und Irene hatten alleine gegessen, sie war müde nach dem Tagesausflug, und jedes Licht schien aus ihrem Gesicht verschwunden. Die Gelegenheit, miteinander allein zu sein, die der Junge sich so oft ausgemalt hatte, erschien ihm nun als etwas Oberflächliches, ohne irgendeine Tiefe. Irene aß hastig, fast ungestüm, das einzige Zeichen ihrer Lebendigkeit. Dem Jungen war eingefallen, wie er sich als Kind manchmal abends vorgestellt hatte, seine Mutter könnte eine Hexe sein. Was ihn damals darauf brachte, wußte er nicht, vielleicht ein besonderer Ton in der Stimme oder die Augen in einem gewissen Dämmerlicht. So konnte er nun, während er Irene zusah, wie sie aß und achtsam die kleinen tückischen Knochen einer Wachtel beiseite schob, der Vorstellung nachhängen, sie wäre anders, verschieden, und die grauenhaftesten Sachen über sie denken: Waren da etwa nicht diese großen, knotigen Hände, die mit unerwarteter Geschwindigkeit, geradezu listig nach Brot und Glas greifen konnten? Der Knochensplitter, der neben den Teller gefallen war?

Sie hatte seinen mißtrauischen, besorgten Blick bemerkt, fast so, als warte er auf einen Wink, der ihn beruhigen würde, und hatte zu essen aufgehört. Die Augen hatten sich fragend auf ihn geheftet, kalt und von strahlendem, dichtem Grau. »Du hast einen Fleck auf dem Hemd«, hatte sie zu ihm gesagt, »hier vorn.« Sie zeigte auf eine Stelle auf seiner Brust und hielt ihm gleichzeitig das Glas mit Wasser hin, damit er sich säubern könne. »Laß nur«, hatte er erwidert; und plötzlich hatte er sich tödlich beleidigt gefühlt. Sie hatte wieder zu essen begonnen, und auf ihren Lippen war ein flüchtiges Lächeln erschienen, als wäre er ein Dummkopf. Unverbesserlich jung und hochmütig.

Später war der Junge hinaufgegangen, um sich nach dem Befinden des Mannes zu erkundigen, und hatte ihn lesend im Bett vorgefunden. »Komm, komm nur herein«, hatte er zu ihm gesagt und sich aufgesetzt, der dünne Hals ragte unter seiner welken Haut aus dem Schlafrock heraus. »Nun«, hatte er gefragt, »wie war's beim Abendessen?« »Oh, gut«, hatte Irene sofort geantwortet, »unser Paolo hat den Stummen gespielt.« Sie hatte die Schuhe abgestreift und ging barfuß im Zimmer umher, schüttelte bei jeder Bewegung die kurzen dunklen Haare. Eine plötzliche Intimität, in die sie ihn aufnahm, nein, sogar einführte wie eine über alle Regeln erhabene Königin, indem sie Schränke öffnete und schloß, Röcke und leichte Chiffonblusen zeigte, die Gegenstände ordnete, die auf dem Toilettentisch verstreut lagen. Sie war ins Bad gegangen und ließ nun das Wasser einlaufen, ein Rauschen, das ins Zimmer drang, um daran zu erinnern, daß sie einen Körper hatte und der Körper gewaschen werden mußte. Es war, als sei auf einmal alle Müdigkeit von ihr abgefallen, und sie lud ihn ein, ihr zu folgen, um die neue Seife anzusehen, die sie gekauft hatte, »Aus Mandelöl, aus reinem Mandelöl«, und unterdessen hielt sie die Finger unter den Wasserstrahl, holte das Badetuch, betrachtete ihr Spiegelbild. Er hatte genau gespürt, was sie in dem Augenblick war, doch er weigerte sich, über sie zu urteilen. Er hatte einen Zipfel des Nachthemds ergriffen, das an der Tür hing, und ihn geküßt: Das war alles, was er tun konnte. Einen Moment lang schien sie beeindruckt von seiner Geste, die Augen, der Mund, der Atem hatten gestockt, innegehalten wie bei manchen Tieren, bei denen man nur noch das Klopfen am Hals wahrnimmt; dann war sie ins Zimmer zurückgegangen und hatte ihr eitles Geschwätz fortgesetzt. Der Junge war noch einige Minuten am Bett stehengeblieben und hatte das Buch in die Hand genommen, das der Mann auf dem Nachttisch liegen hatte. »Ist es schön?« hatte er gefragt und versucht, seine Stimme zu kontrollieren. »Wallace? O, sehr schön!« Und das Lächeln des Mannes war im Halbdunkel des Zimmers ungewöhnlich erschienen. Völlig ernüchtert.

Der Junge war gegangen. Aber sobald sich die Tür hinter ihm geschlossen hatte und er die beiden Schuhe aus grauem Ziegenleder, noch mit dem Staub aus Chartres, auf dem Läufer hatte stehen sehen, war er in Tränen ausgebrochen. Müdigkeit, Spannung, unerträglicher Anblick jenes Bettes mit den zerdrückten Kissen?

Der Hasselsche Komet kreuzt die Erdumlaufbahn, für die meisten unsichtbar, nur die Astronomen verfolgen in den Sternwarten seine leuchtende Bahn. President Lebrun hat Paris verlassen, um in seinem Dorf, Mercy-le-Haut, Urlaub zu machen. (Die Kometen beeinflussen Schicksale, begleiten den Sternenregen im August.) In San Remo wird eine englische Supershow gegeben, mit fünfzig prachtvollen Mädchen, die zum Abschluß ihres Auftritts einen Lambethwalk getanzt haben. *(O Paolo, es war phantastisch! Schade, daß du nicht dabeiwarst,* schrieb ihm ein siebzehnjähriges Mädchen in jenem August des Jahres 1939.)

Doch Paolo geht mit Irene im Parc Manceau spazieren, an einem Tag mit Sonne und Wolken, mit Windstößen zwischen den großen Bäumen des Parks. Eine unverhoffte Gelegenheit, die ihn dazu verleitet hat, respektlos zu witzeln beim Anblick der in so perverser Weise romantischen weißen Marmorgruppen. Der Junge ist geistreich, und Irene amüsiert sich, er könnte sich diese Tugend zunutze machen und mit ihr über viele Dinge lachen, die den anderen verborgen bleiben. Auch das könnte die Liebe sein. Aber der Junge denkt nur an die *dernières faveurs,* hat nichts anderes im Kopf, sie setzen sich auf eine Bank, und als Irene seine Hand nimmt, verschränkt er gewaltsam seine Finger mit den ihren, drückt sie. »Du tust mir weh«, sagt sie, läßt aber zu, daß ihre verschlungenen Hände in ihren Schoß gleiten und sich in der Kühle der Seide verstecken. Ein denkwürdiger Augenblick, den er sogleich feiern möchte. Da geht ein Straßenfotograf mit seinem Fotoapparat auf der Schulter. *»Une foto, une foto ...«,* ruft er. Wird Irene je den Jungen vergessen, der bereit ist, sich mit seinem Glück in Positur zu setzen? Sie will aber nicht und bedeckt das Gesicht mit den Händen, nein, sagt sie immer wieder, nein, bis der Fotograf schließlich mit wehendem schwarzem Tuch davongeht. Sogleich ergreift er wieder ihre Hand, Irene wiegt sie nun langsam hin und her, er zieht sie gewaltsam herunter, um dorthin zurückzukehren, wo sie vorher war. Doch sowie er versucht, sie zu küssen, dreht Irene rasch das Gesicht weg, die Hand gleitet aus der seinen. »Ich will nicht«, sagt sie.

»Was willst du nicht?« Wie dumm von ihm, er fängt beinahe an zu weinen.

»Das«, sie hat einen strengen Ton angeschlagen, die grauen Augen weichen ihm aus. Sie ist rotgeworden.

»Gut«, sagt er, »wie du willst«, und wendet den Blick von ihrem Gesicht ab: Kinder spielen Fangen auf dem Weg, steigen die niedrige Steinbrücke hinauf und hinunter, wickeln Pausenbrote aus, die auf dem Kies zerbröseln, Blätter kreisen und häufen sich in Windstößen. So sitzen sie noch immer stumm da, als sie den Mann auf sich zukommen sehen, der Mann geht mitten auf dem Weg, die Schultern ein wenig gebeugt. In seiner Jugend ist er sehr krank gewesen, und das hat in seiner Art, sich zu bewegen, eine gewisse Vorsicht zurückgelassen, etwas wie eine unterdrückte Zerbrechlichkeit. Irene hebt den Arm, um ihn auf sich aufmerksam zu machen, lächelt ihm von weitem zu, der Mann hat die beiden gesehen und lächelt seinerseits, beschleunigt seinen Schritt: Er war bei Ladurée, in der Rue Royale, und hat dort die berühmten Geleefrüchte gekauft.

Kleine, runde Monde, Muscheln, Phantasieformen in Regenbogenfarben. »Danke«, sagt sie, den Blick hebend. Aber die Neuigkeiten, die er mitbringt, sind leider überaus schlecht, man spricht schon von allgemeiner Mobilmachung. »Vielleicht ist es nicht mehr angebracht, weiter in Paris zu bleiben«, sagt er, »ich denke vor allem an dich«, fügt er, zu dem Jungen gewandt, hinzu, »deine Eltern werden dich zu Hause haben wollen.«

Er blickt beunruhigt auf: »Wieso, wollt ihr denn noch bleiben?« Die schreckliche Möglichkeit zeichnet sich plötzlich in jenem Park voller Grün und Blätter ab.

»Ich weiß noch nicht, es könnte aber schon sein ... Jedenfalls ist es für uns etwas anderes, wir sind niemandem Rechenschaft schuldig.« Die Wörter reißen einen Abgrund auf, jenes *wir* ist brutal, kennt kein Erbarmen, was für ihn eine Katastrophe ist, ist für die beiden nur eine Frage des Für und Wider.

Irene hat immer noch die offene Schachtel auf den Knien. »Was hat Gilibert zu dir gesagt?« fragt sie, »vielleicht ist es also möglich ...?« Die Stimme klingt ein klein wenig schleppend, sie wählt eine Geleefrucht, legt sie wieder zurück, wählt eine andere. Der Junge betrachtet ihren Mund: Warum schreit sie nicht laut heraus, daß sie ihn nicht verlassen will, daß sie ohne ihn nicht hierbleiben will? Sein Kopf ist plötzlich leer, er findet keine Argumente, keine Dämme, um die Flut aufzuhalten, die durch das Leck hereinströmt und Bäume und Ufer überschwemmt, geliebte Sandinseln, auf die man sich flüchten kann. Die Hände auf der Bank sind kalt geworden, der Fingernagel zerkratzt den Lack. Die beiden sprechen nun vom Theater, das für den Abend vorbestellt ist, Irene will nicht hingehen, wie kann man nur auf die Idee kommen, sagt sie, sich zweimal hintereinander das gleiche Stück anzusehen. »Magst du, Paolo?« Zerstreut hält sie ihm die kleine Packung Geleefrüchte hin, doch unter der dunklen Welle der Haare taucht ihr Blick in den seinen: ein Blick, in dem die Verzweiflung wie ein Fleck ist, sich ungleichmäßig, unkontrollierbar ausbreitet. Ein Krampf, der die Pupille zusammenzieht, sie erblinden läßt.

»Wenn du keine Lust hast, kann an deiner Stelle ja Paolo mitkommen.« So hingeworfen wie etwas, das man benutzen kann, wie und wann man will, klingt der Name grauenhaft vulgär.

Vulgär, vulgär, denkt der Junge; und der helle Filzhut, der nur an den Knien leicht zerknitterte Grisailleanzug, das Gesicht mit den schönen, regelmäßigen Zügen und den kleinen Ohren, sogar die nervösen Finger, die das Papier von Ladurée zusammenknüllen, alles erscheint ihm nun blitzartig erbärmlich. Er erhebt sich von der Bank, unduldsam: Heute nacht werde ich mit ihr ins Bett gehen. *Elle m'accordera les dernières faveurs.*

Nichts weiter als ein kleiner Zwischenfall im großen Hin und Her des Tages; ein Lächeln unter den Liftboys, die bemerkt haben, mit wieviel Beharrlichkeit er an die Tür des Zimmers 315 klopfte. Ein Scherz unter den Zimmermädchen auf dem Stockwerk, etwas, das an eine *pochade* erinnern und den Mann zum Lächeln bringen könnte durch das Lächerliche, das darin enthalten ist. Nichts weiter in der allgemeinen Aufregung, Koffer, die die Halle verstellen, Hunde und Kisten, Hutschachteln. Die Amerikaner haben alle gleichzeitig beschlossen, nach Hause zu reisen, bevor der Atlantik zur Falle wird, alle müssen sofort nach Le Havre. Die Sandsäcke vervielfachen sich in den Depots, und die Leute üben mit den Gasmasken, man plant, die Glasfenster der Sainte-Chapelle herauszunehmen. Irene lehnt sich an die Tür und hebt die Haarbürste auf, die ihr aus der Hand gefallen ist, der Junge stopft die Kleider in den Koffer, die Socken in die Ecken, die Schuhe, einen hierhin, einen dorthin. Abreisen, abreisen, alles hinter sich lassen, das Denkmal der Jeanne d'Arc, die Schieferdächer, den Himmel über Paris. Das Zimmer mit den großen rosa Peonien an den Wänden ist ihm nun verhaßt, seine Sohlen treten auf den vom Herumtragen in den Taschen abgenutzten Stadtplan, der auf dem Fußboden liegt, einen Plan, auf dem Kreuzchen all jene Orte bezeichnen, die das Glück verheißen sollten.

Der Mann sitzt ahnungslos in der zweiten Reihe und lauscht Giraudoux (jener *Ondine*, die ein zweites Mal zu sehen Irene sich geweigert hat), neben ihm der leere Platz des Jungen, der im letzten Augenblick gesagt hat, er fühle sich nicht wohl. In der Pause spricht der Mann mit einem Kritiker des »Figaro Littéraire«. »In Italien«, sagt er zu ihm, »haben sie sogar die Filme der Marx-Brothers verboten.« Der Kritiker lacht, »Les Marx? Pourquoi? Pour le nom?«

Der Junge ist am Gare de Lyon angekommen, Rauch ballt sich unter dem eisernen Gewölbe. »Nach Genua, nach Genua«, fragt er. Doch niemand achtet auf ihn, die Leute haben anderes zu denken an jenem Abend, als dem Jungen den Zug nach Italien zu zeigen. Gepäckträger rempeln ihn unter dem Gewicht der Koffer an, Stimmen dröhnen und hallen durcheinander. Irene hat den Morgenrock ans Fußende des Bettes geworfen, die Pantoffeln auf den Teppich fallen lassen (sie ist nie eine sehr ordentliche Frau gewesen), und während sie zwischen die Laken schlüpft, laufen die letzten Schauer wie ein Fieber über ihre Haut, die Aufregung ist nun wie eiskaltes Wasser, dessen Tiefe man nicht kennt; der Schlaf wird kommen und sie verscheuchen, und ein entsetzliches Gefühl der Leere wird ihr von jener Nacht zurückbleiben, Seen gleich, die aus Vulkankratern entstanden sind.

Am Bahnhof umarmen sich die Leute, verabschieden sich, die Geländer trennen die Abreisenden von denen, die bleiben, der Junge hat die Mütze abgenommen, er schwitzt, der Koffer bricht ihm noch den Arm.

»Pour Gênes? Là-bas, numéro quinze.« Der Mann verläßt das Theater durch eine Seitentür, und der Kritiker des »Figaro« macht ihm mit der Hand ein Zeichen des Glückwunsches, die Pforten des Athénée schließen sich hinter ihm: Der Junge hat Unrecht gehabt, nicht mitzugehen, er hat eines der besten Stücke verpaßt. Die Luft ist frisch, und am Himmel kreuzen sich die Scheinwerfer, die für die Flugzeugabwehr proben und dabei die milchigen Sterne auslöschen. Mit unter dem Kopf angewinkeltem Arm ist Irene eingeschlafen, das noch brennende Licht gleitet über das weiße Rund der Schulter, aus dem Laken tauchen die Ränder jenes hellblauen Nachthemds auf, das zuvor, als es im Bad hing, den Jungen so verstört hatte. Der Junge sitzt nun im Restaurant im Gare de Lyon und läßt verwundert den Blick schweifen: Nie hätte er sich einen so prächtigen Ort vorstellen können. (Soviel Hast, soviel Raserei, nur um sich hinzusetzen und zu essen?) Er bestellt beim Maître Kaviar und Champagner, Birne *à la Belle Hélène,* während die ein wenig irren Augen die großen Karyatiden hinaufblicken, die das Gewölbe tragen. Er sitzt kerzengerade auf der gepolsterten Bank, die Kravatte verrutscht, die Haare verschwitzt, Kamelien öffnen die fleischigen Blüten in einem Väschen aus Kristall, der Maître verbeugt sich korpulent mit seinen Frackschößen. Ein Restaurant, das mindestens einhundertfünfzig bis zweihundert Francs kostet. Der Champagner steigt bis zum Rand des Glases, dann zergeht der Schaum in tausend winzigen Tröpfchen, der Zug nach Italien steht schon auf dem Gleis bereit, das Wasser macht die Räder naß. (Wie kann man denn abreisen, ohne sie wiederzusehen, verschwinden ohne ein Zeichen, das das Unmögliche möglich macht?) Der Mann ist im Régina angekommen, und der *liftier* sieht ihn neugierig an: Ist das nicht der Mann der Signora von Zimmer 315? Irene streckt im Schlaf eine Hand aus, um das Licht zu löschen, die Tagesdecke wellt sich kaum über ihrem Körper. Im Restaurant gießt der Maître aus dem hocherhobenen Kännchen Schokolade über die Birne, ohne eine Miene zu verziehen, fast kunstvoll, die Schokolade fließt, braun und glänzend, zäh wie ein Lavastrom. Ein junger Kellner, Italiener, einer von denen, die wenig zählen, betrachtet den Jungen, der seine Mütze noch auf den Knien hält und den Kaviar gegessen hat, als wären es Kartoffeln; und er haßt den Maître, der ihn mit soviel Verachtung behandelt. Aber der Junge hat nichts bemerkt und zahlt mit großer Geste, die Geldscheine fallen auf die Tischdecke wie große, ein wenig eingerollte Blätter, von der Birne ist ein dünner Stiel übriggeblieben, der auf dem Teller nach oben zeigt, vom Champagner gar nichts, er hat sich eine Kamelie ins Knopfloch gesteckt, der Maître wendet ihm den Rücken zu, nicht im mindesten beeindruckt von der Großzügigkeit des Trinkgelds. Der Junge bückt sich nach der Mütze, die auf den Boden gefallen ist, und geht auf die Tür zu, der Kellner hält ihn auf. »Sie haben zuviel getrunken, Herr«, sagt er zu ihm, »soll ich Sie begleiten?« Er ist klein, ein dunkler Typ (bald werden sie ihn nach Italien zurückschicken, damit er den ganzen Krieg mitmacht), stützt ihn am Arm, während die Augen aufblicken in die seinen. »Es ist nicht der Wein«, erwidert der Junge, »es ist das Gehirn.« »Das Gehirn?« Der Junge starrt ihn an, mit geweiteten Pupillen, in denen sich wie Stecknadeln all die blitzenden Lichter des Saals spiegeln. »Der Kopf«, bestätigt er.

Ja, es ist wahr, es ist der Kopf, das Gehirn, wenn die Liebe keine anderen Wege findet, ballt sie sich zuletzt dort zusammen und drückt und drückt. Schmerzhaft, heimtückisch; es ist fast Mitternacht, und der Zug fährt in einer weißen Rauchwolke in den Bahnhof ein, die Leute umarmen sich zum letzten Mal. Der Kellner führt ihn die Stufen hinunter, »Wohin fahren Sie?« fragt er. »Nach Genua.« »Wohin?« »Nach Genua«, er muß schreien, damit er gehört wird in diesem Wirrwarr von Leuten, die drängen und schieben. »Ich bin aus Davagna«, sagt der Kellner triumphierend: Wer weiß, ob der Junge sein Dorf kennt. »Aus Davagna«, wiederholt er, »im Gebirge.«

Das Profil seiner Mutter ist rundlich und feingeschnitten, kaum beeinträchtigt von den leicht eingesunkenen Wangen. »Zum Glück«, sagt sie, »ist es dir nicht im Zug passiert.« Sie sitzt auf dem Bett und rührt mit dem Löffelchen in der Tasse. »Man hat mir gesagt, daß es in Mailand einen Arzt gibt, der sehr gut ist für solche Sachen«, sie sagt nie *Krankheit,* wenn sie von seinem Asthma spricht.

»Schlag es dir aus dem Kopf, daß ich jetzt nach Mailand fahre«, gibt er sofort zurück. Auch sie trägt ein graues Kleid, mit rankenartigem Jaquardmuster. Doch wie anders ist dieses Grau, eintönig, stumpf.

»Deine Freunde waren sehr nett, sie haben sogar aus Paris angerufen.«

»Wer war dran?«

»Der Mann, er hat eine sehr sympathische Stimme...«

»Und was hast du zu ihm gesagt?«

»Die Wahrheit.«

»Welche Wahrheit?«

»Oh, wie du dich aufführst wegen einer Kleinigkeit! ... Was hätte ich ihm denn sagen sollen? Daß es dir schlechtgeht?«

Das graue Kleid mit dem Rankenmuster ist jetzt eine unheilvolle, drohende Wolke. Seine Schwester öffnet die Tür und lächelt ihm zu, sie ist froh, daß er wieder da ist, sie hat blitzende Augen und eine glatte, goldschimmernde Haut, straff wie man sie nur hat, bevor man zwanzig ist. »Am Strand«, sagt sie, »fragen mich alle ununterbrochen nach dir, wann du wiederkommst.«

»Bald, bald«, antwortet seine Mutter für ihn, »wenn diese Anfälle einmal vorbei sind, ist alles wieder gut.«

Wie oft sie das schon gesagt hat. Er blickt durchs Fenster auf die Palmen mit den gelblichen Datteltrauben. »Haben sie dir gesagt, ob sie zurückkommen?«

»Wer?«

Es ist ja auch ganz gleich, sollte der Abend am Gare de Lyon nicht der letzte sein? Die letzten Francs, bis die Taschen umgestülpt waren, der letzte Champagner am Boden der Flasche. Er sieht nun die Augen des kleinen, schwarzhaarigen Kellners wieder, der ihn die Treppe hinunterbegleitet hat, Augen voller Mitleid: Was macht er hier um diese Zeit, dieser Junge, der aussieht, als käme er direkt aus dem Bauch des Wals, ausgespien in einer Wasserfontäne?

Seine Mutter und seine Schwester bewegen sich durchs Zimmer, unterhalten sich miteinander, warum gehen sie nicht endlich, denkt er, warum lassen sie ihn nicht allein, er braucht Einsamkeit, um seine Gedanken in Ordnung zu bringen. Um *dorthin* zurückzukehren. Doch als er allein ist mit den starren Palmwipfeln, die regungslos in den Himmel ragen, erinnert er sich nicht an Chartres, die Bank im Parc Manceau, sondern peinigend kommt jene andere Erinnerung zurück. In der Hand spürt er nicht etwa wieder die Wärme der ihren, die er in ihrem Schoß gedrückt hat, sondern nur die glitschige Kälte eines Türgriffs, eine beinah fettige Kälte, während er drückt und drückt, um zu öffnen, immer heftiger klopft. Wie verrückt. Sie öffnet, trägt einen halboffenen Morgenrock über dem blauen Nachthemd, das Nachthemd ist wie ein kleiner glänzender See, in dem der leere Punkt ihres Nabels schwimmt, in der Hand hält sie die Haarbürste. Die Augen schauen erschrocken, erschrocken, aber auch bereit, sich zu verlieren. Sie sind wie Vögel im offenen Käfig. Paradiesvögel. Wie lange hat es gedauert? Eine Minute, zehn, mehr? Die Bürste ist ihr aus der Hand gefallen. »Laß mich herein«, hat er gesagt und sie ins Zimmer geschoben, »ich bitte dich, laß mich herein.« Er fühlt, wie ihre Hand ihn fortschiebt, sich aber auch anklammert, er ist ein gemeiner Kerl, mit einem Streich ihrer beider so wenig erbauliches Spiel zunichte zu machen. Er hat sie umarmt, nur einen Augenblick: Kann man einen Spatz zwischen den Fingern zerquetschen, einem Schmetterling die Flügel ausreißen? Das Leiden ihres Mundes war herzzerreißend. Doch sie verlangt zu viel, selbst die Natur rebelliert. »Also fahre ich heute abend«, er hat die Finger losgerissen, die sich an seine Brust geklammert haben. Die Ehre ist gerettet, gnädige Frau, die Freundschaft auch. Ich bin es, der auf der Strecke bleibt.

Er sitzt im Sand, und der Sonnenschirm zeichnet einen Kreis um ihn, hinter ihm steht seine Schwester und cremt seinen Rücken ein. Die Deutschen sind in Polen einmarschiert, und ein Wasserflugzeug fliegt tief über die grünlichen Wellen, alle bleiben stehen, um es zu betrachten, die, die im Wasser sind, hören auf zu rudern und heben den Kopf, nur das Mädchen, das neben ihm sitzt, läßt weiter den Sand durch die Finger rinnen. »Stimmt es, daß die Leute in Nizza auf dem Wasser skifahren?« fragt sie. Ein Mädchen mit langen Haaren und schrägen Augen in einem gelben Wollbadeanzug. Das Wasserflugzeug hat wieder an Höhe gewonnen, der Pilot mit dem Lederhelm ist aus dem Blickfeld verschwunden, die Kinder senken die Köpfe wieder auf ihre Spiele, und die Ruder tauchen wieder ins Wasser ein.

»Was hast du gesagt?« fragt er.

»Ob es stimmt, daß die Leute in Nizza auf dem Wasser skifahren.«

»Ach, ich weiß nicht«, er sieht sie an: Eines Tages wird er vielleicht solch ein Mädchen wie dieses heiraten. Im Hôtel Paradis werden die Deutschen aus und ein gehen mit Prostituierten, die sie am Pigalle kennengelernt haben. Sie werden im Régina sein, am Gare de Lyon. Im Parc Manceau.

Das Mädchen für einen Sommer

»Los, komm runter, das Essen ist fertig.« Das Wasser gluckert durch das außen verlaufende Abflußrohr, das ist die Mama, die sich die Hände wäscht.

»Pia, probier mal, mich aufzufangen.« Luigi läßt sich mit den Armen vom Ast herunterfallen und streift fast ihren Kopf.

»Mach keinen Blödsinn, du bist doch viel zu schwer.«

»Also, was hast du beschlossen, fährst du heute nachmittag?«

Pia dreht sich um und schaut ihn an: ja, ja, ich fahre... Abstehende Ohren hat Pietro und ein blaues Hemd, auf das sich eine Wespe gesetzt hat, Wespen und Insekten setzen sich auf ihn, stechen ihn, ohne daß er es merkt. »Paß auf, da«, sagt sie zu ihm.

Pietro senkt den Blick auf das Hemd. »Nimm sie weg!« bittet er. Schwerfällig rutscht Luigi vom Nußbaum herunter, voller Groll auf den Bruder, auf die Wespe, die Pia so sorgsam verjagt. Das Fahrrad kreist um das Beet mit *Salvia splendens,* feuerrote gerade Ähren, ein klein wenig papieren, der karierte Kittel weitet sich und bläht sich. »Elsa, das Essen ist fertig, das gilt auch für dich!« Das Fahrrad kommt mit einem quietschenden Bremsgeräusch zum Halten, die Füße auf dem Boden schleifen im Kies: Schuhe mit Lederzunge und Staub, Staub.

Früher war es eine Freude, sie anzusehen, immer sauber und gesammelt bei ihren Spielen, die Mama steht in der Haustür und wartet ungeduldig. »Und die Hände?« fragt sie. Wozu hält sie extra ein Mädchen für die Kinder, wenn es ihr noch nicht einmal gelingt, die Kleinen ordentlich zu Tisch zu schicken?

Der Gong ertönt zum zweiten Mal, Pietro schaut Pia zu, wie sie sich bückt, um eine letzte Nuß aufzusammeln, eine Unart, alle tun sie nichts als Walnüsse essen, kaum merklich zittert das Fleisch unter dem leichten rutschigen Stoff von leuchtendem Korallenrosa. »Was machst du denn, du Schwein!« sagt Silvia. Pietro lacht, schauen schadet nicht, es ist die reine Freude. Doch Pia hat sich aufgerichtet und blickt ihn an, ihre Augenbrauen bilden mit der Stirn eine einzige Runzel. Gott, was für ein Blick! Tiefe, stürmische Augen, sogar ihre etwas fahle Farbe erinnert an Unwetter.

Luigi ist am Boden unter dem Baum angekommen, seine Hände sind ganz braun, so viele Walnüsse hat er aus ihrer grünen Hülle befreit. »So kannst du doch nicht zu Tisch gehen«, sagt Pia, »lauf wenigstens und kämm dich.« Sie kennt ihre Pflicht, morgen wird sie ein anderes Kleid anziehen, sie verträgt einfach keine Mieder. Nichts erträgt ihr Körper, der für Licht, Luft und Laufen gemacht ist: Zweite im Achtzig-Meter-Hürdenlauf und Dritte beim Zweihundert-Meter-Lauf im regionalen Sportwettkampf der Faschistischen Jugend.

Aber in diesem Haus spielt der Sport überhaupt keine Rolle. Nichts kennen oder betreiben sie hier, wenn man das Fahrradfahren und den Giro d'Italia einmal ausnimmt. Nicht einmal Fußball. *Foot-ball* sagen sie immer noch dazu und wissen kaum, wer Gabetto ist. Man kommt sich vor wie im Exil.

»Pia, würdest du mir den Kamm holen?« Luigis Trikothemd ist schmutzig, man weiß nicht recht, wovon, Erde, Bäume, vielleicht sogar Eidechsen, die an ihm entlangstreifen.

»Kommt nicht in Frage! Mach, daß du hinaufkommst«, zum Spaß gibt sie ihm eine Kopfnuß, lustlos, mit verschwitzten Haaren, steigt er die Treppe hinauf.

»Was machst du denn da noch ganz verdreckt?« Der Vater kommt gerade aus seinem Arbeitszimmer, er trägt eine Krawatte mit hellgrünen Punkten und hat einen feinen grauen Schnauzbart. Luigi zuckt die Schultern, hat Pia nicht verstanden, daß er einen Liebesbeweis von ihr wollte, einen klitzekleinen Liebesbeweis? Doch schon ist sie im Strahlenkranz ihrer Haare verschwunden, einem Licht, das immer um sie ist und mit dem Korallenrosa des Kleides um die Wette leuchtet. Im Bad küßt er ihre Zahnbürste. Er steckt sie in den Mund und saugt daran. Er betrachtet sich im Spiegel: So sehr Kind ist er gar nicht mehr, wer hat denn bestimmt, wann die Kindheit endet? Das Gesicht, das ihm entgegenblickt, ist unendlich schwermütig, die Zahnbürste fährt langsam über das Zahnfleisch, bohrt sich hinein, tut weh. Es ist ihre.

Doch sie fährt heute nach Casale, ihr Verlobter kommt auf der Durchreise zu den großen Manövern dort vorbei. »Wahrscheinlich sind sie auf dem Weg nach Susa«, sagt der Vater mit seinem Schnauzbart und einem kleinen Saucenspritzer auf der Krawatte freundlich, gleichgültig ist er gegenüber schönen jungen Mädchen, gleichgültig gegenüber allem, was ein wenig zu sehr strahlt. So wie dieses Korallenrosa.

»Und wie fährst du denn nach Casale, mit dem Bus?« fragt Silvia.

»Mit dem Fahrrad, Pietro leiht mir seines.« Doch sofort ist sie rotgeworden. Ein leichtes Flattern der Augenlider, das Innehalten der Gabel kurz vor dem Mund. »Ist das nicht ein Herrenrad?« fragt die Mutter. Vielleicht ist es unbedacht, daß Pietro ihr sein Fahrrad leiht: schon so viel Vertraulichkeit?

»Ein sportliches Mädchen wie sie hat da bestimmt keine Probleme.« Pietro sitzt am anderen Ende des Tisches, doch oft kreuzt sein Blick den ihren. »Wie lange hat der Zug Aufenthalt?« fragt er Pia. »Werdet ihr Zeit genug haben, um ins Kino zu gehen?«

»Ins Kino? Das glaube ich kaum.«

»Manchmal stellst du wirklich blöde Fragen, Pietro«, sagt der Vater. Der Junge gleicht ihm überhaupt nicht. Er kann einfach nie ernst sein. Der Kleine ist zum Glück vielversprechender; instinktiv lächelt er Luigi zu, der zusammengesunken auf seinem Stuhl sitzt, die noch verschwitzten Haare rasch mit der Bürste an den Kopf geklatscht.

Aber Pietro weiß sehr wohl, was er mit Kino meint. Sich in irgendeine dunkle Ecke verziehen, Küsse und so weiter auf den Klappsitzen in einem Filmtheater in Casale, das an einem solchen Sommernachmittag menschenleer ist. Pia nimmt sich vom Hauptgericht und achtet darauf, daß sie das Besteck ordentlich auf die Platte zurücklegt. »Ich glaube, daß wir nicht einmal Zeit haben werden, den Bahnhof zu verlassen«, sagt sie und senkt den Kopf, die vollen Haare umgeben im Gegenlicht wie ein blonder Heiligenschein ihr Gesicht, das Gesicht eines Konradin von Schwaben.

»Fährst du allein?« Luigi macht einen schwachen Versuch, »ich könnte dich begleiten...« Eine Stimme voller Brot. Doch manchmal zeigen sich Unzugänglichkeiten so unmittelbar, daß sie beinahe Gerüchen gleichen, die vom Körper plötzlich ausgeschwitzt und verströmt werden. Wenn er nun die Augen höbe, sähe er sie intensiv mit ihrem Kotelett beschäftigt, die blonden Wimpern einem Eisrand gleich, der den Blick säumt.

»Wenn du in Casale bist«, sagt die Mutter, »vergiß nicht, den Dom anzuschauen.« Man weiß nie, nach welchen Gesichtspunkten man diese Mädchen auswählen soll, wenn sie häßlich oder alt sind, lehnen die Kinder sie ab, wenn sie auch nur ein bißchen hübsch sind, werden die, die nun eigentlich erwachsen sein sollten, gleich wieder so kindisch. Diese hier war ihr außerdem gar nicht besonders hübsch erschienen, einfach ein kerngesundes und sportliches Mädchen. Vielleicht besteht der Fehler genau darin, im Sport. *La camaraderie.*

»Den Dom? Ist er schön?« Pias Blick hellt sich auf, sie hat zu laut gesprochen und ist wieder rotgeworden.

»Außer daß er schön ist, ist er auch eines der seltenen Beispiele für langobardische Gotik im Piemont«, sagt der Vater. Pia nickt ernst; die Unwissenheit liegt wie strahlende Morgenröte auf ihrem Gesicht, eine Erwartung voller Vögel. Woher nur kommt diese makellose Frucht, dieser pfirsichfarbene Granatapfel?

Silvia liegt im Gras und mordet Ameisen, sie läßt sie das Bein hinaufkrabbeln und nimmt sie dann unerwartet zwischen zwei Finger und zerquetscht sie. Elsa blättert in ihrem Lieblingsbuch und hebt ab und zu die Augen, um nachzusehen, ob Pia noch da ist. Sie liebt Pia mit einer ruhigen, glücklichen Liebe, und wenn sie sie umarmt, ist es, als spürte sie ihren zähen Körper sich innerlich bewegen, als wüchse in ihr unaufhaltsam ein

Baum. Ein Baum voller Blätter und runder Früchte. Sie liebt sie viel mehr als Dorotea Bo, und auch viel mehr als die Gruber oder die Giovanna. Manchmal, wenn Pia aus Spaß hinter ihr herläuft und elastisch losschnellt wie eine Katze oder ein Fuchs, bekommt sie Angst und kreischt, aber dann, wenn Pias Hände nach ihr greifen und ihr fast den Kittel zerreißen, stößt sie einen Freudenschrei aus. Pias Arme drücken sie, sie fühlt das Lachen in ihr gluckern.

Pia sitzt unter dem Nußbaum, die Hände spielen träge mit den aufgeknackten Schalen, sie läßt sie fallen, hebt sie wieder auf, es ist heiß, der Kirchturm schlägt die Stunde, die Schläge dringen ins Gehirn und durchziehen es wie Pfade in einem fühllosen Dschungel: Es ist drei, der Transport fährt gerade von Tortona ab, ich gehe wohl besser hinauf und wasche mich unter den Achseln. Pietro steht hinter dem Stuhl und legt ihr die Hände auf die Schultern; und wie absichtslos verwikkeln sich seine Finger in ihren kräftigen, dicken Haaren, die ein unmerklicher Wind bewegt. Eine Meeresbrise wohnt in jenen Haaren und bläst gewiß, wenn sie schläft, dem Dickicht auf der Kopfhaut ein zartes Leben ein. »Paß auf die Lastwagen auf«, sagt er zu ihr, »die Bremsen sind nicht besonders ... Aber den Dom kannst du auch sausenlassen.«

»Aber nein, da geh ich ganz bestimmt hin«, sie sieht ihn von unten her an, aufmerksam, es besteht kein Zweifel, sie wird den Dom besichtigen, und wenn sie mitsamt dem Fahrrad hinein müßte. Die Schultern unter Pietros Fingern werden hart, und durch den Stoff wird fast etwas wie Schmerz spürbar. Ein zu tiefer Atemzug, der ihr in der Kehle steckenbleibt. Pietro überläuft ein Schauder, Gott, sie auf diese Haare küssen, auf die Stirn und die durchsichtigen Augenlider, und dann weiter unten auf den Hals, wo jener Seufzer zittert, der nicht den Mut hat, herauszukommen. Ihr Verlobter wird das gewiß in einem verborgenen Winkel des Bahnhofs tun, jederzeit bereit, sich aus der Umarmung zu lösen, sobald sich Schritte nähern.

»Könntest du mir in Casale nicht ›L'Intrepido‹ kaufen?« Zu laut, fast kreischend tönt Luigis Stimme von der Bank herüber.

»Wenn das Heft am Kiosk zu haben ist, bestimmt.« Sie sieht ihn überhaupt nicht, so beschäftigt ist sie mit jenen Händen auf ihren Schultern.

»Und mir das Mickymausheft«, sagt Elsa.

»Silvia, willst du nichts?«

»Nein, danke.« Auf einen Ellbogen gestützt, schaut Silvia sie an, wie sie im Gras unter dem Nußbaum sitzt, es gelingt ihr nicht, ein Gefühl der Freundschaft für dieses Mädchen zu empfinden, das für den Sommer gekommen ist, wie es bei Dorotea Bo oder bei der Giovanna gewesen ist. Und abends, wenn Pia sich manchmal über sie beugt, um ihr Gute Nacht zu wünschen, und sie in dem Ausschnitt ihres Nachthemds ihre runden, unerschrockenen Brüste sieht, die so anders sind als die unbewegten Brüste der Statuen, preßt sie die Lippen aufeinander. Eine instinktive Abneigung oder vielleicht nur Eifersucht wegen der liebevollen Fleischlichkeit, die von ihr ausgeht. »Nichts«, wiederholt sie, und der tadelnde Blick wandert zu jenem unvorsichtigen größeren Bruder, der so leicht zu begeistern ist. Es ist heiß und der Schatten des Nußbaums ist gefährlich, er kann Alpträume und Ängste verursachen.

Pia ist in Casale gewesen, hat den »Intrepido« und das Mickymausheft gekauft, ist auf der von Lastwagen befahrenen Straße entlanggeradelt und hat dabei den Rock auf den Knien festgehalten (warum hat sie nur das korallenfarbene Kleid ausgezogen?), sie hat den Transport in den Bahnhof einfahren sehen, die Soldaten standen alle am Fenster, die Gesichter blaß im Rauch. Auch Giannis Gesicht ist blaß. Sie haben ihm die Haare sehr kurz geschnitten, und er hat sofort nachgeschaut, ob sie seinen Ring am Finger trug. Pia hat gelacht, wegen seiner Haare *(Den Ring steck ich mir nicht an, weil ich Angst habe, ihn zu verlieren,* hat sie gesagt. Sofort die erste Lüge). Dann hat sie sich ein wenig widerspenstig jeder Liebkosung entzogen, während die Soldaten im Nu den Bahnsteig, die Unterführung, das Bahnhofsrestaurant und den Wartesaal dritter Klasse überschwemmten. »Ich habe eine Stunde Zeit«, hatte Gianni gesagt, und mit den Augen unter dem Militärschiffchen fröhlich die ihren gesucht, davon überzeugt, seine Wünsche seien auch ihre. Ein kleiner Stich im Hals, die Stimme kommt zu rasch heraus: »Dann können wir ja den Dom besichtigen.« Gianni lächelt etwas verwirrt, angetrockneter Speichel klebt ihm in den Mundwinkeln, die Lippen sind von der Reise aufgesprungen, die ganze Nacht ist er auf Holzbänken herumgeschüttelt worden, die geschwollenen Füße in Nagelschuhen. Sein Vater hat eine Schreinerei an der Straße, auf der sie jeden Morgen vorbeikam, um in die Schule zu gehen, und manchmal stahl sie einen Apfel, dann lief sie davon mit ihrem kniekurzen Mantel. Jahrelang hat er sie gehaßt wegen jener Äpfel, die sie im Schulranzen versteckte, denn anschließend schrie sie immer, es ist nicht wahr, ich habe nichts genommen, und warf Steine nach ihm. »Was machst du denn mit einem Herrenrad?« fragt er sie. »Es war das einzige, das ich auftreiben konnte.« Sie berührt die Knöpfe an seiner Jacke und lächelt ihm zu. »Mut hast du, das steht fest«, sagte er zu ihr, aber er ist ein wenig erschrocken, ist das nicht doch zuviel für ein so junges Mädchen in einer fremden Stadt?

Sie sind hinausgegangen, und auch der Bahnhofsplatz war voller Soldaten. Gegenüber gab es Anlagen mit Bänken unter den Platanen. »Wo ist der Dom?« hatte Gianni gefragt, indem er aufs Fahrrad stieg. Ein paar Mädchen näherten sich, die einander untergehakt hielten, die Puffärmelchen gebauscht; in dem Augenblick hatte sie ihn gesehen: Pietro stand am Kiosk, die Hände in den Taschen, und schaute sie an. Er hat ein anderes Hemd angezogen, war ihr erster Gedanke, heute früh trug er ein blaues. Aber als sie sich vorn auf die Stange setzte, konnten ihre Hände den Lenker kaum festhalten vor Aufregung. »Wohin müssen wir fahren?« hatte Gianni gefragt. »Dorthin«, hatte sie erwidert und irgendwohin gezeigt.

Als sie im Dom die Treppe hinaufgestiegen waren, um die Empore zu besichtigen, hatte Gianni sie geküßt. Sie hatte bereitwillig geantwortet, wie ein eifriges kleines Mädchen, und dabei versucht, sich auf den Steinstufen im Gleichgewicht zu halten. Vom Dom selbst hatten sie wenig gesehen. »Wunderschön, wunderschön«, hatte Gianni gesagt und den Kopf ganz woanders hingedreht, während sie ihn an der Hand durch das grünschimmernde Licht des Kirchenschiffes führte, das einem Teich glich mit wenigen Fischen, regungslos auf dem Grund. Die Stunde war fast herum, und sie waren immer noch in der Kirche, sie hatte sich jedesmal, wenn sich die Tür hinter ihnen öffnete, umgewandt, um zu sehen, wer eintrat. Doch Pietro war ihnen nicht gefolgt; vielleicht stand er noch vor dem Kiosk, die Hände in den Taschen, und wartete.

Aber er war auch nicht mehr auf dem Platz, der Zug fuhr schon an, und Gianni konnte die Hände gar nicht vom Fahrrad nehmen und sich von ihr losreißen: Er würde sie nie wiedersehen. Kein Zug würde je wieder weit genug fahren, um sie zu erreichen. Auch die Postkarten würden unbeantwortet bleiben, und jener lange Brief, den er mit soviel Verzweiflung schreiben würde, käme zurück, Annahme verweigert. Verfluchter Nachmittag, Schwalben, die schon tief über den Bahnhofsplatz flogen, Lichter, die über den hellgelben Putz streiften, über die runde Uhr, die sieben zeigt; sie steht gerade da mit ihren vollen, soliden Beinen, die ein klein wenig gedrungen sind in den Söckchen und den Schuhen mit zweifingerhohem Absatz. Zeitungen sind aufgehängt mit Fotos vom König, von Hitler und Mussolini, von Prinzessin Irene, die in Florenz heiratet. Verfluchtes niederträchtiges Mädchen, der Verrat steht schon in ihren Augen, kriecht wie ein leuchtendes Reptil über ihr Gesicht, während die Haare sich bauschen, das Spinnennetz weben, in dem er sich verfängt und verblutet. »Bei meinem ersten Urlaub heiraten wir.« Es war nur ein Augenblick, sie starrt ins Leere, während er sie an sich drückt, Mitleid im flüchtigen Lächeln, während die Hand mit gespreizten Fingern gegen seine Brust drückt, um ihn wegzuschieben: »Geh, gleich fährt er los.« Noch von weitem winkt sie ihm nach, das Fahrrad in der Hand, die weiße Baumwollbluse hat einen Schweißrand unter der Achsel.

Und wenn alles plötzlich verschwunden wäre? Das Haus eine leere Schale, wo die Pflaumen auf dem Boden verfaulen und das Efeu sich an die Garagentür klammert? Während der Transport abfuhr, redeten die am Bahnhof zurückgebliebenen Leute von Krieg. Es wird kein zweites München geben, sagten sie. Nun herrscht eine große Stille, während Pia die Allee hinauffährt, und nicht einmal die Fledermäuse flattern kreuz und quer durch die grünblaue Luft, eine durchsichtige Stille, in der das leichte Surren des Dynamos gegen den Fahrradreifen zu hören ist und die Astern sich wie kleine weiße Sterne von der grauen Mauer des Hauses abheben. Ein Gefühl von Unwirklichkeit an diesem Abend, an dem alles geschehen oder schon geschehen sein kann, und sie allein noch übrig ist, freischwebend in der lauen Augustluft. Sie allein. Ein Schatten steht still zwischen den vom Kupfervitriol bläulichen Pfeilern der Pergola, ein Schatten mit großen erschlafften Schmetterlingsflügeln auf dem Kopf. »Pia, bist du's?« Das Fahrrad bremst schlagartig. »Elsa, was machst du denn noch hier, geh schon ins Bad hinauf, ich komme gleich nach«, sagt sie zu ihr. Die Kleine läßt eine Pflaume auf die Erde fallen, Pflaumen kommen aus den Taschen ihres Kittels, die Dunkelheit hat Finger, die sich in die Nase und in den Mund schieben. »Luigi hat deinen Malkasten genommen«, sagt sie zu ihr, »und alle deine Bilder verschmiert.«

»O nein, das nicht!«

Was soll dieses Nein heißen, wenn Luigi es getan hat? Elsa sieht sie an: im Alter von sieben Jahren kann man eine geistige Klarheit besitzen, die mit zwanzig unwiederbringlich dahin ist. »Mama hat ihn ausgeschimpft, und er hat blöde Kuh zu ihr gesagt.«

»Und wo sind meine Farben jetzt?«

»Ich weiß nicht, er ist abgehauen, sowie er dich hat kommen sehen. Mama hat angefangen zu weinen.«

Schönes Resultat für ein Mädchen, das man angestellt hat, um die Kinder zu erziehen. Zum Glück trägt sie jetzt nicht mehr dieses leichtfertige Kleid. Neben dem Gartenweg öffnen die Petunien ihre farbigen Kelche und das Zitronenkraut verströmt den Geruch der Nacht, Elsa ist trällernd ins Haus gegangen und trällert auch noch, als sie die Treppe hinaufsteigt: »Pia ist gekommen, Pia ist gekommen...«, und nun steht Pietro in der Tür und lächelt im Halbdunkel. Wenn er glaubt, es habe sie beeindruckt, daß er ihr heimlich nach Casale gefolgt ist, dann täuscht er sich, Pia geht an ihm vorbei und bewegt entschlossen die Hüften, Hüften und Hintern voller Kraft, aber auch voller Kindlichkeit. »Guten Abend«, sagt sie, forsch eintretend, »wo ist dein Bruder, dieser Gauner?«

»Keine Ahnung.«

»Ist es wahr, daß er alle meine Farben durcheinandergeworfen hat?«

»Woher soll ich das wissen... War der Dom schön?« Er schaut sie an, Ironie und Zärtlichkeit machen sich gegenseitig die ein wenig krumme Nase streitig, den großen, weichen, launischen Mund.

»Was werde ich schon gesehen haben vom Dom«, erwidert sie achselzuckend. Sie fordert ihn heraus und betrachtet sich währenddessen im Spiegel des Eingangs: Haben all die Küsse etwa eine Spur hinterlassen?

Im Haus Geruch von gerösteten Paprikaschoten, spritzender Tomatensauce mit kleinen öligen Bläschen. Mit zwanzig kann der Hunger gewaltig sein, nagend, vor allem nach einer tüchtigen Radtour; der Schwamm fährt über Elsas Rücken, als wäre er ein Hobel, der ihr die Schulterblätter glattschleifen soll. »Was macht man mit einem Verlobten?« fragt die Kleine. »Man geht mit ihm spazieren, hält sich an der Hand«, antwortet sie.

»Glaub ihr nicht, man macht einen Haufen Schweinereien.« Luigi ist in der Badtür erschienen, mit zerrauften Haaren und bösen Augen von krankem Grün: los, versuch nur, es abzustreiten!

»Du hättest ein paar Ohrfeigen verdient, wo hast du meine Farben hingetan?«

»Sie liegen unterm Bett in deinem Zimmer.«

»Wasch dich gefälligst, siehst ja schlimmer aus als ein Schwein.«

»Das ist mir doch egal, ich komm heut sowieso nicht zum Abendessen. Ich hab blöde Kuh zur Mama gesagt«, die Stimme jubelt, ein Triumphgesang, der sich im dunklen Schlauch des Flurs verliert.

Elsa hat sich aus dem Wasser erhoben, Pia wickelt sie ins Badetuch. »Hör nicht hin, was er sagt«, flüstert sie ihr zu. Einen kleinen runden Bauchnabel, in dem sich der Talkumpuder festsetzt, hat Elsa, einen zerbrechlichen Körper, einen Körper, der aus Knorpel und Federn zu bestehen scheint, Pia beginnt, sie zu kitzeln, und Elsa lacht. »Weiter«, sagt sie, »mach weiter.« Doch nun ist das Gekitzel ein unerbittliches Crescendo, Elsa lacht immer heftiger, sie windet sich, »Hör auf, Pia«, schreit sie erschreckt, »hör auf!«

Wie lang diese Nächte schon sind, der Abend beginnt immer früher, und immer früher muß man daran denken, die Fensterläden zu schließen, die Gartenstühle hereinzustellen. Aus dem Radio im Eßzimmer kommen die Nachrichten. Sie überstürzen sich. Zu viele, und zu rasch hintereinander, auch für die Leute, die auf einen Blitzkrieg hoffen. In der sternklaren Nacht gibt es ein dumpfes Echo, wie von Meeresabgründen, seltsame Formen bewegen sich die Milchstraße hinauf, Silvia geht sicher durch die Dunkelheit, sie kennt jeden Winkel des Gartens, jeden Geruch, das kaum hörbare Rascheln der Insekten. In ihrem Herzen aber spürt sie nur Spannungen und eingemauerte Wünsche, die Hände reißen die Blätter des Zitronenkrauts ab und zerreiben sie in der Tasche, um ihren Duft zu behalten.

Die Ringe der Schaukel quietschen, auch dieses Geräusch kennt Silvia seit ihrer Geburt. »Bist du's, Pia?« fragt sie. »Ich bin's«, Pia spürt ihre Abneigung nicht, die Welle, die sich bricht und zurückrollt, sie sitzt auf der Schaukel und scharrt mit dem Fuß am Boden im Kies, als sie klein war, hatte ihr Großvater ihr ein Seil zwischen zwei Bäumen befestigt und ein Kissen daraufgelegt, damit auch sie, die Kleine, eine Schaukel hatte. Sie würde jetzt gern mit Silvia darüber sprechen, weiß aber nicht, wie sie anfangen soll. Siliva hat sich gebückt und sammelt Walnüsse. »Würdest du mir mal den Stein rübergeben«, bittet sie, dann geht sie weg, und Pia hört, wie sie eine Nuß aufklopft. Und jetzt ist ihr entfallen, wie die improvisierte Schaukel kaputtging damals, wann und warum, sie kann sich nicht mehr erinnern.

Eine Hand fährt ihr über den Hals, sie rührt sich nicht. Die Hand dürfte das nicht, das weiß sie, auch Pietro weiß es, die Finger drücken, sie schluckt langsam: Drück nur fester, ich habe keine Angst. Doch die Hand lockert sich zu einem Streicheln. In der Nacht könnten sie sich ohne Furcht anschauen: Doch sie ist in

Casale gewesen, sie kam überhaupt nicht mehr herunter von dieser dunklen Treppe, es schien, als wären sie im Nichts verschwunden, sie und der Soldat, er hätte am liebsten den Sakristan gerufen und die beiden, so mitten in der Kirche, bloßgestellt. »Warum hast du mich nicht mal angelächelt?«

»Wie sollte ich, du hast ja so getan, als siehst du mich nicht.«

»Du lügst... Ich habe dich dauernd angeschaut.«

Aber er sagt nicht die Wahrheit, er ist nur nach Casale gefahren, um anzugeben, um zu sagen: Schau, da bin ich, aus dem dort machst du dir gar nichts. Sie hat sich mit einem Ruck von der Schaukel erhoben, die Ringe ächzen und klappern. »Warum hast du ihn auf mein Fahrrad steigen lassen?« Pietros Stimme schwillt an. »Warum? Dafür hatte ich es dir bestimmt nicht geliehen!«

»Wofür dann? Damit ich mit dir drauf fahre, du spinnst wohl?« Was will er von ihr?

Die Schaukel bewegt sich noch, da entfernt Pia sich schon, der Abstand zwischen ihnen wächst. Alles wollte Pietro, nur nicht, daß sie jetzt weggeht. »Du kapierst überhaupt nichts«, schreit er ihr nach, »ich hatte mich gefreut, daß du drauf fährst!«

Lügen, Lügen. Luigi kommt unter der Pergola daher. »Pia«, ruft er, »Elsa will, daß du raufgehst und ihr Gute Nacht sagst.«

»Und was machst du noch hier? Hast noch nicht mal zu Abend gegessen!«

»Doch, doch, gegessen hab ich. Maria hat dafür gesorgt, sie war froh über das, was ich zur Mama gesagt hab, wer weiß, wie oft sie das denkt.«

In der Nacht ist dieser Junge ein Teufel, er macht

ihr angst mit seinen plumpen, starken Händen, dem Bauch, der die Knöpfe des Hemdes sprengt. »Also schäm dich …«, sagt sie zu ihm, doch ihr Protest ist schwach, wundervoll sind Luigis Augen, lang und schmal: über die Hecke geworfen, das Herz, das er nun wie eine Wildkatze verteidigt.

»Du gehörtest mal richtig durchgehauen, mit dem Riemen«, sagt der ältere Bruder, der noch neben der Schaukel steht.

»Weil du ein Nazi bist, du mit deinem Blitzkrieg. Deshalb gefallen dir Schläge mit dem Riemen«, erwidert Luigi prompt.

Pietro lacht überlegen, doch es liegt etwas Hysterisches in seinem Gelächter, das zu lange nicht aufhört. Luigi zuckt die Schultern, ihm geht es nur um Pia. »Gegen dich hab ich nichts, weißt du«, sagt er zu ihr, während er neben ihr hergeht, die Augen betrachten den weißen Fleck ihres Nachthemds in der Dunkelheit: Warum nimmst du mich nicht mit in die Nacht, warum drückst du mich nicht in deinem Bett an dich, in diesem ein wenig ausgefransten Hemd mit orangefarbenen Blümchen?

Pia hat rasch den Kamm aufgehoben, der aus ihren Haaren geglitten ist, die Haustür hinter ihr ist offengeblieben, so als wäre sie vom Licht aufgesogen worden. Vom Paradies geschluckt, ein Kissen, auf dem ihr Kopf zwischen Traumgirlanden ruht. Die Marcon, nennt die Signora sie mit einer gewissen Kälte, nicht Pia, sondern die Marcon, fast als müsse der Nachname sie auf Distanz halten. Die Marcon, die auf die Kinder aufpaßt.

Die ganze Familie glaubt, dies sei der Sommer der Marcon, wie der letzte der Sommer von Dorotea Bo gewesen war, und der davor der Sommer von Giovanna.

Luigi ist noch im Garten geblieben und versetzt den Kieselsteinen Fußtritte. »Du gehörtest durchgehauen mit dem Riemen«, sagt er zu seinem Bruder, »hast dir Silvias Fahrrad geklaut und bist nach Casale gefahren.«

»Wer hat dir gesagt, daß ich nach Casale gefahren bin?«

»Pia«, Luigi lügt mit Leichtigkeit und schaut Pietro nun an, um zu sehen, ob er ins Schwarze getroffen hat, und obgleich es dunkel ist, sieht er, daß es stimmt, ja, so ist es, und der Schmerz bildet zusammen mit der gemeinen Freude eine unerträgliche Verquickung.

»Wenn du es jemand sagst, bring ich dich um.«

Nacht, in der die Transporte langsam über die Schienen rollen, die schlafenden Soldaten durchschütteln, die den Kopf auf ihre Rucksäcke gelegt haben. Sie fahren nach Susa, an die Etsch, nach Verona. Sie stellen die »Roten« und die »Blauen« in einer Übungsschlacht, bei der die Granaten, die explodieren, nur Rauch und Stichflammen erzeugen wie im Kino. Luigi hat seinen dicken Körper mit Kälte bestraft, Schnaken haben ihn in die Schenkel gestochen, die gedrungen aus den enganliegenden kurzen Hosen herausschauen, Rachegedanken sind wie Seifenblasen geplatzt, während er auf der Schaukel hin und her schwang, auf der zuvor sie gesessen hatte und ihr der Kamm aus den Haaren geglitten war. Und als Hunger und Müdigkeit unerträglich geworden sind, hat er sich in die Küche gesetzt, wo die Köchin ihm ein Tellerchen mit Resten, zugedeckt mit einem anderen Tellerchen, hingestellt hat; und die Reste der Reste läßt er für die Katze herunterfallen, die unter dem Stuhl kauert. Die schläfrigen Augen zählen die Karos des Geschirrtuchs, die Kacheln an der Wand. Zum Vater, der im Schlafrock in der Tür erschienen ist, sagt er: »Ich weiß, es war nicht recht von mir. Ich werde es nicht wieder tun.« Und in der großen leeren Küche ist sein Gesicht rund und blaß wie das eines Pierrot in einer mondlosen Nacht.

»Die Mama ist noch wach, geh hinauf und bitte sie um Verzeihung«, sagt der Vater.

Das Gesicht hat sich zu einem müden, erschöpften Lächeln verzogen, darunter scheint die Traurigkcit der kleinen Dinge hindurch: »Morgen, Papa, morgen ...«

Zur Einweihung des neuen Saals, des Oratoriums, war der Bischof aus Casale gekommen, und die Mädchen, die zu den Nonnen gingen, hatten ihm zu Ehren gesungen, den weißen Schleier auf dem Kopf zum Zeichen ihrer Reinheit. Im Oratorium lernten die Mädchen sticken, meistens aber spielten sie hemmungslos Korbball, und wenn sie schmutzig und mit durchgetretenen Schuhen heimkamen, nützte ihnen die Reinheit gar nichts. Außer für den Bischof hatten die Mädchen noch für den Papst, den König und Mussolini gesungen. Lange war zuvor diskutiert worden, ob es angebracht sei, auch für den Frieden zu singen, doch dann hatte der Pfarrer selbst davon abgeraten. Möglicherweise war der Friede in jenem Augenblick keine gute Sache.

Pia hätte an jenem Morgen gern ihre weiße Bluse mit dem Faltenrock getragen, aber die Signora, die ins Zimmer gekommen war, während sie sich anzog, hatte den Kopf geschüttelt: zu sportlich. Daraufhin hatte Pia das korallenfarbene Kleid vorgeschlagen, doch das, hatte die Signora gesagt, gehe überhaupt nicht, das sei nun gewiß kein Kleid, das für den Bischof oder die Nonnen paßte. Also hatte die Signora ihr ein Kleid mit blauen Punkten von sich geliehen, und auf den Kopf hatte sie einen Strohhut mit Organdyblüten aufsetzen müssen; und noch nie hatte sie im Spiegel häßlicher ausgesehen.

Während des Gottesdienstes hatte sie ganz hinten in der Kapelle gestanden und Elsa hatte sich dauernd beklagt, daß sie »nichts sah«. Es war zwecklos, ihr zu erklären, daß es nichts zu sehen gab, sie stellte sich immer wieder auf die Zehenspitzen, sodaß die große Haarschleife immer weiter nach unten rutschte. An einer Stelle hatten sie zusammen »Ti adoriam Ostia Divina« gesungen; und das war der einzige Augenblick im ganzen Gottesdienst gewesen, bei dem sie aufatmen konnte.

Anschließend hatten die Nonnen auf einem langen weißgedeckten Tisch Kuchen serviert. Die Kuchen glichen sich alle und blieben im Hals stecken. »Eßt wenig davon«, hatte die Signora gesagt, »sonst verderbt ihr euch das Mittagessen.« Aber um Pia das Mittagessen zu verderben, wäre schon anderes nötig gewesen, und die Kuchen erinnerten sie an den Großvater und die Schaukel zwischen den beiden Ästen, während ihre Mutter die Saison über zum Arbeiten in die Schweiz fuhr. Eine Schwester ging mit einem Tablett herum und bot Wein an, sie verneigte sich vor dem Bischof, der auf dem Ehrenplatz saß. Der Wein war leicht und spritzig, und obgleich Pia mehr als ein Glas davon getrunken hatte, zeigte ihr Gesicht, das eines heranwachsenden Kriegers, noch unverändert die gleichen frischen Farben. Es hatte nur, in die Langeweile ergeben, jeden Schwung verloren, jenen trockenen, geballten Glanz, als wäre die Materie, die es eines Tages schwerfälliger machen sollte, an jenem Morgen zum erstenmal aufgetaucht: Sie haßte Nonnen, Klöster, nichtendenwollende Zeremonien. Und ungeduldig, den Bischof mit dem vom Wein leicht säuerlichen Atem und dem wunderbaren rotschimmernden Gewand voller staub- oder mimosenähnlicher Bisquitbrösel abfahren zu sehen, hatte sie ihr Handtäschchen geschwenkt.

Sie konnte es kaum erwarten, dieses Kleid mit den blauen Punkten auszuziehen, doch als sie, Elsa an der Hand hinter sich herschleifend, zu Hause angekommen war, war es schon Essenszeit und die von auswärts angereisten Gäste saßen im Kreis unter dem Nußbaum. Pietro wartete oben an der Allee auf sie und war stehengeblieben, um sie zu betrachten, ihm schien, als kennten nur sie beide den Grund, weshalb sie mit jenem Kleid und jenem Hut verkleidet war, nur sie beide wußten, was unter dem lächerlichen Strohhütchen, dem gepunkteten Stoff geheimgehalten wurde. (Du bist so komisch, aber auch so hübsch, sagte der Blick zwischen den Pflaumenbäumen oben an der Allee.) Sie hatte den Blick anders gedeutet und sich den Hut vom Kopf gerissen, schlaff hing er nun in ihrer Hand; und anstatt die Allee weiterzugehen, hatte sie die Abkürzung über die Wiese genommen und das Beet mit *Salvia splendens* zertrampelt. »Pia, was machst du denn, wo willst du hin...?« hatte Elsa gesagt, über die Einfassung stolpernd, während die unter dem Nußbaum versammelten Gäste sie mit einer gewissen Verwunderung herankommen sahen: die Marcon, die vielgerühmte Marcon *(Zweite im Zweihundert-Meter-Lauf und Dritte im Achtzig-Meter-Hürdenlauf)* machte zumindest betroffen.

Unter jenen Blicken war Pia kurz unsicher geworden, dann hatte sie sich provozierend heruntergebeugt, um mit Spucke eine Laufmasche an ihrem Strumpf zu bremsen. »Und das ist deine Cousine Chiara?« hatte sie Elsa gefragt. »Die mit den zwei Bananen auf dem Kopf?« Und bevor Elsa noch etwas erwidern konnte, hatte sie schon begriffen, daß sie es war.

Die Cousine Chiara saß auf dem Leinenklappstuhl, sie mochte siebzehn, achtzehn Jahre alt sein, und die dunklen Haare waren in zwei Schillerlocken oben auf dem Kopf befestigt. Sie lachte gerade, und ihr schöner Mund, platt in dem Gesicht mit den breiten Wangenknochen, erinnerte an den zunehmenden Mond. Auch die Augen, ohne Tiefe, wie auf das Elfenbein der Haut aufgemalt, waren sehr schön. Aber der zentrale Punkt, der Brennpunkt des ganzen Gesichts, war das Kinn: Klein, rund, mit einem Grübchen in der Mitte bebte es fleischig, während sie lachte.

Bei Tisch hatte Pia ihr gegenübergesessen und bewundern können, wie sie die Armreifen an ihrem glatten, zartgebräunten Arm auf und ab gleiten ließ. Die Stimme war hell, luftig, und sie aß mit einer solchen Gier, als ob das Fleisch, die Beilagen, die Béchamelsauce ganz eins mit ihr wären, und als würde sie selbst diese Dinge nicht wie etwas von ihr Verschiedenes, sondern wie einen zu ihr gehörigen Teil empfinden, wie den Ellbogen oder das Ohr, das Kinn, während die Augen, wie zwei Flachsblüten, die sich ab und zu bei einer unerwarteten Berührung schlossen, Pia streiften, ohne sie zu sehen. Durch die angelehnten Fensterläden fiel ein messerscharfer Lichtstrahl auf die Tischdecke, lief über das Salzfaß, die Kristallgläser und bohrte sich, letztes Ziel, zwischen ihre Armreifen. Ein Glitzern, das sie umwehte wie Lametta. So zumindest sah die Marcon, der der Mut gefehlt hatte, hinaufzugehen und das korallenfarbene Kleid anzuziehen, sie, während sie das Fleisch auf Elsas Teller kleinschnitt.

Anschließend waren sie hinausgegangen und hatten sich um das Eisentischchen gesetzt. Es war heiß, und die Zabaionetorte lag ihr nun ganz oben im Magen. Die Erwachsenen hatten sich mit einem diskreten Schließen der Fensterläden zur Mittagsruhe zurückgezogen, und Elsa saß bei Cousine Chiara auf dem Schoß und spielte mit ihren Armreifen. Das leise, satte Gelächter der beiden wechselte ab mit kurzen Küssen, die Elsa ihr auf Hände und Gesicht drückte. Ein ekelerregendes Schauspiel. Pia hatte sich erhoben und dabei fast den Stuhl umgestoßen. »Ich gehe ein wenig spazieren«, hatte sie gesagt, »kommst du mit, Elsa?«

»Nein, jetzt nicht...«, hatte die Kleine geantwortet und sich mit dem ganzen Körper auf dem der Cousine ausgestreckt.

»Ich komme mit«, hatte Luigi gesagt. Pietro war im Liegestuhl liegengeblieben, die Arme bogenförmig über dem Kopf und den Blick in den Blättern des Nußbaums. Und niemand konnte wissen, was ihm durch den Sinn ging.

Sie waren durchs Tor hinausgegangen, und Luigi hatte seinen Arm um ihre Taille gelegt und hielt sie an sich gedrückt, wie ein Erwachsener seine Verlobte an sich drücken würde. So, stellte er sich vor, war sie in ihrem Dorf mit Gianni spazierengegangen. Doch er war noch klein, und sein Arm reichte mühsam an ihrem Körper hinauf. Pia legte ihm eine Hand auf die Schulter, und es war nicht klar, was sie sein könnten, sie beide, auf der Straße, die zum Friedhof führte, an jenem frühen Nachmittag, mit weißem Staub und Flieggen, die regungslos auf den schon getrockneten Kuhfladen saßen. Luigi schmiegte den Kopf in ihre Achselhöhle und atmete ihren Geruch, spürte den winzigen Haarbüschel, den er so oft flüchtig gesehen hatte, wenn sie das korallenfarbene Kleid anzog. Während sie dahingingen, betrachtete er den Schatten ihrer beiden eng aneinander gelehnten Gestalten und hatte keinen Wunsch mehr, die Hand berührte kaum ihre Hüfte. Und das war alles. Sie machte ihm noch einmal Vorwürfe wegen der Farben und der verschmierten Blätter, aber er verstand gleich, daß es nicht so gemeint war. Dann fragte sie ihn nach der Cousine Chiara, ob er sie auch so schön finde. »Nein, ich nicht«, hatte er prompt erwidert, »ihr Gesicht ist zu breit, wie ein Pantoffel.« »Hör auf, das ist nicht wahr ...«, doch sie hatte gelacht bei dem *Pantoffel* (zum erstenmal an diesem Tag), und daraufhin hatte er es wiederholt: »Doch, wie ein Pantoffel, wie ein Pantoffel.« Inzwischen waren sie bei der Ziegelei angekommen, längst am Friedhof vorbei, hatten sich auf den Boden gesetzt und Trauben gegessen, die sie auf einem Weinberg gestohlen hatten. Sie hatte vom Bischof erzählt, und Luigi hatte gelacht, vom Friedhof sahen sie nur noch die rote Backsteinmauer und die Dachfirste der Grabkapellen. Auf dem Rückweg hätte Luigi gern wieder den Arm um sie gelegt, doch sie hatte sich unwirsch losgemacht. »Wir sind spät dran«, hatte sie gesagt, »los, mach, daß du deinen dicken Hintern in Bewegung setzt«, und ihm lustig einen Klaps auf den Po versetzt. Er war rotgeworden, doch Pia sah ihn so gutgelaunt an und tat ihm auch irgendwie leid, sodaß ihm nicht danach zumute gewesen war, den Beleidigten zu spielen.

Als sie zurückgekommen waren, sollte gerade der

Tee aufgetragen werden, und die Tanten saßen mit frischgepuderten Nasen um das Eisentischchen. »Luigi, wo hast du dich wieder herumgetrieben?« hatte der Vater gefragt. Sie waren alle bereit für ein Gruppenfoto, nur er fehlte noch.

»Pia, stell dich auch dazu!« hatte Elsa gerufen.

»Nein, nein«, hatte sie geantwortet, während Luigi unwillig mit erdverschmierten Hosen dazutrat.

»Wie kann man bloß bei dieser Hitze spazierengehen...«, hatte die Mutter gesagt und dem Sohn die Haare aus der schweißnassen Stirn gestrichen.

»Los, Pia, komm...« hatte Elsa beharrt. Doch sie hatte den Kopf geschüttelt, stand schon auf der Schwelle und wollte ins Haus gehen.

»Pia, würden Sie mir einen Gefallen tun?« Der Vater stand mit der Kodak in der Hand da. »Es ist schon alles eingestellt, Sie müßten nur draufdrücken.«

Sie war umgekehrt und hatte den Fotoapparat genommen. »Sind wir alle drauf?« hatte der Vater gefragt. Im Sucher betrachtete sie Pietro, der eine Hand auf die Schulter der Cousine Chiara gelegt hatte: ein wunderbares Paar. Mit geschlossenen Augen hatte sie den Auslöser gedrückt, der Schmerz war jetzt eine Faust, die ihre Seele preßte, bis Tränen heraustropften.

»Nein, du gehst jetzt nicht weg.« Die Arme drängten sie gegen die rissige Garagenmauer. Ein mondloser Abend, feucht, Tropfen glitzern auf den Ästen des Pflaumenbaums, durch das nasse Gras werden die Füße in den Schuhen eiskalt.

»Laß mich.« Das den ganzen Nachmittag zurückgehaltene Weinen schwingt nun in der Stimme, auch die Geckos sind davongeglitten, dorthin, wo zwischen dem Laub des Efeus die Lampe brennt.

»Gott, wie schön du bist«, sagt Pietro zu ihr und zieht den Kragen ihres Pullovers hoch, damit sie nicht friert. Sie ist nie schön gewesen, Schönheit ist etwas, das ihr fremd ist. »Laß mich, laß mich gehen«, sagt sie noch einmal zu ihm, während der Blick jede Kraft verloren hat, kein Sturm mehr, sie dreht das Gesicht zur Wand: Es geht nicht, verstehst du das nicht? Sie starrt auf die Wand, an der sie die Hand gefangenhält, die Finger leicht gekrümmt. Wie gut sie diese Hand kennt, auch wenn sie sie nur selten berührt hat, so oft hat sie sie angeschaut, auf einen Sessel, ein Sofa gestützt, während sie eine Zigarette anzündete. Nun löst sich die Hand von der Mauer, dreht ihr Gesicht gewaltsam herum, drückt zu, bis es ihr wehtut. »Schau mich an, ich liebe dich.« Mit einer feinen Falte schließt sie das Blond der Augenbrauen, wenn sie ihm jetzt glaubt, wird ihr Leben davonschnellen, verrückt wie ein Hase im Gebüsch, den zu verfolgen zwecklos ist. (Wer weiß, wohin jener Zug gefahren ist, wo die Soldaten sind, die Kompaniefeldwebel, wo sie schlafen in der sternklaren Eiseskälte des Gebirges. Wer weiß, wie sie gewesen wären, ihre und Giannis Kinder, wie ihr Haus gewesen wäre in jenem Dorf bei Belluno.) Sie öffnet die Lippen, um etwas zu sagen, aber kein Laut kommt aus ihrer Kehle, dieser Satz, »Ich liebe dich«, verzweigt sich rasch in ihr, schlägt Wurzeln, Blätter und Triebe füllen ihren Mund, hindern sie am Sprechen. Der Kopf ist wirr, alles, was sie tun kann, ist, die Hand zu nehmen und sie zu drücken: was werden sie nun tun, da es nicht mehr möglich ist, umzukehren? Was werden sie tun? Sie sind über den Graben gesprungen und drüben heulen die Wölfe.

»Pia, Pia«, hört man es rufen, »Pia! ... wo steckst du denn?« Ein Schatten fällt auf den Backsteinpfad.

»Das ist Luigi«, sagt sie.

Pietro zieht sie weiter in die Garage hinein. »Ich heirate dich, weißt du«, sagt er zu ihr. (Er tut es dann zwischen einem Fronturlaub und dem nächsten, 1942, und um zu ihm zu gelangen, wird sie an den entlegensten Bahnhöfen, in Griechenland, in Albanien, in Šibenik, unzählige Male von einem Zug in den anderen umsteigen.) Die Hände fahren ihr in die Haare und halten ihren Kopf wie den heiligen Gralskelch, Pia schaut ihn an und ist in der Nacht wirklich überaus schön, die Augen und die Haare scheinen eigenes Licht zu versprühen, und als sie ihm antwortet, hat ihre Stimme den Geruch des Grases und der Pflaumen, des Efeus an der Mauer. Eine Nacht, die für immer im Gedächtnis bleibt. Für immer, die Garage, das Efeu, der Tag: 29. August 1939.

Dann werden die Deutschen das Haus anzünden, die Pflaumenbäume verbrennen fast alle, und aus der Hausruine werden die Bettroste gestohlen werden, das Wenige, das noch übrig war. Irgendjemand, der vielleicht spioniert hatte, wird das Tafelsilber finden: Es war hastig in dem Beet vergraben worden, wo früher die *Salvia splendens* geblüht hatte. Ein Unglück nach dem anderen, es begann in jenem Sommer, der der Sommer der Marcon sein sollte, als der älteste Sohn, Pietro, den Kopf verlor wegen des Mädchens, das gekommen war, um auf die kleineren Geschwister aufzupassen. Kaum mehr als ein Bauernmädchen, dessen Mutter in Graubünden als Hausangestellte arbeitete.

Nicht einmal ein besonders schönes Mächen, doch Luigi bewahrte weiterhin ein Foto von ihr auf, auch nachdem ihre Ehe mit Pietro schon bald gescheitert war. *(Eine Kriegsehe,* wie man damals sagte.)

Aiglon

Die Sonne zog sich allmählich zurück, und dichter wurden die kleinen Schattenhügel auf dem Sand, dort wo er am meisten zertrampelt war. Ein milder Abend, fast wie eine Decke, die sanft ausgebreitet wird. Es war ein schwerer Tag gewesen: Mittags war die Nachricht eingetroffen, daß England Deutschland den Krieg erklärt hatte (die Mädchen waren gerade ins Wasser gegangen), und um fünf war dann Frankreich an der Reihe gewesen. Aber die Fünf-Uhr-Nachricht war in einem Augenblick eingetroffen, als großes Durcheinander herrschte (das Wettfischen sollte gerade beginnen, Kategorie *Juniores)* und die Teilnehmer schon Schlange standen in der Erwartung, ihren Platz zugewiesen zu bekommen, daher hatte Lisa sich mit einem eher zerstreuten »O Gott...« begnügt, einzig und allein besorgt, daß *Aiglon* eine gute Position erhalten würde. Eine strategische Position, natürlich was die Fische betraf; und ihr Blick war dem Leiter des Wettkampfs gefolgt, der ganz in Weiß auf der Mole stand und mit den Armen fuchtelte. Große Sorgen hatte ihr auch der Augenblick bereitet, als die Fische gewogen wurden: *Aiglon* war Achtzehnter von zweiundzwanzig geworden.

Jetzt waren alle fortgegangen, nur er war noch da und entwirrte seine Angelschnüre, ungerührt von der

Schönheit des Abends, ohne auch nur im entferntesten zu ahnen, was er so halbnackt im Sonnenuntergang für sie bedeutete. Er fluchte über die Knoten, die er nicht aufbekam, über das Pech, das ihn seit dem Morgen verfolgt hatte.

Lisa liebte ihn in aller Stille, am Meeresrand in ihr Badetuch gehüllt. Sie war empfänglich für das warme, schräge Licht, das sich an die Kabinen zu klammern schien, an die Fahnenstangen, an die smaragdgrüne Kuppel der Rotonda, bis es sich schließlich in den Myriaden goldener Tröpfchen verlor, die ihre Füße umspielten. Sie war auch empfänglich für die *Nocturnes* von Chopin, und wenn sie sie auf dem Klavier spielen hörte, stellte sie sich *Aiglons* Mutter mit den großen, weichen Händen vor, die wie Vögel über die Tastatur flogen, den in der Blässe des Gesichts halbgeöffneten, geranienroten Mund. Manchmal dachte sie, daß es, hätte sie jenen Mund küssen können, ein wenig so gewesen wäre, als legte sie die Lippen auf die des Sohnes, obwohl sie doch so ganz anders waren. Und obwohl der Sohn sie ignorierte, war die Mutter zum Ausgleich oft freundlich zu ihr und hatte ihr eines Morgens Anispastillen angeboten, auf deren Einwickelpapier in Silber geschrieben stand: *toi et moi.*

Die Sonne hatte stundenlang auf seinen Kopf gebrannt, und der Junge fühlte sich benommen, und außerdem störte ihn vor allem das Mädchen, das dort noch auf ihn wartete. Er sah die Scheiben der Rotonda im letzten Licht aufblitzen und dachte an seine Mutter, die in ihrem Kleid aus Crêpe-de-chine tanzte, mit Haaren schwarz wie Rabenfedern. »He, du da«, hatte er gerufen, »schau mal, ob du dort in der Nähe einen meiner Korken siehst.«

Sofort hatte sie sich gerührt und angefangen, herumzuschauen, aber der Sand war leer, leer bis zu den Kabinen, und kalt. Nur ein Kind hatte sein Blecheimerchen vergessen, und die Wellen trugen es langsam schaukelnd hin und her. »Nein«, hatte sie gerufen, »hier liegt nichts«, und war, sich mit dem Badetuch bedeckend, auf ihn zugegangen.

Aber der Junge hatte anderes zu tun als sie anzuschauen und lief, die dichten kastanienbraunen Haare schüttelnd, auf und ab, tiefliegende Augen unter den Brauen. »Ein Reinfall«, wiederholte er immerfort, »ein echter Reinfall ...« Er hatte nur einen Arm, jetzt, nachdem er sich umgedreht hatte, segelte der Stumpf durch die blaue Abendluft. Herrliches Meisterwerk der Natur, von den Parzen abgehackt, denen er selbst wunderbarerweise entkommen war.

Wenn der Arm in Ordnung gewesen wäre, hätte sie ihn gewiß nicht auf diese Weise geliebt, hätte nicht hier frierend auf ihn gewartet. Höchstwahrscheinlich hätte sie sich auch nicht vorgemacht, sie könnte süßester Trost, Schwester, Geliebte, drittes Element sein in dem Ganzen, das der Sohn mit der Mutter bildete. Beinahe eine siamesische Verbindung, deren Nahtstelle der fehlende Arm bezeichnete. Jetzt zum Beispiel wünschte sie sich, ihm helfen zu können, mit großem Elan, mit völliger Hingabe, sonst wollte sie nichts; und ihre bloßen Füße zogen sich eingeschüchtert und sehnsüchtig im Sand zusammen. Die Musik, die aus der Rotonda herüberdrang, zeigte, daß der Tanztee in vollem Gange war, und dadurch, daß ihre Familie nie daran teilnahm, erhielt jener Klang etwas Sündiges und äußerst Anziehendes. »Ich kann auf der Mole nachschauen, ob er dort liegengeblieben ist«, hatte sie gesagt.

»Ja, geh doch mal nachsehen.« So würde sie wenigstens verschwinden. Sie war beinahe gerannt, mit dem Badehandtuch, das ihr feucht an die Beine klatschte: diesen Korken finden, dachte sie, diesen Korken finden. Und in jenem Augenblick schien es ihr, als wünschte sie sonst nichts auf der Welt.

Unter dem kuppelförmigen Gewölbe der Rotonda spielte die Kapelle zwischen Zwergpalmen, während das Licht des Sonnenuntergangs durch die Scheiben auf den großen Platten des Fußbodens glänzte. Mit wehenden Frackschößen balancierten die Kellner die Tabletts auf dem Handteller, gingen zwischen den Tischen hin und her, drehten sich, verbeugten sich, stellten rasch Eisbecher, Torten, Katzenzungen und Eclairs ab. Sündig war an all dem gar nichts, außer der in roten Crêpe-de-chine gekleideten Dame. Nicht weil sie ein ungehöriges Benehmen gezeigt hätte, es lag sogar sehr viel Anstand und Anmut, sehr viel Blässe in der Art, wie sie sich den Armen ihres Kavaliers anvertraute, doch es war, als entwischte ihr der Körper, um sich auf eigene Weise auszudrücken. In Crêpe-de-chine oder schwarze Seide gekleidet, in fließende Hosenanzüge aus Atlas oder ins Badetuch gehüllt, erweckte sie stets den Eindruck einer jener von einem Tuch bedeckten Statuen, die auf ihre Enthüllung warten.

Sie stammte aus Litauen und war mit einem italienischen Botschaftsangestellten verheiratet, für sie mußten diese Tage besonders schwierig sein. Sicher kehrte ihr Gedanke häufig zu der Stadt zurück, in der sie geboren war, zu den Storchennestern und den Kirchengiebeln. Doch wenn sie dann beim Erwachen weit das Fenster öffnete und die starren Palmen reglos in der blauen Luft sah, machten jene Gedanken gewiß einer Art Glückseligkeit, einer Art egoistischem Überschwang Platz. Das Licht, das in das Zimmer flutete, weckte den noch schlafenden Sohn, aber anstatt zu protestieren, lächelte *Aiglon* ihr zu: mit dem langen Atlasnachthemd und den prachtvollen Armen, die aus den kurzen, glockigen Ärmeln hervorsahen, war sie das Allerschönste, was er je erblickt hatte, erinnerte an die Blumenkelche und die Vögel, die die Blütenkronen zum Erzittern bringen.

Natürlich hatte sie viele Verehrer, doch besonders einer, hager und mit blauen Augen, verließ sie niemals, auch wenn es meistens so aussah, als sei er nur geduldet. Er folgte ihr überall hin, zum Strand, ins Hotel, er begleitete sie sogar zum Tanztee, ohne sich je an einem Gespräch zu beteiligen oder sie zum Tanzen aufzufordern, und seine Aufgabe schien sich darauf zu beschränken, ihr zu bieten, was immer sie sich wünschen mochte. Und wenn sie einmal für gar nichts Interesse zeigte, war er es, der einen Wunsch für sie erfand und hartnäckig, stur darauf bestand. Dann schlug er einen herrischen Ton an, die mageren Kiefer aufeinander pressend, die dunklen Haare an den Schädel mit den hohlen Schläfen geklebt.

Lisas Familie pflegte keinen Umgang mit ihr. In der Art, wie der Vater sie grüßte, förmlich und eisig, drückte sich ein Urteil aus, das außer ihrer Schönheit und ihren Kleidern auch jenen sehr reichen Verehrer einschloß. Und außerdem kam sie aus einem Land, das schwer einzuordnen war, was Sprache und Kultur betraf, ja eigentlich unkontrollierbar war. (Es gab zwar den Roman *Marussia,* der von einem Land an den Rändern Europas handelte, er gab aber nur bruchstückhaft und folkloristisch darüber Auskunft.) Auch ihre

Stimme hatte ein ungewöhnliches Timbre, allzu tiefe Vokale, während ihre Hände, wenn sie am Klavier saß, fast aussahen, als hätte sie Schwimmhäute zwischen den Fingern, so schamlos rosig waren sie.

Und doch konnte man ihr nichts nachsagen. Sie schlief mit ihrem Sohn im selben Zimmer, und in ihrem Bett, geschützt von einem Moskitonetz aus Tüll, war morgens nur der Abdruck ihres bewegungslosen Körpers, kaum eine Delle zwischen den fast unberührten Laken. Sie tanzte gern und nichts schien ihr so viel Vergnügen zu bereiten, wie wenn man ihr den Hof machte, wagte aber jemand ein auch nur im geringsten anzügliches Kompliment, riß sie die großen veilchenblauen Augen auf: Sie verstand nicht. Im Grunde war sie mit der italienischen Sprache wenig vertraut.

Am Strand verbrachte sie den größten Teil der Zeit im Schatten eines großen Sonnensegels, das vor der Umkleidekabine aufgespannt war, um ihre allzu helle Haut vor den Strahlen zu schützen. Sie lag ausgestreckt auf ihrer Liege, der Badeanzug in lebhaften Farben ließ auf dem Bauch ein Dreieck frei, es war wie ein Riß, eine kurze Öffnung, in der ihre Haut auftauchte gleich einer unberührt gebliebenen Lunette im bunten Fresko eines Gewölbes. »Wie Hurenwäsche«, hatte Lisas Vater sich eines Morgens entschlüpfen lassen.

Lisa dagegen schien jenes Dreieck extra dazu gemacht, um den Kopf darauf zu legen oder eine Wange, es war eine symbolische Öffnung zu ihrem Herzen. Sie stellte sich vor, daß sie traurig wäre, mit den Gedanken bei ihrem fernen Land, und eigentlich mißfiel es ihr gar nicht, daß ihr Vater so von ihr sprach. Dadurch konnte jene Dame als das Mögliche, das Phantastische, das Wunderbare der unerschütterlichen Gewißheit jenes Monokels entgegengesetzt werden, das sie Tag für Tag bei Tisch betrachtete. Starr, unabänderlich, rund in die Augenhöhle des Vaters geklemmt, schien es dazu bestimmt, in seiner kleinen Scheibe das gesamte Universum zu umschließen.

Nachmittags, wenn alle hinaufgingen, um zu ruhen, und die Dame sich ans Klavier setzte im großen leeren Salon, blieb Lisa im Garten und betrachtete ihr Bild, das sich in einem der großen geöffneten Fenster spiegelte. Sie sah die Hand ihres schweigsamen Begleiters langsam die Seiten der Partitur umwenden, und im Schatten der Palmen verharrend, kam es ihr vor, als sei dort, in dem großen, leeren Salon, das Leben in all seinem Glanz. Oft unterbrach *Aiglon* diese Sitzungen, laut redend kam er in den Salon, er haßte Chopin und jenen Mann. (Wenn er mit der Mutter allein war, nannte er ihn »Monsieur La Merde«, weil er behauptete, der Mann habe einen besonderen Geruch, einen Geruch, der die Fliegen anzog, denn ihn belästigten sie mehr als jeden anderen.) Er bewegte sich rücksichtslos, laut, die Mutter protestierte kaum, und ihre Stimmen drangen bis in den Garten wie Sonnenstreifen, blitzend die von *Aiglon,* wie Morgenrot die der Mutter. Doch in Wirklichkeit war es nur ein Opernduett, bei dem man ab und zu den heftigen Trommelwirbel vernahm.

»Ein verwöhnter Junge«, hieß es im Hotel. Ein Junge, dem die Mutter alles durchgehen läßt, wobei sie in diese Nachsicht dieselbe Freude legte, die eine andere Mutter bei einem gehorsamen Kind gezeigt hätte. Bei Tisch saßen sie sich gegenüber, und wenn *Aiglon* mit seiner einen Hand Schwierigkeiten hatte, blieb sie, anstatt ihm zu helfen, wie es alle erwartet hätten, ruhig sitzen, die Augen auf den Teller gesenkt. Und doch spürte Lisa eine Spannung, fast eine Qual, als nähme die Mutter mit dem Atem Anteil an seiner Mühe, mit ihren Knien, die dort unter der Tischdecke denen des Sohnes so nahe waren.

Lisa saß nicht weit weg und konnte die Augen nicht von ihrem Tisch abwenden, taub für die Gespräche, die rund um sie entstanden. Ihre Familie nahm einen der besten Plätze ein, direkt am Fenster, das zum Garten hinausging, und wenn sie hereinkamen, eilten die Kellner herbei, um die Stühle zu rücken, sie bestellten jeder für sich und stritten zum Schluß darüber, wer welches Gericht gewählt hatte. Sie sprachen auch viel über die Tischnachbarn, und der Junge hatte den Spitznamen *Aiglon* erhalten wegen seiner unbestimmt königlichen Miene eines einsamen Prinzen, wie der Sohn von Napoleon und Marie Louise einer gewesen war.

Doch der Junge gab nicht zu erkennen, daß er sich viel aus ihrem Urteil machte, er schien sie meistens überhaupt nicht zu bemerken, und wenn sein Blick zufällig auf ihre Seite fiel, war es, als betrachtete er die auf dem langen Serviertisch aufgereihten Platten, ohne sie einzeln zu unterscheiden. »Ein unerträgliches Benehmen«, hatte ihre Schwester eines Morgens wütend gesagt und den Tisch verlassen, während sie beim Frühstück saßen. Allein hatte sie weiter die Butterkringel aufs Brot gestrichen, die Beine unter dem Tisch ausgestreckt in einer Haltung, die unbekümmert und keck aussehen sollte. (O welch entsetzliche Enttäuschung gestern abend, als ich von der Mole zurückgekommen bin und du nur noch eine Gestalt warst, die sich in blauen kurzen Hosen entfernte!)

»Kann ich mich hierhin setzen?« *Aiglon* hält seine

Tasse mit Milchkaffe in der Hand, »man hat mir weder Butter noch Zucker gebracht, wahrscheinlich, weil es zu spät ist«, seine haselnußbraunen Augen schauen sie an, sie hat ihn noch nie aus solcher Nähe gesehen, und er kommt ihr groß, sehr groß vor. »Also?« fragt er ungeduldig.

»Ja, ja, gewiß«, sie schiebt die Tassen weg, um ihm Platz zu machen, »du hast wohl verschlafen heute morgen«, sagt sie zu ihm, und sogleich erscheint ihr der Satz töricht, unwürdig.

»Keineswegs«, erwidert er, schon mit vollem Mund, »im Gegenteil, ich bin heute sehr früh aufgewacht und habe schon die Zeitung geholt, aber sie kam und kam einfach nicht«, er nimmt Zucker, Butter, die Zähne sind klein und regelmäßig, das Kinn hat eine kurze Kerbe in der Mitte, »du weißt ja wahrscheinlich gar nicht, was los ist.«

»Ich brauche nicht die Zeitung zu lesen, um das zu wissen«, ihre Schwester hat recht, er ist unerträglich. Das Licht des Gartens verleiht den haselnußbraunen Augen einen durchsichtigen Grund, wie bei manchen hellen Hölzern, er fühlt den Blick auf sich, fährt aber ruhig fort zu essen, nur die Hand zögert kurz unsicher, und das Messer fällt ihm zu Boden. Sofort beugt sie sich herunter, um es aufzuheben, aber er ist mit dem Kopf schon unten und sucht unter dem Stuhl. Da sieht sie etwas glänzen, das aus seinem Hemd herausgerutscht ist, etwas, das ein fünfzackiger Stern sein könnte. Einen Augenblick nur, denn sofort umschließt er das Etwas mit der Faust, wobei er das Messer wieder fallenläßt; und als sie sich aufrichtet, ißt er schon wieder weiter. »Ich bin auch deiner Familie auf dem Weg zum Meer begegnet«, sagt er, »jeden Tag ist ein Neuer dabei.«

»Der gestern gekommen ist, ist nur eine Art Hauslehrer«, ihr Name ist berühmt, auf unzählige Stoffballen gedruckt, reist er durch ganz Europa.

»Wir sind immer nur zu zweit, ich und meine Mutter.«

»Und dein Vater?« Sie hat die Tasse abgestellt, die Neugierde verzehrt sie.

Aiglon lacht, ein langes, sehr süßes Lachen. »Mein Vater? Der kommt nie mit uns. Mein Vater ist ein faschistischer Trottel.«

Er hat laut gesprochen und sie schaut ihn erschrokken an: Sollte er ein Anarchist sein? »Und deine Mutter«, fragt sie, »denkt die genauso wie du?«

Die haselnußbraunen Augen sind jetzt hart wie Edelsteine, haben etwas von der leuchtenden, undurchdringlichen Starre der Raubvögel. »Was soll das heißen, denkt sie genauso wie du? Es geht dich gar nichts an, was meine Mutter denkt«, er schluckt rasch, einen Bissen, zwei, drei, und das Brot verschwindet in seinem Mund, er steht auf und schiebt den Stuhl zurück. »Es tut mir leid, aber ich bin spät dran, danke für die Gastfreundschaft.« Die Audienz ist zu Ende, sie hat die Gelegenheit nicht zu nutzen gewußt. Sie ist eine dumme Gans wie die anderen.

Im Sand spielen sie im Kreis das Wahrheitsspiel. »In wen bist du verliebt?« wird sie gefragt.

»Oh ... in niemanden.«

»Hör zu, auch wenn es nur ganz wenig ist, mußt du es trotzdem sagen«, diesmal spricht ein aufgeschossenes, dunkelhaariges Mädchen in einem gelben Badeanzug.

»In niemanden«, wiederholt sie und hält ungerührt den Blicken stand.

»Ich weiß es«, sagt ihre Schwester, »sie ist in den mit dem Armstumpf verliebt.«

»Wenn sie sich so sicher ist...«, sie könnte sie umbringen dafür, wie sie »Armstumpf« gesagt hat. »Ich bin in niemanden verliebt, höchstens Francesco gefällt mir ein bißchen«, den Namen hat sie so dahingesagt, sie weiß nicht, daß ihre Wahl zum Schluß auf ihn fallen wird. Mit ihm wird sie das Spiel bis an die Grenze des Möglichen vorantreiben, ohne Begeisterung, beinahe aus Berechnung.

»Könntest du es schwören?«

»Ich schwöre es.« Ohne eine Miene zu verziehen, läßt sie den Sand durch die Finger gleiten. Es gefällt ihr, wie der Sand an den kleinen blauen Rhomben des Badeanzugs entlangrinnt.

Francesco kehrt gerade ans Ufer zurück. (Bald wird ihm jemand die große Neuigkeit mitteilen, wer das Glück hat, einem dieser Mädchen zu gefallen, ist zu beneiden.) Er ist siebzehn Jahre alt, und im Oktober wird er auf die Akademie in Modena gehen, es war ein guter Morgen für ihn, er ist früh aufgewacht und hat lange gerudert, bevor das Meer unruhig wurde. Vom Boot aus hat er gesehen, wie sich der Strand bevölkerte und die Mädchen im Kreis im Sand saßen. Er hat noch keine Frau gehabt, aber seine Phantasie geht leicht mit ihm durch, er denkt, es stehe ihm eine riesige Auswahl zur Verfügung, die von der in einem Kabarett gesehenen Soubrette bis zu der Dame mit dem Turban reicht. Bis zu den Mädchen, die so unermüdlich ihre Haare schütteln, mit den ohrenbetäubend schrillen Stimmen. Er weiß noch nicht, daß er schon gewählt worden ist, so nebenbei, aus Zufall. Die Welle hebt das Boot und wirft es fast auf den Strand, er springt mit einem Satz an

Land. Wind ist aufgekommen, und an den Masten wehen die Fahnen der Verbündeten.

Die im Schatten liegende Dame hat versucht, dem Spiel der Mädchen zu folgen, ohne daß es ihr gelungen wäre, mehr zu erhaschen als ein paar lauter gerufene Worte. Sie trägt heute morgen einen weißen Turban, der ihre Stirn übertrieben hoch erscheinen läßt, und gerade diese beinahe spitz zulaufende Stirn mit den feingezeichneten Bögen der Brauen macht ihren Mund im Gegensatz dazu noch voller, kindlich, unverschämt voll. Ihr unzertrennlicher Verehrer (der *Negus,* wie er von Lisas Familie seiner dunklen Hautfarbe wegen verächtlich genannt wird) sitzt mit seinen großen, knochigen Ohren rechts und links vom Gesicht neben ihr, die aufgeschlagene Zeitung auf den Knien. Schon seit heute morgen sagt er immer wieder, daß sie *etwas unternehmen* muß, sie dreht gelangweilt den Kopf und wirkt mit ihrem Turban, als sei sie zu einer großen Szene bereit, einer Urszene, während die Gereiztheit ihren ausgestreckten Körper überläuft wie eine Gänsehaut, hinab bis zu den Zehen, an denen die lackierten Fußnägel sich ins Fleisch zu bohren scheinen. *»Tu etwas«,* wiederholt der Mann beharrlich, *»tu etwas.«* Sie betrachtet ihren Sohn, der in der Sonne sitzt, und ihr gefallen seine vom Wind zerzausten Haare, sein breiter, vom Salz fleckiger Rücken. *Aiglon* hält das offene Buch zwischen den gekreuzten Beinen und liest weiter, gleichgültig gegenüber den Blicken, die ab und zu von der Gruppe Mädchen in seine Richtung wandern. Durchdringende, rasche Blicke, die ihm sicher bewußt sind, während er sich regungslos in der Sonne zur Schau stellt. Unberührbar.

Die Mädchen sind jetzt aufgestanden und schreien

alle durcheinander, das Spiel ist auf seinem Höhepunkt angekommen und die Grausamkeit hat sie aufgeregt herausplatzen lassen. Das Opfer, das diesmal an der Reihe ist, ist eine kleine rundliche Blonde mit schulterlangen Locken, rot, mit zitternden Lippen kauert sie in der Mitte. »Du lügst«, schreien die anderen, »du lügst!« »Nein, wirklich nicht«, beteuert sie, »es ist so, Ehrenwort...« »Laß bloß die Ehre aus dem Spiel, es glaubt dir sowieso niemand«, das Mädchen im gelben Badeanzug hat sie an einem Träger gepackt, um sie hochzuziehen: »Los, hau ab, das ist das Beste.«

Lisa hat sich mit den anderen erhoben, ist aber stumm geblieben, als stünde sie über all dem Aufruhr. Sie schaut nun zu der Dame mit Turban hin, läßt sich vom Wind die Haare übers Gesicht wehen und empfindet die ganze Gemeinheit ihres Tuns. Auch *Aiglon* hat, von ihrem Geschrei gestört, den Kopf gehoben, und sein Blick begegnet dem der Mutter (ihm gefällt der weiße Turban nicht, das hat er ihr gleich am Morgen gesagt und daraus ist ein kleiner Streit entstanden), *Monsieur la Merde* ist endlich fortgegangen, und die Mutter lächelt ihm zu, während ihre Augen belustigten Abscheu vor den Mädchen dort drüben ausdrücken. Er hat sich erhoben, um zu ihr zu gehen, hat sich hingelegt und den Kopf auf die Stelle gestützt, die ihr ausgestreckter Körper freiläßt. »Nimm ihn ab«, sagt er mit eigensinnigem Lächeln und meint den Turban, sie erwidert ihm etwas in ihrer Sprache, was sich anhört wie dummer Junge, während sie die Hand auf seinen Hals legt, der Zeigefinger fühlt die Halsschlagader. »Die ist in dich verliebt«, sagt sie, »die große, dunkelhaarige«, der Blick deutet auf die Mädchengruppe, »aber die andere muß auch verliebt sein...«

»Welche?« fragt er, spürt, wie der Fingernagel ihm in den Hals piekt.

»Die im blauen Badeanzug.«

»Schade«, hat er gesagt, »mir hätte die kleine Blonde gefallen, auf die hatten sie's alle abgesehen.«

»Juden sind sie nicht, ausgeschlossen«, das Fleisch ist zäher als erwartet, und der Vater drückt fest auf sein Messer, »zumindest der Junge ist bestimmt nicht Jude. Und außerdem könnten sie sonst nicht hier im Hotel wohnen.« Auch in den Botschaften gibt es keinen einzigen jüdischen Angestellten mehr, doch das zu sagen hält der Vater für zwecklos.

»Und doch hat eins der Zimmermädchen behauptet, sie habe gesehen, daß er einen Davidsstern um den Hals trägt.«

»Was soll ein Zimmermädchen schon von Davidssternen verstehen! Womöglich war es ein Hakenkreuz!« Der Vater lacht kurz auf (Verachtung für das Zimmermädchen, Mißtrauen gegenüber dem Jungen?), während die Hand mit dem Messer nervös wird: Dieses Kalbfleisch ist eine Katastrophe.

Die Mutter hat schon aufgegeben, es zu zerschneiden, ihr blonder, an Michelangelo erinnernder Kopf ist leicht geneigt, wie gebeugt von einer fortwährenden inneren Mattigkeit. Einer Mattigkeit, die Bestandteil ihrer Eleganz ist. Wie eine zu schwere Krone, ein zu lautes, zu weites Reich. »Auch wenn sie Juden wären«, sagt sie, »warum sollte er dann diesen Stern um den Hals tragen?« Ihre hellen, meeresfarbenen Augen streifen kurz *Aiglon* an dem Tisch in der Nähe. »Ich glaube, daß man in so einem Moment nur versuchen würde, es zu verstecken, meinst du nicht?« Sie hat langsam gesprochen, sanft, ohne ein Gramm ihrer Schwermut abzuschütteln. (Sie ist eine der meistbetrogenen Frauen Italiens, das wissen alle.)

Aiglon und seine Mutter dagegen haben Fisch gewählt, und die Dame schiebt die Mayonnaise zu einer kleinen samtigen Insel auf dem Teller zusammen, *Aiglon* ist fast fertig und erzählt ihr etwas, sie lacht leise, über den Teller gebeugt, um möglichst alle Gräten zu vermeiden.

»Sie könnte vielleicht Jüdin sein«, der Vater lehnt sich zurück, um sie besser zu sehen. »Sie hat einige Merkmale, den Mund zum Beispiel.« Endlich ist es ihm gelungen, das Fleisch zu zerschneiden, und durch das Monokel starrt er nun auf den halbentblößten Rücken der Dame mit den matten, glatten, runden Schultern.

»Den Mund und was noch?« Hat sie provozierend gefragt und unverwandt in sein Monokel geschaut, in dem er die Dame wie eine Spinne im Netz gefangen zu haben scheint.

»Den Mund«, hat er bestimmt wiederholt, wie ein Experte, »und auch die Haare, dieses Blauschwarz ...«

Die Dame hat gemerkt, daß von ihr die Rede ist, und hat sich umgedreht, ihren strahlenden dunklen Blick in der Runde schweifen lassen. Und erneut wird Lisa unter diesem Blick von Ohnmacht und Scham ergriffen, sie versucht, eine Art Lächeln anzudeuten, etwas, das gern Solidarität wäre, aber schwach bleibt, ins Leere fällt. »Mir reicht's«, sagt sie und läßt die Gabel klappernd auf den Teller fallen, »dieses Fleisch ist zum Kotzen!« Und während die Mutter ihr Vorwürfe macht, das sei keine Art, sich auszudrücken, sucht sie verzweifelt, ein Einverständnis mit jenem Zweiertisch herzustellen. Doch die Klammer ist schon wieder geschlossen, *Aiglon* hat seine Erzählung wieder aufgenommen, und die Mutter lacht erneut, souverän und stolz.

Die Kapelle in der Rotonda hatte an jenem Abend einen berühmten Sänger dabei und die Wörter »kleines Mädchen«, »Glück«, »zurück« erhoben sich heiser in die Luft wie Nachtvögel auf dem Flug zum Mond. Die Jungen trugen helle Hosen, und die Strickjacken über den Hemden waren offen; wie kleine, schon feuchte Feuer suchten die Sätze »ein Eis essen«, »der Rotonda einen Besuch abstatten«, »ins Kino gehen«, im Garten zwischen den Palmen und den Eisenbänken einen Windhauch. »Warum sagen wir *Aiglon* nicht, daß er auch mitkommen soll?« Das dunkelhaarige Mädchen hatte es vorgeschlagen, sie trug an jenem Abend ein gestreiftes Kattunkleid, das sie noch größer erscheinen ließ, und ihre Stimme klang übertrieben angriffslustig, einen Ton zu hoch. »Kannst ihn ja mal fragen«, hatte Lisa gesagt, während die kleine Blonde, in Gnaden wieder aufgenommenes Opfer des Vormittags, grundlos gelacht hatte.

Doch als *Aiglon* zwischen seiner Mutter und deren unzertrennlichem Begleiter oben an der kurzen Treppe aufgetaucht war, hatte niemand den Mut aufgebracht, sich vorzuwagen. Die Dame trug Schuhe mit Straßbesatz an der Spitze und das lange Lamékleid wogte zwischen ihren Beinen.

»Wir wollten wissen, ob du Lust hast, mitzukommen.« Die kleine Blonde hatte sich aus der Gruppe gelöst und stand nun vor *Aiglon,* lächelnd über ihren Mut. Und bevor *Aiglon* den Mund aufmachen konnte (bestimmt hätte er gern nein gesagt), hatte seine Mutter schon für ihn angenommen. »Gabriele wird sehr gern mitkommen«, hatte sie gesagt, und jener Name, »Gabriele«, war ihr über die Lippen geglitten wie Wasser. *Aiglon* hatte mit einer zornigen Geste die Haare zurückgeworfen, während die Hand der Mutter, breit, als hätte sie wirklich so etwas wie Schwimmhäute zwischen den Fingern, ihm in einer leichten Liebkosung übers Gesicht gefahren war. Dann war die Dame weiter die Treppe heruntergestiegen, die Straßsteinchen auf der Schuhspitze glitzerten wie Sternenstaub.

Das dunkelhaarige Mädchen hatte sich zu *Aiglon* gesellt, und während sie gingen, redete sie auf ihn ein, und er antwortete einsilbig, den leeren Ärmel in die Tasche gesteckt. Die Jacke war bildschön, aus blauem Leinen, und die Leute drehten sich um und sahen ihm nach.

»Wie hast du eigentlich deinen Arm verloren?« Um ihm diese Frage zu stellen, hatte die kleine Blonde alle anderen überholen müssen und ging nun fast rückwärts.

»Ach, vergiß es ...«

Doch *Aiglons* Blick und der der kleinen Blonden waren sich begegnet, der von *Aiglon* plötzlich neugierig, ausgesprochen zärtlich der ihre: Sie hatte keine Angst mehr, sie war bereit, es für ihn mit der ganzen Welt aufzunehmen. Und es war etwas geschehen, was niemand erwartet hätte, der Junge hatte angefangen zu lachen. »Den hat ein Bär gefressen«, hatte er gesagt, »glaubst du's etwa nicht?«

»Nein!« Die kleine Blonde lachte ebenfalls, ihr Schritt war ein wenig tänzelnd.

»Ein Bär, ein Grizzly.« Ein Bär, mindestens zwei Zentner schwer, der die Erde erzittern ließ. Ein Bär, der sich im Dunkeln auf ihn gestürzt und ihn gegen die Felsen geschleudert hatte, ganz zum Schluß war es ihm gelungen, sich zu befreien, aber ein Arm war im Bärenmaul hängengeblieben. Die Erzählung war voller Einzelheiten, und *Aiglons* Stimme schmückte sie in allen möglichen Tonarten aus. Sie waren bei der Mole angekommen, und der weiße Mond stand hoch, sie hatten sich hingesetzt, mit über den leichten, schaumlosen Wellen baumelnden Beinen, und er erzählte noch weiter von dem Blut, das wie eine Fontäne aus dem abgerissenen Arm herausgespritzt sei, unstillbares Blut, das an den Kleidern geklebt, die Schuhe besudelt habe, aufs Gras geflossen sei, die Felsen entlang. Sie hatten ihm schweigend zugehört, bestürzt, verzaubert von seiner Stimme, seinen Gesten, dem plötzlichen Gelächter, das ironisch ihr erstauntes Grauen unterbrochen hatte. Indem er sprach, gestikulierte *Aiglon* mit seiner einen Hand, als wäre er ein Schauspieler auf einer Bühne; und die ganze Geschichte war eindeutig gelogen, erfunden, und in das Grauen mischte sich unversehens eine Ausgelassenheit, die einen schaudern ließ.

Noch auf dem Rückweg hatte er von dem Grizzly gesprochen, der ein eisenhartes Fell hatte, von Vögeln, die sterbenden Tieren die Augen auspickten, von Schlangen, die sich um die Fußgelenke wanden und einem das Blut aussaugten. Jetzt ging die kleine Blondine mit ihrem tänzelnden Schritt neben ihm, doch *Aiglon* schien ihr keine besondere Aufmerksamkeit zu widmen, sondern sich an alle zu wenden, an Lisa, an das Mädchen im gestreiften Kleid, vielleicht auch an die Jungen, die mit über den Asphalt schwankenden Scheinwerfern auf dem Fahrrad vorbeifuhren. Er war ein außergewöhnlicher Schauspieler, verkörperte den

Bären und den Vogel, das zermalmte Opfer, den Hasen, der in der Falle die Pfote lassen muß.

Wieder beim Hotel angelangt, hatte das große dunkelhaarige Mädchen sich auf die Bank unter der Palme fallen lassen. »Phantastisch...!« hatte sie gesagt, und dieses »phantastisch« umfaßte alles, den Abend, den Mond, das Begehren und auch das Blut. Lisa hatte *Aiglon* zugesehen, wie er rasch in die Runde gegrüßt hatte und dann in zwei Sätzen die Stufen zum Eingang hinaufgesprungen war, wie die Drehtür ihn im Funkeln der Glasscheiben geschluckt hatte. Es war vorbei: während *Aiglon* redete, war ihr auf einmal klar geworden, wie unerreichbar er war. Kein noch so großes Begehren hätte ihr je die Kraft gegeben, den Abstand zu überwinden, der sie trennte. Der Bär und die Felsen, die Schlangen und auch seine Ausgelassenheit bildeten einen Raum ohne jeden Zugang. Sie waren, zusammen mit dem Blut und dem Schmerz, der Ort, an dem er sich mit der Leichtigkeit bestimmter schwereloser Fabeltiere bewegte. Und während sie sich an seiner Gegenwart berauscht hatte, war das Unglücksgefühl mit klarer, perverser Bewußtheit gewachsen. »Mir ist schlecht«, hatte sie gesagt.

Es stimmte. Sie war den Schlüssel holen gegangen und ihre eiskalte Hand hatte sich an die Theke geklammert: Sie wußte nicht, daß in dem Register, das aufgeschlagen vor dem Portier lag, das von *Aiglon* besetzte Zimmer ab morgen als frei eingetragen war, daß die Kreuzchen, die seine Ferientage bezeichnet hatten, schroff abbrachen. Sie war langsam die breite, geschwungene Treppe hinaufgestiegen, die mit einem von glänzenden Messingstäben gehaltenen Läufer aus rotem Filz bedeckt war. Das große, farbige Glasfenster schimmerte blau und purpurrot: welch tödliche Müdigkeit.

»Lisa, warte!«

Sie hatte sich umgewandt, am Fuß der Treppe stand Francesco: Dieser einarmige Scheißkerl hatte sie den ganzen Abend mit Beschlag belegt, und ihm war es nicht gelungen, auch nur zwei Worte an sie zu richten. Was kann ich denn dafür? Die Augen sehen ihn von oben an, die Trostlosigkeit ist ein kleiner dunkler Punkt. »Bis morgen?« Francescos Stimme ist beunruhigt, auch er hat Hoffnungen zu verteidigen. »Bis morgen«, flüstert sie, wer weiß, ob er es gehört hat. Und während sie den langen Flur mit den vor den Türen aufgereihten Schuhen entlanggeht, denkt sie, *c'est la vie,* und es kommt ihr vor, als seien darin ihr Unglück und ihre Müdigkeit in einem einzigen Punkt vereint.

Francesco geht, und unter den Palmen sitzt immer noch das dunkelhaarige Mädchen. »Ciao«, sagt sie zu ihm. Auf der Straße fahren die letzten Fahrräder, ein dunkles Auto, dessen Dach im Laternenlicht glänzt, braust lautlos davon. Bis morgen, wiederholt Francesco leise. Der enganliegende hellblaue Badeanzug, die Augen zwischen den nassen Wimpern. Bis morgen, die Finger zwischen Haut und Wolle schieben, bis die feuchte Wärme ihres Körpers zu spüren ist.

In ihr Zimmer eingeschlossen, erforscht die kleine Blonde sich, durch das offene Fenster blinken die noch brennenden Lichter der Rotonda, und sie berührt sich und betrachtet sich mit Hilfe eines Spiegels. Doch dann läßt ihr ein schleichender Ekel, der sich auch einstellt, wenn sie an der Marmortheke des Metzgers vorbeigeht oder die Nonnen vom Martyrium der heiligen Eulalie sprechen, den Spiegel aus den Händen gleiten, und sie schließt das Fenster. Aber nun ist es zu spät, die Schnaken sind schon hereingeflogen.

Die Signora fährt im Auto die menschenleere Uferpromenade entlang, schlaff hängen die Fahnen an den Masten, gespenstisch im Mondlicht. Wegen der kurzsichtigen blauen Augen lenkt ihr Begleiter den Wagen mit vorgebeugtem Oberkörper, der Mond scheint bis in die Risse im Asphalt zu kriechen. Das Auto hält gegenüber von der Badeanstalt, und er möchte sie sofort umarmen, doch sie steigt schon, den Rock raffend, aus: Es ist spät und sie hat morgen eine lange Reise vor sich. Zwei Schatten gleiten leichthin über den Sand, während die Schritte einen kristallklaren Ton auf dem Zement des Laufstegs verursachen. Bis zu der Umkleidekabine, wo die noch feuchten Badetücher an den Haken hängen, Sandkörnchen sich in den Taschen einnisten. Und wie schon so oft in diesem Sommer des Jahres 1939 zieht sie das Kleid aus und legt es auf die Bank neben die Schuhe mit dem Straßbesatz an der Spitze, aber das Kleid ist heute abend schlüpfrig wie Fischschuppen und fällt raschelnd herunter in einem Geräusch wie Regen.

Das ist das letzte Mal, und danach hat der Mann geweint. Ein unbesonnenes, wildes Geräusch, einer, der in jenem Augenblick zufällig draußen an der Umkleidekabine vorbeigegangen wäre, hätte es für den Laut eines Tieres halten können. Sie hat schweigend seinen mageren, von Schluchzern geschüttelten Körper betrachtet, die dunkle Linie der Haare, die wie ein Pfad die ausgehöhlte Brust heraufsteigt. Bald wird die große Angst kommen, und sie findet dieses Weinen erbärmlich.

Der Sommer mit den Engländern

Das Mädchen lehnte hinten an der Wand und wartete darauf, aufgerufen zu werden. Sie trug ein lila kariertes Kleid, und ein großer Piquetkragen umschloß ihren Hals mit der hellen, feinen Haut. Die verschränkten Arme, die wie zufällig oben auf dem Kopf festgesteckten dunklen Haare gaben ihr den Anschein großer Einfachheit. In der Vorlesung habe ich sie nie gesehen, hatte der Professor gedacht, vielleicht kommt sie von außerhalb und ist nicht aus Rom. Das Mädchen hatte bemerkt, daß sie angesehen wurde, und hatte gelächelt, der Professor hatte rasch den Blick abgewandt. Von wegen, nicht aus Rom, die hatte lediglich keine Lust gehabt, am Unterricht teilzunehmen.

Das Mädchen war es leid zu warten, und ab und zu entschlüpfte ihr vor Langeweile ein Seufzer, den sie auch gar nicht zu unterdrücken versuchte. Um sie herum lungerten zwei Studenten, die äußerst interessiert waren an jenen Seufzern oder auch an jeder anderen ihrer Gesten, zum Beispiel, wie sie mit einem Pusten die Haare zurückwarf, die ihr ins Gesicht fielen. Ab und zu wagten sie eine Frage, die sie einsilbig beantwortete, indem sie auf die kurzen gestreiften Söckchen der beiden blickte: Sie fand sie entsetzlich. Statt dessen hatte sie dem Pförtner zugelächelt, als er hereingekommen war, um dem Professor eine Karaffe mit Wasser zu bringen, ein absichtlich ganz reizendes Lächeln. »Sie wissen nicht zufällig, wann die Bar gegenüber zumacht?« hatte sie ihn, leicht den Kopf neigend, gefragt. Aber der Pförtner war alt, und mit den Öffnungszeiten der Bar kannte er sich nicht aus. Schade. Daß die beiden Studenten es wußten, war ihr gleichgültig. Es störte sie sogar.

An jenem Mittwoch im Juni hatte sie sich, als sie heimgekommen war und die Eltern mit den Geschwistern schon bei Tisch saßen, fast ohne den Stuhl zu verrücken auf ihren Platz gleiten lassen. »Einundzwanzig Punkte«, hatte sie gesagt und wußte selbst nicht, wie es hatte geschehen können. Ihr älterer Bruder hatte verblüfft die Gabel auf den Teller fallen lassen. »Einundzwanzig, einundzwanzig«, hatte sie bestätigt. »Siehst du?« Nun schaute sie ihren Vater an und ihre Augen glänzten. »Du hast die Wette verloren.« Und was sie ihm jetzt zuwandte, war ein echtes Lächeln, triumphierend, aber auch ein klein wenig mokant. Voller Schwung in seiner grenzenlosen Zärtlichkeit.

Aber sie hatte nichts erzählt, weder, was sie gefragt worden war, noch, welcher Professor sie geprüft hatte. »Jetzt kann ich endlich in Frieden ans Meer fahren«, hatte sie gesagt, sie hatte keinen Hunger und schüttelte den Kopf, als das Dienstmädchen ihr die Spaghetti anbot. Durch die Gardinen sah sie draußen die Geranien in der Sonne: Ich werde mir den gelben Badeanzug kaufen, hatte sie gedacht, aber Papa zeige ich ihn nicht.

Er hätte ihn bestimmt nicht gutgeheißen. Sie hatte lächeln müssen, als sie daran dachte, wie er sie manchmal in der Öffentlichkeit immer noch »das Kind« nannte und die Leute dann lachten: was hieß hier

Kind? »Ihr Frauen habt wirklich ein unverschämtes Glück…«, hatte ihr anderer Bruder bemerkt. Es lohnte sich gar nicht, ihm zu antworten. »Was gibt es für einen Nachtisch?« hatte sie gefragt. Denn Süßigkeiten konnte sie nicht widerstehen.

Abends, während sie am Fenster zuschaute, wie die kleinen Mädchen des Portiers Ringelreihen um die Laterne tanzten, war ihr die Hand des Professors wieder eingefallen, der Zeigefinger, der auf die Verse deutete *Schiffe sind wir, den eisigen Wellen / ausgesetzt*… Klein und zart war jene Hand mit dem breiten Handteller und den von den kleinen weißen Fleckchen gezeichneten Fingernägeln. »Warum fragen Sie mich das alles, Sie wissen es ohnehin besser als ich«, hatte sie zu ihm gesagt und aufgeblickt, langsam, leicht singend war ihre Stimme aus ihr herausgekommen. Es war der letzte Versuch bei einer katastrophalen Prüfung, aber auch der Reiz eines unvernünftigen Spiels. Sie hatte ja sowieso nichts mehr zu verlieren. »Wenn Sie ab und zu in die Vorlesung gekommen wären, würde es Ihnen jetzt nicht schwerfallen, Metastasio zu erkennen.« Die Augen des Professors, zwei Glasmurmeln ähnlich, fixierten sie und fragten sich, was für eine unverschämte dumme Gans ihm da bloß untergekommen war an jenem Morgen, bei der Hitze. Sie hatte überstürzt den Blick wieder gesenkt, die kleine, zarte Hand lag immer noch dort, auf dem offenen Buch. *Stürmische Winde sind unsre Gefühle / Jedes Glück eine Klippe / Das ganze Leben ein Meer,* hatte sie gelesen, aber die Verse waren ins Leere gefallen, wie Wasser, das dahinplätschert, unvorhergesehen und unbekannt. »Sagen Sie wenigstens, daß die Verse schön sind!« war die Stimme über ihrem Kopf herausgeplatzt, während die Hand ihr das Buch unter die Nase schob. »Lassen Sie mich durchkommen«, entschlossen hatte sie das Gesicht gehoben, »lassen sie mich durchkommen, ich werde sowieso nie unterrichten.« Weiße Wellen aus Licht stiegen aus dem Hof der römischen Sapienza-Universität auf, überfluteten matt die Fensterscheiben, nun schienen ihr jene Augen nicht mehr so weit weg, etwas, das Neugierde glich, durchzog sie, vielleicht auch ein Leid: Wir kämpfen alle gegen die Langeweile, eine schreckliche, blindwütige Schlacht. »Lassen Sie mich durchkommen«, hatte sie wiederholt, »dann kann ich endlich ans Meer fahren.« Die letzten Worte hatte sie nur noch geflüstert. Dies war ihre letzte Karte, sie vertraute auf das lila Kleid mit dem großen heuchlerischen Schulmädchenkragen. Und war jenen Versen so unendlich fern.

Vielleicht hatte die Ironie in der Stimme sie gerettet, eine auch für ein sehr aufmerksames Ohr kaum wahrnehmbare Ironie. »Einundzwanzig«, hatte sie gehaucht, als sie an den beiden Studenten vorbeigegangen war, und hatte große Lust gehabt, herauszulachen.

Abends hatte der Vater ihr die tausend Lire gegeben, die sie bei der Wette gewonnen hatte. »Auch wenn du sie nicht verdienst«, hatte er gesagt, »ich habe dich nie mit offenem Buch gesehen.«

»Bedeutet das nicht, daß man gut ist? Besser als alle anderen?« Und das Lachen, das ihr seit dem Morgen in der Kehle saß, hatte sich ausgebreitet wie eine Farbe, ein Regenbogen.

Gott, welche außerordentliche Art zu lachen, man bekam Lust, es einzufangen, sich seiner zu bemächtigen... Der Vater sah ihr zu, wie sie sich die tausend Lire in die Tasche stopfte: eine Tochter, die es verstand, den geheimsten Erwartungen zu entsprechen, dazusein, wenn die Dinge ringsum ungreifbar, unscharf, leblos wurden. Er wäre dann bis ans Ende der Welt gegangen, um ihre Schritte, ihre plötzliche Heiterkeit, ihre Umarmungen zu suchen. Sogar ihre Tränen, die sie so rasch weinte und so schnell wieder vergaß. Jetzt hatte sie sich auf seinen Schoß gesetzt und küßte ihn, leicht, abgelenkt von dem Gedanken an den gelben Badeanzug. Ihr Mund roch noch nach den Aprikosen, die sie gerade gegessen hatte, der zu große Kragen schabte an seinem Gesicht. »Komm, Chiara, du bist doch kein Kind mehr«, hatte er gesagt und sich losgemacht. Sie hatte ihm in die Halsbeuge gelacht: Sie wußte es genau, deshalb amüsierte es sie.

Das Mädchen war ans Meer gefahren. In ihrer zweistöckigen Villa waren in jenem Jahr die Stuckverzierungen frisch in einem blassen Rosa gestrichen worden und im Salon hatten sie zwei neue Ledersofas vorgefunden. Aber sowohl sie als auch ihre Brüder saßen weiterhin lieber auf dem alten Sofa im Eingang, und noch lieber waren ihnen die blauweißgestreiften Liegestühle am Hinterausgang der Küche. Im Garten gab es auch einen zementierten Tennisplatz und eine Schaukel, dazu ein *berceau* mit Princess-Margareth-Rosen.

Die Badeanstalt lag gegenüber vom Gartentor, und man brauchte nur über die Straße zu gehen, um zu der Umkleidekabine zu gelangen, deren geräumige Terrasse dem Meer zugewandt war. Manchmal verabredete das Mädchen sich mit ihren Freundinnen, um am Meer zu essen, dann kam zur Mittagszeit das Dienstmädchen mit einem Köfferchen, in dem in Metalldosen panierte Koteletts und in einer anderen Salat oder Reisbällchen lagen. Während sie aßen, zerrte der Wind an der Decke, die mit Klammern am Tisch befestigt war, und hinterher nahmen sie die Teller fort und spielten auf derselben Tischdecke zwischen den Brotkrümeln Karten. Das Meer glitzerte, und der glühende Sand verbrannte einem die Füße, aber unter der Veranda war es kühl, und ihr Gelächter hallte weit durch die Stille des Nachmittags. Oh, ihr Jubel, wenn wieder ein Spiel gemacht war.

Daß all dies, Jahr für Jahr wiederholt, unendlich monoton sein könnte, hatte das Mädchen bis zu jenem Sommer noch nie gedacht. Sie hatte sich den gelben Badeanzug mit zwei schmalen Trägern gekauft, die ein Ring aus Bein zusammenhielt, und ihr schien, als bliebe ihr in jenem Juni nichts mehr zu wünschen übrig. Manchmal, wenn sie sich nach dem Baden in die Sonne legte und die Augen schließen mußte, ließ sie das Licht zwischen den nassen Wimpern Funken sprühen und stellte sich vor, daß alle Träume ihr gewährt würden. Es genügte, wenn sie Musik aus einem fernen Grammophon hörte, um sich in herzzerreißende und zugleich aufregende Abenteuer verstrickt zu sehen. »Chiara, gib mir das Handtuch, es ist meins.« Sie dreht sich um, setzt sich auf, die Locken gleiten ihr leicht an den Ohren herunter, von weitem sieht sie Sebastiano. »Hier«, sagt sie, dem Bruder das Handtuch hinstrekkend, den Blick auf den Jungen dort hinten, der in kurzen Hosen und Sandalen auf sie zukommt. Sie müßte froh sein, daß Sebastiano sie in dem neuen Badeanzug sieht; sie schaut zu, wie der Sand um seine Sandalen wirbelt, ihn beim Gehen stört, wie er stehen bleibt, um ihn abzuschütteln. Die Unduldsamkeit, der plötzliche Mangel an Freude, stellen die sich etwa wegen jener unerbrochenen Träume ein? Wegen jener Musik? Oder weswegen? Die Brauen verbinden sich zu einer horizontalen Linie, der Wollbadeanzug kratzt auf der Haut.

Eines Morgens, als sie bäuchlings ausgestreckt im Sand lag, hatte sie den Professor kommen sehen. Trotz seines neuen, wunderbaren, breitkrempigen Panamahutes hatte sie ihn sogleich erkannt. Die ganze Gruppe, außer ihm noch drei Personen, war kaum zu übersehen, wie sie unsicher zwischen den Kabinen herumirrte. Ungeniert und selbstbewußt, aber auch mißtrauisch, wie gerade aus einem Gehege gekommene Rehe. Sie redeten Englisch, unterhielten sich laut, und das Mädchen, das bei ihnen war, wurde ununterbrochen um etwas gebeten: *Sybil, where is the key? Sybil, please, call the boy, Sybil, don't be angry ...*

Den ganzen Vormittag hatte Chiara damit verbracht, ihn zu belauern, hin und her gerissen zwischen Begierde und Scham. Sie hatte gesehen, wie er in einer gestreiften Badehose aus der Kabine trat, der Brustkorb schneeweiß, weich, wie manchmal bei alten Leuten oder Kindern, und seine fast runden Augen, belästigt von all dem Licht, zwinkernd umherblickten. Sie hatte gesehen, wie er ins Wasser ging, bei der Berührung mit der Kälte zurückschreckte, sich dann kopfüber hineinwarf und mit weit ausholenden Armbewegungen wie blind davonschwamm. Wie er sich in die Sonne legte und das Mädchen namens Sybil ihm den Rücken mit Öl einrieb. Und als sie ihn endlich allein zur Bar der Badeanstalt hatte hinübergehen sehen, war sie unvermutet vor ihm aufgetaucht. Durch ein seltsames

Spiel des Gedächtnisses waren die Verse, die ihr an jenem Morgen nichts gesagt hatten, nun wieder klar und deutlich auf ihren Lippen, wie eine Musik.

Der Professor war jung, er hatte den Ruf mit nur neunundzwanzig Jahren erhalten, und auch in einer Familie wie der seinen wurde dies als recht außerordentliches Ereignis betrachtet. Jetzt war er zweiunddreißig, und das Mädchen, das ihm den Rücken mit Öl eingerieben hatte, war bis zu jenem Vormittag Ende Juni so gut wie mit ihm verlobt. Sybil war Australierin und studierte klassischen Tanz, morgens saß sie in exotischen Morgenröcken, deren leuchtende Farben zusammen mit den Blumen in Anns und Jeremys kleinem Garten eine kostbare Arabeske ergaben, beim Frühstück. Sie lachte oft und verstand es, wunderbare Obstsalate zuzubereiten, doch sogar Ann und Jeremy waren erstaunt über ihre Freizügigkeit; denn Sybil lief halbnackt durchs Haus, und es bereitete ihr gar keine Schwierigkeiten, wenn sie im Bett des jungen italienischen Professors vorgefunden wurde. Sie schien sogar nicht abgeneigt, sich während einer momentanen Abwesenheit von Ann auch in Jeremys Bett einzufinden, falls es ihm angenehm gewesen wäre.

Wahrscheinlich würde der Professor, *Davy,* wie sie ihn nannte, indem sie die Silben leicht zwischen ihren schönen, strahlend weißen Zähnen hindurchschlüpfen ließ, sie nie heiraten; und dann würde der Krieg sie gewiß trennen. Doch sie war überzeugt davon, daß sie ihn liebte und daß er sie, wenn auch auf unstete Weise, wiederliebte. Auf englisch hatte sie Davide gewarnt, als er ihr mit einiger Verwirrung von seiner neuen Empfindung für Chiara erzählt hatte: Er begehe gewiß einen Fehler. Der junge Professor hatte ihr schweigend zugehört, er fühlte sich schuldig, weil er so glücklich war, und vielleicht hatte sie auch recht, vielleicht benahm er sich wie ein Dummkopf. Er hätte so lang wie irgend möglich diese Sybil mit den kupferfarbenen, in der Morgensonne leicht knisternden Haaren an seiner Seite behalten sollen. Die Zukunft war sehr ungewiß, selbst die Erde, auf die sie ihre Füße setzten, konnte morgen unbegehbar und feindselig werden. Die Bäume konnten umstürzen und sie erschlagen, ein Orkan den Pinienhain erschüttern, die Zimmer verwüsten, in die soeben die Sonne hereinkam und auf die zerwühlten Betten, auf das weiße Porzellan des Waschbeckens fiel, und der hauchfeine Staub aus zertretenen Schalen und Piniennadeln, der jetzt die Pineta bedeckte wie ein Teppich, konnte ein Wirbelsturm werden und sie fortreißen. Im Nu konnte das Feuer die leichte Seide jener Morgengewänder verzehren, die leuchtenden Farben in eine graue Wolke verwandeln und der Schmerz so groß werden, daß man die Nacht und die Sterne verfluchen würde. *You're wrong...*, in Sybils Stimme zittert das Bedauern über die plötzlich unterbrochenen Ferien, über das Ende ihres gemeinsamen Lachens, der nicht zu verachtenden Genüsse, die Seide gleitet über ihren festen Körper, laue Sonnenwärme geht von ihr aus, jemand hat Haydns Konzert in Es-Dur auf dem Grammophon aufgelegt, und der Klang der Trompete erhebt sich freudig zwischen den Kressebluten, Jeremy ist in der Tür erschienen und hält eine Traube in der Hand. Die erste des Jahres. Er kennt *Davy,* seit dieser gleich nach seiner Promotion zum erstenmal nach Brighton gekommen war, und hält diese ganz neue Geschichte für einen *nonsense.* Nur seine Frau, damit beschäftigt, drei Tassen auf einem Bambustischchen zu malen, äußert sich nicht dazu, ein leichtes Lächeln macht alles möglich. Sei es nun gut oder schlecht.

Eines Nachmittags geht der Professor zu Chiara nach Hause, eingeladen zum Tee. Er hat dem Wunsch, zu sehen, wo sie ißt, wo sie schläft und abends im Liegen das Meer betrachtet, nicht lange widerstanden. Er hat sich im Gartentor geirrt und ist durch den Dienstboteneingang hinter der Küche hereingekommen, wo die weißblau gestreiften Liegestühle stehen und die Spiele unordentlich auf dem mit einem Wachstuch bedeckten Tisch verstreut sind.

»Ja, wieso kommst du denn hier herum?« ruft sie, ihm in einem schönen, duftigen Leinenkleid entgegeneilend. Es ist offensichtlich, daß sie ihn gern von einer ganz anderen Seite hätte eintreten lassen, um ihm das Beste zu bieten, was der Garten hergibt. Sie ist blaß, und die Aufregung erhellt ihr Gesicht wie der blinde, wunderbare Glanz des Mondes, in dem man sich verirrt und in die Verirrung geführt wird. Sie hat ihn bei der Hand genommen und ihm das Haus, den Tennisplatz, den *berceau* aus Princess-Margareth-Rosen gezeigt. Er hat versucht, mit einem Schläger, der auf einem Stuhl liegengeblieben war, ein paar Bälle über das Netz zu bringen, hat mit den Seilen der Schaukel gespielt und sich nach dem Namen einiger Pflanzen erkundigt, dann hat er die kleine Hand, dunkel wie ein Mäusepfötchen, wieder in die seine genommen und hat dorthin zurückkehren wollen, wo die gestreiften Liegestühle hinter dem Haus stehen. Sie hat über diese Extravaganz gelacht, wo es doch so viele schöne Stellen im Garten gibt. Auch die Mutter, heruntergekommen, um den Professor kennenzulernen, macht ihnen Vorwürfe: »Setzt euch auf die Terrasse«, sagt sie, »oder in den *berceau.*« Und dieser Professor, der sich damit zufriedengibt, auf wackeligen Liegestühlen zu sitzen, die nur noch mit knapper Not zusammenhalten, verblüfft sie, gelinde gesagt. Wer weiß, wer er ist, woher er kommt. Alles nur wegen dieser fixen Idee ihres Mannes, daß auch Chiara einen akademischen Abschluß machen soll.

Der Vater hat den Professor auf der Terrasse zu einem Likör eingeladen, und der Professor hat sich bemüht, alle Fragen über Carducci erschöpfend zu beantworten, auch wenn er es tödlich langweilig fand. Junge Burschen, zum Tennisspielen gekommen, haben Chiara zu einem Doppel gerufen. »Geh nur«, hat ihr Vater gesagt, »ich leiste dem Professor inzwischen Gesellschaft.« Sie ist achselzuckend davongegangen, ihr ist, als breche der Abend über sie herein und reiße sie fort in einem wirren Strom aus Schwalben und Schreien. Sie weiß nicht, daß die Traurigkeit dieses Abends sich in der Erinnerung in schreckliche Sehnsucht verwandeln wird. Nach dem einzigen Augenblick, in dem Davide sie, als sie vom Tennisspielen zurückkam, in den Schatten ziehen wird, dort hinter der Küche, wo die weißen Streifen der Liegestühle aus dem Dunkel auftauchen, und sie lange küssen wird, ohne Unterbrechungen, wie ein Verdurstender. Eine Liebe, die stärker als alles andere zu sein scheint, ruppige Brüder, zudringliche Freunde, Vater und Mutter auslöscht. Die Stimmen, die Gegenstände verklärt, die sich an den ungeahntesten Orten einnistet und dort wartet. In alle Ewigkeit.

»Von Carducci scheint er mir nicht sonderlich begeistert zu sein, dein Professor«, hatte der Vater abends beim Kaffee zu ihr gesagt, während sich der Mond zwischen den Oleanderbüschen im Meer spiegelte, »vielleicht ist er noch zu jung, um gewisse Werte schätzen zu können.«

Sie hatte nichts zu erwidern gewußt, denn wenn sie die Dichter genannt hätte, die Davide liebte, hätte ihr Vater zu lachen angefangen. »Metastasio gefällt ihm sehr«, hatte sie gesagt. Das schien ihr ein Punkt zu seinen Gunsten, etwas, worüber die beiden sich verständigen konnten.

»Pah, Metastasio... Nichts im Vergleich zu Carducci«, und der Vater hatte begonnen zu deklamieren: *»Die Treue der Liebenden / ist wie der Phönix Arabiens, / daß es ihn gibt, sagt jedermann, / doch wo er ist, weiß niemand...* Hört sich doch an wie ein Schlager.«

Sie hatte sich erhoben, ihre Ohnmacht verursachte ihr Magenschmerzen. Die Mutter hatte das Täßchen auf dem Tisch abgestellt und sah sie an, man hörte die Grillen und das Quietschen der Angeln des Gartentors: Ihr Bruder wollte gerade gehen. »Warte auf mich!« hatte sie gerufen.

»Kommt nicht so spät heim«, hatte der Vater gesagt, dann war er ihr mit dem Blick gefolgt, ein weißer Fleck, der langsam zwischen den dunklen Kugeln der Oleanderbüsche verschwand. Sie verliert noch all ihre Unbeschwertheit, hatte er gedacht, hoffentlich reist dieser Professor bald ab.

Der Professor dagegen dachte gar nicht daran abzureisen. In dem für ihn nun viel zu großen Bett dachte er einzig und allein an Chiara, und manchmal versuchte er, sie sich beim Aufwachen in dem Morgenrock vorzustellen, den Sybil liegengelassen hatte. Zuweilen überfiel ihn die Idee, sie zu heiraten, und dieser Gedanke erschien ihm ein wenig erschreckend, aber auch äußerst anziehend. Seine Liebe zeigte sich dauernd, auch wenn Chiara nicht da war, kam unwiderstehlich über seine Lippen mit dem Lächeln, das ihm nun so leicht fiel. Am Strand, wo er mit Ann und Jeremy zusammensaß (unmöglich, sich unter ihre Freunde zu mischen, diese Burschen, die Ball und Karten spielten, sich ins Wasser warfen, daß es im Umkreis von fünf Metern spritzte), sah er sie unverwandt an und wartete auf den Augenblick, in dem sie den Kopf heben und ihm zulächeln würde. Ann und Jeremy verfolgten dieses ganze Schauspiel ziemlich ratlos, sie hörten ihn im Bad singen, sahen ihn auf der Wiese liegen mit Augen, die sich nach oben ins Leere verloren, hörten ihm zu, wenn er in allen Einzelheiten etwas beschrieb, was Chiara betraf. Ein Kleid, einen Satz von ihr, eine bis zu diesem Tag verborgen gebliebene Besonderheit des Gesichts oder der Haare. Manchmal konnten sie es auch amüsant finden, doch weit häufiger fanden sie es monoton, und ein wenig langweilig.

Dies war für den Professor ein besonderer Sommer. Im Januar war er, wegen eines Satzes, den er einem seiner Studenten ins Heft geschrieben hatte, einen einfachen Kommentar über den Gebrauch der Höflichkeitsform »Ihr«*, in Gefahr gewesen, seinen Lehrstuhl zu verlieren. Nach der ersten Bestürzung (er hatte sich nie als Antifaschisten betrachtet) hatte er ein seltsames, aber zugleich glückliches Gefühl von Instabilität emp-

* Ital. *Voi:* Unter den Faschisten gebräuchliche Anrede (Anm. d. Übers.)

funden. Also war doch nicht alles schon geplant, festgelegt, vorhersehbar. Was war denn sicher? Das Rad begann, sich noch einmal zu drehen, und morgen hätte er wie einer seiner Studenten dastehen können, nichts und alles vor sich, die unendliche Vielfalt der Möglichkeiten, unter denen man wählen mußte. Das Leben hatte gerade erst angefangen, und vielleicht war das Mädchen, das an jenem Junimorgen aus dem gedämpften Licht der Fensterscheiben ausgeschlüpft war wie ein Schmetterling und ihn dann auf so bewundernswerte Weise ausgespielt hatte, das »Zeichen«. An jenem Tag hatte er sich gedemütigt gefühlt, weil er vor seinen Studenten eine so lächerliche Figur gemacht hatte, jetzt dagegen kam es ihm so vor, als sei, wie er das Buch geöffnet hatte und sein Zeigefinger auf die Verse der *Olimpiade* gefallen war, nichts zufällig gewesen. Es war die Gelegenheit, die sich einmal im Leben bietet, und dann vielleicht nie mehr. Die man nicht verpassen darf, niemals verpassen darf.

Für sie hatte er sich einen Smoking mit weißer Jacke gekauft, ein Fahrrad gemietet. Er hatte auf seinen neuen Panama verzichtet und lief ohne Kopfbedekkung in der Sonne herum, glücklich, die Luft in seinen Haaren zu spüren. Ann hatte ihm einige Tanzstunden gegeben, und er war begeistert. (Er würde auch nach jenem Sommer weitertanzen und neue Schritte hinzulernen. Dann würde er, wie bei vielen Dingen in seinem Leben, plötzlich damit aufhören). Chiara in der Öffentlichkeit im Arm zu halten, erregte ihn, er spürte, wie sie sich an seiner Brust ihren Träumen hingab, den geheimsten und vielleicht törichtsten. Dann drückte er sie fester an sich, so als hätten jene Träume sie sonst weit von ihm forttragen können. Ihm gefiel die erstickte Stimme an seiner Jacke, der Atem, der Herzschlag. Die gar nicht allzu glatte, an den Ellbogen rauhe Haut.

Ungeduldig wartete er in der stehenden Hitze des frühen Nachmittags auf sie, auf das Fahrrad, das rasch zwischen den menschenleeren Badeanstalten die waagerechte Linie des Meeres durchschnitt. Sie brauchten nicht weit zu gehen, der erste Weg, der in die Bäume hineinführte, war immer der richtige, um zu rasten und sich auf den Boden zu setzen. Das Gras war vertrocknet und stach durch die Kleider hindurch, zerkratzte die nackten Beine, weich waren die Blütenblätter der Heckenrosensträucher in der Sonne, unfern winselte kläglich ein Kettenhund. »Ich liebe dich, Chiara«, sagte er in ihren Mund hinein. Chiaras große, dunkle Augen, ekstatisch in der Hitze, schlossen sich langsam. Der verschwitzte Kopf lag klein in seinen Händen, durch die Haare fühlte er die Verletzlichkeit der Knochen. Man mußte ihn behutsam auf den Boden legen, aufmerksam Steinchen und dürre Zweige meiden.

Auch für Chiara war es ein besonderer Sommer. Eine Zeit, die sie nicht so leicht würde vergessen können und die noch jahrelang im Familienjargon als der »Sommer mit den Engländern« bezeichnet werden sollte. Doch die Gründe waren ganz andere. In dem Augenblick, in dem sie bemerkte, daß der Professor in sie verliebt war, hatte ihre Dreistigkeit keine Stützen mehr gehabt; die Liebe machte sie angreifbar, nahm ihr jeden Schutz. Welche Kraft hatte ihre Unwissenheit noch, wenn an die Stelle des Spiels allmählich jene ungreifbare, unerklärliche Bangigkeit trat, einen unbekannten Raum einzunehmen, einen Raum aus Luftspiegelungen und Leere, in die jeder Augenblick stürzen konnte? Wenn sie zu Ann und Jeremy ins Haus kam und überall Unordnung herrschte, abgesehen von der peinlichen Ordnung der Bücher und Papiere, fühlte sie sich in einen Bann gezogen. Aber verloren. Sie setzte sich zwischen Kresse, Akelei und die blauen Blüten der Strandnelken und bezeigte lebhaftestes Interesse an allem, an den Blumen, den Büchern, Anns Rötelzeichnungen. In Wirklichkeit war ihr alles fremd, es hatte den Zauber von Dingen, die durch ein Fenster erspäht werden und uns in keiner Weise gehören, deren Dichte oder Beschaffenheit wir nicht kennenlernen können. Die Schatten, das Licht.

Unterwegs, wenn sie eilig den Pinienhain durchquerte, kam es ihr vor, als sei das Glück wie ein Wind, als umstreiche es ihren Körper bis zu den Fingern, die die Lenkstange des Fahrrads hielten. Sie fuhr einem außerordentlichen Abenteuer entgegen, und die Füße konnten gar nicht so rasch in die Pedale treten, wie sie gewollt hätte, der Rock flatterte, blähte sich, das Rad zeichnete eine Schlange in den Staub, die sich beim Gesang der Zikaden entrollte. Schneller, immer schneller. Da war der Pfahl mit dem weißen Streifen, da war das Gartentor des Hauses, das leerstand. Da war die Kurve, das vom Sturm abgerissene Schild. Der Kampferbaum. Atemlos hielt sie inne, dort stand das Haus, ihr gegenüber, mit niedrigem Dach und weit geöffneten Fenstern, auf dem Rasen Anns Staffelei. Und schon war das Glück plötzlich etwas anderes geworden; als hätte sie gar keine Lust gehabt, dort anzukommen, sei aber von jemandem gezwungen worden. Nun war es zu spät zum Umkehren – aber hätte sie das je getan? Ann rief schon, zum Haus hin gewandt, sie stieg vom Fahrrad ab und näherte sich der Staffelei auf dem Rasen. Ann redete mit ihr in ihrem radebrechenden Italienisch, und sie unterbrach sie nur, um zu nicken oder zu staunen, voller Bewunderung, während Davide, *Davy*, wie sie ihn, Ann und Jeremy nachahmend, nannte, ungeduldig darauf wartete, daß sie sich aus jener Unterhaltung befreite. Und je weiter Ann ausholte, um so nervöser wurde er, sie spürte jene Gereiztheit über sich wie eine Wolke, die immer größer wurde, eine Wolke unbekannter Natur, vielleicht von der Torheit und Eitelkeit ihrer zustimmenden Antworten hervorgerufen.

Sie liefen in einem unglaublichen Aufzug herum in jenem Haus, in knielangen Shorts und bunten Hemden, Sandalen, die sie auf einer weiten Reise in Peru gekauft hatten und die kleinen Booten glichen. Die Teekanne war stumpf, und in den Tassen fanden sich noch Spuren des Tees der vergangenen Tage. Alle verständigten sich mit dauernden Anspielungen, und unter das Italienische mischten sich englische Sätze, der Tee war heiß, sie war es gewohnt, ihn mit Zitrone zu trinken, tat aber trotzdem so, als wäre die Milch, die Ann mit soviel Selbstverständlichkeit hineingoß, ganz nach ihrem Geschmack. Sie trank langsam, ein, zwei Tassen, wobei sie jedesmal darauf wartete, daß die Zeichnung auf dem Grund der Porzellantasse zum Vorschein käme. Eine Nachtigall, ein Kolibri auf einem Pfirsichzweig. Einmal ein Schwan mit einem Fisch im Schnabel.

In jenem Haus, wo Ann und Jeremy sie diskret allein ließen, schien das Begehren, das sonst immer zwischen ihnen in der Luft lag wie Blütenstaub, von ihr abzufallen und sie stumm und verlegen zurückzulassen. Also ging sie rasch von einem Zimmer ins andere; es waren Blicke, Schritte, um vor dem Spaziergang im Pinienhain noch eine Jacke zu holen, eine Mütze. Ihre Augen streiften neugierig in den Zimmern umher, sie nahm das Licht wahr, das von den niedrigen Räumen, den weit geöffneten Fenstern und bunten Stoffen herrührte. Manchmal entdeckte sie ein noch ungemachtes Bett, dessen Decken bis auf den Boden herunterhingen. Nie hätte sie so etwas für möglich gehalten. Oder Haare im Waschbecken im Bad. Eines Tages hatte sie eine Rötelzeichnung gesehen, die Davide nackt zeigte.

Doch wenn sie wieder aufs Fahrrad stieg, um nach Hause zu fahren, kam es ihr jedesmal so vor, als sei der Nachmittag wunderbar gewesen. Die kühle Luft strich ihr über Gesicht und Arme, die ersten Fledermäuse verschlangen pfeilgeschwind die abendlichen Insekten. Sie trat eilig ins Haus und beugte sich über ihren Vater, um ihn zu küssen, nur flüchtig, weil sie Angst hatte, er könne den Geruch des Nachmittags an ihrem Gesicht riechen. Sie schloß sich im Bad ein und blieb lange vor dem Spiegel stehen, um ihre Schönheit zu prüfen, um die Liebesszene zu spielen, die sie nachmittags nicht hatte spielen können. Die sie niemals spielen würde. Sie schrie mit ihren Brüdern herum, der viele Tee hatte sie erregt, sie ging in die Küche hinunter und nahm sich ein Stück Brot, eine übriggebliebene Scheibe Braten. Sie betrachtete die Sterne und dachte nun mit einer anderen Verwunderung an jenes ungemachte Bett. Die kleinen Hände mit verschwitzten Innenflächen.

Manchmal gingen sie ins Kino, sie beide und wenige andere im Saal, dessen Dunkel nur vom Lichtbündel des Projektors durchschnitten wurde, während die

Leute draußen auf den breiten Gehwegen der Uferpromenade entlangklapperten. Der Film war letztendlich immer recht unwichtig, und zwischen einen Kuß und den anderen, Hände, die sich emporrankten und ankamen, ankamen, bis es einem den Atem nahm, fügten sich die Bilder ein wie Traumsplitter, graue Lichter riesiger Vergrößerungen, Blitze und schmale papierne Schatten. Ab und zu drehte sie sich, von plötzlicher Neugierde gepackt, zur Leinwand hin; dann war es wieder, als würde sie aufs neue in Davide eintauchen, ein Silberfisch, ein Hase im Kornfeld. Clark Gable, Pierre Blanchard, Marika Rökk, Gaby Morlay zogen wie im Spiel einer geheimnisvollen Laterna magica an ihr vorbei, während ihre Stimmen kreischten, lachten, weinten. Sie entschwanden in der Schlußmusik zwischen dem Klappen der hölzernen Sitze.

Bis zu dem Nachmittag von *Marguerite Gautier*. Da hatte sie sich, als sie nach vorne blickte, nicht mehr losreißen können von dem riesigen Gesicht, das von einem geräuschvollen Lachen erhellt war. Einem strahlenden, unwiderstehlichen Lachen, das plötzlich verstummte. Sofort war alles anders gewesen, und sie mußte den ganzen Film sehen, ihn Sequenz für Sequenz verfolgen, durfte kein einziges Wort verpassen. Als wäre ihre Erregung plötzlich auf jene weißgekleidete Gestalt übergegangen, in jenes unerfüllbare, leuchtende Glück, auf das so viel Verzweiflung folgen sollte: »Für immer Deine Marguerite Gautier.« Oder fühlte sie sich vielleicht selbst wie die Kameliendame in jenem üppigen Blumengarten, mit weißem Kleid und einer Unwürdigkeit, die kein Preis wettmachen konnte, auch nicht ihre Schönheit?

Hinterher hatte sie die ganze Geschichte wissen wollen: die Liebe, das Opfer, die Schwindsucht. Davide hatte es nicht für möglich gehalten, daß sie sie nicht kannte, und hatte geduldig zu erzählen begonnen. Ohne jede Begeisterung, er haßt es, Handlungen zusammenzufassen, er haßt Geschichten. Sie gehen langsam, aus den Gärten klingen helle Stimmen herüber, die Zikaden unterbrechen noch in Abständen die Melodie des Abends, Ameisen kriechen über schattig laue Mauern. Die Geschichte, die Davide erzählt, entfaltet sich gleich einer jener Bilderrollen, wie sie die Schausteller auf öffentlichen Plätzen erläutern. Eine Geschichte voller Tränen und theatralischer Überraschungen. Und während sie ihm versunken lauscht, in Wirklichkeit abgelenkt durch wer weiß, was ihr durch den Kopf geht, erfaßt ihn eine seltsame Empfindung. Zum erstenmal ist es, als sähe er sich von außen, als hörte er seine Worte, sähe seine Gesten. Es kommt ihm so vor, als sähe er sogar seine Lippen, während er »Plessis« sagt. Was tut er da? Wovon redet er bloß mit diesem Mädchen? Ist das die unvorhergesehene Gelegenheit, das Mögliche? Ist das das »Zeichen«? Sie wartet darauf, daß er weiterspricht, steht da auf dem Bürgersteig und lutscht an einer Blüte, die sie von der Geißblatthecke abgerissen hat; es gefällt mir nicht, wie sie sich kleidet, denkt er, sie hat keinen Sinn für Farben. Vielleicht sollte er es ihr sagen, ihre Krägelchen sind lächerlich.

»Also, wie hieß sie, hast du gesagt, Alphonsine Dussy?« Ein Blütenblatt ist an ihrer Lippe hängengeblieben.

»Alphonsine Plessis«, verbessert er sie geduldig.

»Ach ja ...«, lächelt sie, »Alphonsine Plessis.« Eifrig entläßt sie beim Wiederholen die Silben eine nach der anderen aus ihrem Mund.

Sie hat nichts bemerkt, ist nach Hause gekommen, und schon ruft der Gong zum Abendessen, ihr ist eingefallen, daß sie ihr Kleid bügeln lassen muß. Im Palace, das seit kurzem wieder Savoia heißt, ist eine Soirée (in letzter Minute hat Davide gesagt, daß er sie nicht begleiten könne), und sie möchte das seegrüne Tüllkleid anziehen. Ein Kleid, das den Rücken freiläßt, wo die Muskeln zart die sonnengebräunte Haut spannen. Sebastiano wird beim Tanzen seine vor Hitze und Aufregung schweißnasse Hand darauf legen, sie wird ihm die Geschichte von Marguerite Gautier erzählen. Ein leichtes Gefühl von Beklemmung in dem mit Paaren überfüllten Saal. Sebastiano wird sie auf die Terrasse hinausführen, wo sie schweigend dem Walzer zuhören, den jemand auf den Tasten eines Flügels hämmert.

»Gott sei Dank taucht er jetzt ab und zu wieder auf...«

»Wer?«

»Sebastiano«

»Den seh ich doch fast alle Tage!«

»Und wo?« Wie schlecht du lügst, kleine Chiara, der Vater schlägt die Zeitung auf, der Tag ist grau, wenig geeignet für das Meer. »Kinder, schaut zu, daß ihr nicht so viel Lärm macht.« Besonders die Kleineren sind an solchen Tagen schwer auszuhalten, Dutzende von Malen werden Pläne gemacht und wieder verworfen; der fallende Regen durchnäßt hier und dort den Stoff der Liegestühle, man stolpert über die auf dem Boden vergessenen Spiele.

»Wieso interessierst du dich jetzt auf einmal für Sebastiano?«

»Na, hör mal, sollte es einem etwa egal sein, mit

wem die eigenen Kinder zusammensind... Er war doch dauernd hier, früher.«

»Gefällt er dir so sehr?« Provozierend schaut sie ihn an, aggressiv, die Anspannung dieser letzten Wochen hat ihr Gesicht schärfer gemacht. Die Augen sind heute morgen trüb, spiegeln ein Licht, in dem Himmel und Meer verschwimmen. Etwas Schlaffes liegt in der Luft, erloschene Fröhlichkeit, die Ferien sind zu Ende, und man spricht wieder vom Studium, aus Osteuropa kommen merkwürdige Gestalten mit Haaren, die bis auf den Kragen reichen, in zerknitterten altmodischen Anzügen aus grobem Stoff. Sie kommen aus Städten wie Katowice, Cernopol und fragen bei den Hotelportiers nach, ob es Arbeit für sie gibt. Auch bei Ann und Jeremy sind zwei sonderbare Brüder aufgetaucht, die Faden. Einer ist Naturforscher und sucht Nachtfalter, der andere beschäftigt sich mit Musikinstrumenten, die er nach alten Vorlagen nachbaut. In ihrer Jugend haben sie am Hof des Zaren gelebt, und der Ältere ist wegen Unbotmäßigkeit in Sibirien gelandet. *Nepovinovenie,* sagt man auf russisch. Gelassen sitzt er in dem kleinen Garten, wo die Kresse zu welken beginnt und die Schnecken durchs hohe Gras kriechen, und erzählt, wie damals die Verurteilten auf dem Vogelhügel in Moskau zusammengetrieben wurden. Er aber, sagt er, hatte sich an jenem Tag leicht gefühlt, hatte gar keine Angst gehabt. Es war die Gewißheit gewesen, daß das alles bald zu Ende sein würde, die Zarenherrschaft, das Elend, die Ungerechtigkeit. »Jaméz désespérer«, sagt er in schlechtem Französisch. Sein Bart ist schütter, grau, der Speichel fließt ihm in die Zahnlücken, er muß ihn ununterbrochen in den Mund zurücksaugen. In Sibirien, erzählt er, hat er seine erste Laute gebaut, eine monatelange Arbeit, nun will er versuchen, aus Pinienholz eine Flöte zu schnitzen. Er hat schmale, sehr lange Hände mit schmutzigen Fingernägeln, Spinnen gleichen die Hände auf den Knien. Ann und Jeremy haben beschlossen, den beiden Brüdern ihr Haus den ganzen Winter zu überlassen, sie selbst kehren nach Brighton zurück. »Hier ist es nicht mehr wie früher«, sagt Ann zu Chiara gewandt. Es ist das erste Mal an jenem Nachmittag, daß jemand das Wort an sie richtet, und Chiara zuckt zusammen, als wäre sie aus einem Traum gerissen worden. »Warum?« fragt sie; denn ihr kommt es so vor, als habe sich nur sehr wenig verändert. Ann schaut sie an, lächelt ihr wortlos zu, ein Lächeln, das nichts bedeutet, nur ein wenig Mitleid vielleicht. Ein Brief von Sybil ist angekommen, in dem sie schreibt, daß in London alle nur noch von Krieg reden, was sehr langweilig sei, sie habe sich für einen Kurs als Rotkreuzschwester angemeldet, obwohl sie weiterhin gegen jede Form von Gewalt sei. Aber wenn es Krieg geben sollte, müsse sich ja auch jemand um die Verletzten kümmern...

»Für mich nicht einmal Grüße?« fragt Davide, zum Haus hin gedreht, und es ist, als hätte er die Frage den zur Wiese hin geöffneten Fenstern gestellt. Ann faltet den Brief zusammen, sie trägt an jenem Tag den von Sybil liegengelassenen Morgenrock mit den Goldfischchen. »Du bist zu böse«, sagt sie, »keine Grüße.«

Der Naturforscher hat auf chinesische Art Tee zubereitet und bringt ihn triumphierend auf einem geflochtenen Tablett heraus. Und auf einmal könnte man meinen, es sei Feiertag, der Himmel ist azurblau aufgerissen zwischen den Schirmen der Pinien, die Luft ist wie im Gebirge, durchsetzt mit feinen Gerüchen von Harz und Thymian, langen Schatten. Es gibt auch einen

Birnenkuchen, den Jeremy morgens gekauft hat, es wird mit Jasmintee angestoßen, man weiß nicht recht, worauf. Auf eine Zukunft, von der man hofft, daß sie weniger dunkel sein wird, auf eine Hoffnung, die zäh überleben will. Auf ihre jeweiligen Länder, die so weit weg sind.

Sie hat ihr Fahrrad genommen und ist auf der Uferpromenade angelangt, wo Kinder mit Eistüten in der Hand spazierengehen. Ihre Freundinnen rufen sie, wollen wissen, wo sie gewesen ist. »Beim Professor, gib's zu«, sagt eine. »Was, bei dem?« fragt eine andere verblüfft. »Ach was«, erwidert sie, hochaufgerichtet auf dem Fahrrad, den einen Fuß auf den Boden gestützt. »Also mit Sebastiano?« – »Mit Sebastiano bestimmt nicht, dem bin ich vor einer halben Stunde begegnet«, antwortet die »Sherlock Holmes« der Gruppe. Sie zuckt frech mit den Schultern: Sie ist schön, sie ist reich, sie besitzt eine Schachtel voll Briefe von Verehrern, es gibt keinen Grund dafür, daß ihr jetzt die Tränen kommen.

»Es wäre Zeit, daß du aufhörst, mit diesem Hungerleider zu verkehren!«

Sie reißt die Augen auf und starrt ihren Vater an, was will er damit sagen? Nicht mehr und nicht weniger als das, was er gesagt hat, die wertesten Vorzüge des Professors auf solch vulgäre Weise in Geldwert ausgedrückt. Die deutschen Truppen stoßen nach Warschau vor, die Kavallerie ist von den Panzern überrollt worden, Polen, das weiß inzwischen jedes Kind, wird von einem Augenblick zum anderen zusammenbrechen, es ist nur noch eine Frage von Tagen. In dem Zimmer, das auf den *berceau* mit Princess-Margareth-Rosen hinausgeht, stehen sie und ihr Vater sich feindselig gegenüber, ihre anmutigen, zarten Gesichtszüge sind fahl unter der Bräune, die Finger wie Mäusepfötchen zupfen nervös am Bezug des Sessels, ihr Kopf macht einen Schlenker, während sie draußen die Brüder beim Fußballspielen beobachtet.

Ihr Vater ist zweiundfünfzig Jahre alt und fühlt sich noch stark und sicher, wenn er die Hochheiligen Grundsätze des Glücks verteidigt, aber diese Tochter, bei der man schon die Knochen der künftigen Frau durchschimmern sieht, etwas, das hart an die Oberfläche drängt und der vorlauten Sanftheit einen Stoß versetzt, tut ihm weh. Er dämpft die Stimme, streicht ihr über die dunklen Locken, sie rührt sich nicht, der Kopf bleibt starr unter seiner Hand. Wie ein Blitz schießt ihr ein Gedanke durchs Gehirn: Ihr Vater hat den wunden Punkt getroffen. Ein sicheres Gespür hat ihn dazu gebracht, listig wie ein alter Fuchs den Finger auf die Stelle zu legen, die am meisten schmerzt. Die Hand krault zärtlich ihren Kopf, so machte er es, wenn sie sich als Kind schmollend in einen Winkel flüchtete: Also, wann wäre je der Intellekt dem Geld überlegen gewesen? Was ist das für ein Aberwitz? Welch törichte Überheblichkeit hat dazu geführt, so etwas zu glauben? Sie sieht ihn an, die Augen stehen voller Tränen, es ist nicht wahr, es ist nicht wahr... Es ist, als hätte er ihre Hand genommen und hielte sie auf eine glühende Herdplatte, damit sie spürt, wie man sich verbrennt. »Aber *Davy*...«, murmelt sie.

»Ach, hör auf, ihn so zu nennen, sag seinen richtigen Namen. Am besten nennst du ihn einfach Professor!«

In diesem Herbst voller Verletzungen (Europa hat begonnen, sich zu spalten, und wie bei einer Frucht, die auf den Boden fällt und aufplatzt, zerfressen es die Ameisen schon von innen), ist die Liebe des Professors verflogen. Rasch, zu rasch. Ähnlich wie Tinte, die auf einem draußen vergessenen Blatt Papier im Regen zerfließt. Er selbst teilt es den nach Brighton zurückgekehrten Freunden mit. Ihn erschrecke, schreibt er, seine plötzliche Gleichgültigkeit, das jähe Ende seiner Verliebtheiten. Wie mit Sybil; nur daß es diesmal keine andere Frau gebe, es sei einfach nur aus. Ihn erschrecke die Verwundbarkeit seiner Empfindungen, daß ein Nichts genüge, um sie zu verletzen. Er sei ja kein Junge mehr und dürfte eigentlich längst nicht mehr so leicht Feuer fangen. Was Ann dazu meine? Ob es etwas sei, worum man sich wirklich Sorgen machen müsse? Er möchte zu gern von ihr, die so ausgeglichen und intelligent sei, ein paar tröstliche Worte.

In demselben Brief bat er auch um Entschuldigung dafür, daß er ihnen monatelang die Gesellschaft jenes Mädchens zugemutet habe, die für sie bestimmt nicht so lustig gewesen sei. Er erzählte, daß Chiara abgereist sei und sie eine letzte Aussprache im Café Margherita gehabt hätten. Ziemlich peinlich; auch wenn sie den Eindruck gemacht habe, als leide sie nicht zu sehr und sei drauf und dran, einen alten Flirt wieder aufzunehmen. Seltsam, fügte er hinzu, die einzigen beiden Dinge, die ihn an diesem Mädchen, mit dem er den ganzen Sommer verbracht habe, wirklich beeindruckt hätten, seien ihre Unverschämtheit am Tag der Prüfung und ihre Augen im Café Margherita gewesen, als sie zu ihm gesagt hatte: Schade, es wäre so schön gewesen... Tränenlose Augen, die großen Kummer ausdrückten und bereiteten. Doch wahrscheinlich sei es auch für sie nur eine sommerliche Schwärmerei gewesen. *A summer love,* wie das ja bei vielen Mädchen vorkomme. Er schrieb noch, daß die beiden Brüder Faden sehr zufrieden seien mit ihrer Unterkunft und den größten Teil der Zeit damit zubrächten, Holz für den Winter zu sammeln. (Wenn sie nicht gerade Schach spielten, natürlich.) Vor seiner Abreise habe er sich bemüßigt gefühlt, ihnen tausend Lire zu schenken, tausend Lire, dic sie sehr gern angenommen hätten, besonders der Naturforscher, der anscheinend zur Schwermut aus Verarmung neige.

Dieser Brief, der mit einem Zitat der Verse aus der *Olimpiade* von Metastasio endete, war der letzte, den der Professor mit den Freunden aus Brighton wechselte.

Inhalt

Rosetta Loy wurde 1931 in Rom geboren. Ihr Vater stammt aus dem Piemont, ihre Mutter ist Römerin. Sie veröffentlichte vier Romane: *La bicicletta* (1974), *La porta dell'acqua* (1976), *L'estate di Letuchè* (1982) und *Le strade di polvere* (1987; dt. 1989 u. d. T. *Straßen aus Staub* im Arche Verlag). Der vorliegende Erzählungsband *Im Ungewissen der Nacht* erschien 1984 u. d. T. *All'insaputa della notte.* Rosetta Loy lebt als freie Autorin mit ihren Kindern in Rom.

Rosetta Loy
Straßen aus Staub
Roman
Aus dem Italienischen von
Maja Pflug
344 Seiten. Geb.

Ein altes Haus im Montferrato in Piemont. Zweistöckig, hellgelb die Fassade, mit Nußbaum, Brunnen und Allee bildet es den Mittelpunkt der Geschichte dreier Generationen einer bäuerlichen Familie des 19. Jahrhunderts. Ausgezeichnet mit dem Premio Viareggio und dem Super-Campiello. »Ein Roman, der ein Fest der Sinne inszeniert…« Hansjörg Graf, DIE ZEIT

Maria Messina
Das Haus in der Gasse
Roman
Aus dem Italienischen von
Ute Lipka
156 Seiten. Geb.

Eine Autorin ist wiederzuentdecken: die »sizilianische Katherine Mansfield«, Maria Messina. »Das Leben in Sizilien, wie sie es darstellt«, schreibt Giuseppe Antonio Borgese über Maria Messina (1887–1944), »...sind kleine Rinnsale in einem eher sumpfigen Gewässer, wo in aller Stille Lebensgeschichten aufscheinen, in denen Menschen nicht einmal die Kraft haben zu seufzen.«